LA QUÊTE D'EWILAN

LA QUÊTE
D'EWILAN

L'ÎLE DU DESTIN

Pierre Bottero

RAGEOT · ÉDITEUR

Illustrations : Jean-Louis Thouard
Suivi éditorial : Florence Rech et Guylain Desnoues

ISBN 2-7002-2814-6

INTRODUCTION AUX SECRETS DE GWENDALAVIR ET HISTOIRE DE SA LIBÉRATION

– Jeunes gens...

Doume Fil' Battis posa ses mains sillonnées de rides sur le pupitre de pierre. Cela commençait mal...

– Jeunes gens, s'il vous plaît, pourriez-vous vous asseoir et faire silence ?

Le brouhaha assourdissant qui montait de l'amphithéâtre ne décrut pas. Aucun des candidats ne lui accordait la moindre attention.

– J'aimerais que tout le monde s'asseye et se taise...

Sous sa barbe drue, le visage de Doume Fil' Battis vira soudain au rouge.

– Assis, bon sang, et la ferme !

Le hurlement, accompagné d'un violent coup de poing sur le marbre du pupitre, fit l'effet d'un ouragan. Un silence de mort s'installa que le vieil homme apprécia d'un hochement de tête.

– C'est mieux, commenta-t-il en toisant du regard l'assemblée maintenant attentive. Je suis Doume Fil' Battis, chroniqueur de l'Empire, et si vous ne vous tenez pas correctement, je veillerai à ce que la seule académie à laquelle vous puissiez prétendre soit celle des balayeurs d'Al-Poll. Compris ?

Il leva la main pour repousser une éventuelle réponse à ce qui n'était pas une question, et poursuivit :

– Comme chaque année, ma première intervention portera sur Ewilan Gil' Sayan. Inutile d'espérer comprendre cette figure de légende si vous ne faites pas l'effort de vous représenter Gwendalavir tel qu'elle le découvrit, et si vous ne vous attardez pas sur les trois principes qui influèrent sur son destin. J'entends par là l'étrangeté, la guerre et l'Art du Dessin. L'étrangeté d'abord, car nous vivons dans un monde autre que celui dont elle venait et dont elle ne soupçonnait absolument pas l'existence, un univers parallèle en quelque sorte[1]... Ewilan était originaire de Gwendalavir mais l'ignorait. Elle n'avait aucun souvenir de sa petite enfance et vivait sous le nom de Camille Duciel dans une famille adoptive peu aimante, jusqu'au jour où, pour échapper à un accident, elle se transféra ici.

Le chroniqueur se tut un instant afin de vérifier que son auditoire était captivé. C'était le cas, comme lors de la plupart de ses interventions. Rassuré, il reprit :

– La guerre ensuite, car nous étions confrontés à l'invasion de voisins non humains, les Raïs, manipulés par une autre race maléfique, les Ts'liches.

1. Les aventures auxquelles Doume Fil' Battis fait allusion sont relatées dans le premier tome de *La Quête d'Ewilan* : *D'un monde à l'autre*.

Les Sentinelles, les seuls humains qui auraient pu renverser le cours de la guerre, étaient prisonnières des Ts'liches, car l'une d'entre elles, Éléa Ril' Morienval, avait trahi. Lorsque Ewilan arriva, les hordes raïs déferlaient sur l'Empire et les armées alaviriennes se faisaient peu à peu écraser. La situation était désespérée quand...

– Et le troisième principe ?

La candidate qui l'avait interrompu était une jeune fille élancée, au regard malicieux et à la chevelure d'un roux flamboyant. Doume Fil' Battis choisit de ne pas se formaliser.

– J'y arrive. L'Art du Dessin est la clef qui permit à Ewilan de construire la légende que nous allons étudier aujourd'hui. Cet Art est inconnu dans l'autre monde et elle découvrit par hasard qu'elle pouvait, par sa seule volonté, rendre réel ce qu'elle imaginait ou se déplacer instantanément d'un endroit à un autre, d'un monde à un autre, effectuer ce que nous appelons le pas sur le côté. Vous me suivez ?

La fille rousse hocha la tête avec déférence et le chroniqueur sourit. Ces jeunes gens n'étaient finalement pas tous des malappris...

– J'ai prévu d'aborder l'histoire d'Ewilan selon un angle inhabituel, en partant d'un personnage que je viens d'évoquer : Éléa Ril' Morienval. Éléa était Sentinelle, comme les parents d'Ewilan. Il existait douze Sentinelles qui avaient pour tâche de surveiller l'Imagination, cette dimension qui permet aux dessinateurs de rendre réel ce qu'ils imaginent, et les Spires, les chemins qui la parcourent. Éléa Ril' Morienval était ambitieuse et dénuée de scrupules. Elle projetait de s'emparer de l'Empire. Dans ce but, elle n'hésita pas à pactiser avec les Ts'liches et les mercenaires du Chaos, un groupe d'humains maléfiques. Altan et Élicia Gil' Sayan...

– Mais il est notoire que les mercenaires...

Cette fois-ci l'interruption était due à un candidat à l'attitude pleine de suffisance. Doume Fil' Battis réagit au quart de tour.

– Un mot de plus et je vous expulse ! rugit-il. Vous pensez peut-être m'en remontrer en matière de faits historiques que j'ai passé des années à étudier ? Espèce de cancrelat prétentieux !

La cible de son courroux se recroquevilla tandis que ses camarades s'écartaient prudemment de lui. Le chroniqueur prit une longue inspiration.

– Altan et Élicia Gil' Sayan, disais-je, furent les seules Sentinelles à s'opposer à Éléa Ril' Morienval. Ils avaient auparavant pris la précaution de mettre leurs deux enfants, Ewilan et Akiro, en sécurité dans l'autre monde en effaçant leurs souvenirs. Bien leur en prit, car ils furent vaincus et disparurent. La situation échappa toutefois à Éléa. Elle fut à son tour trahie par les Ts'liches et enfermée avec les neuf autres Sentinelles à l'extrême Nord de l'Empire, dans une cité abandonnée, la légendaire Al-Poll, en partie créée par Merwyn. Un mystérieux et redoutable Gardien fut chargé d'empêcher quiconque d'approcher. Les Ts'liches bloquèrent ensuite l'accès à l'Imagination en verrouillant les Spires, et les hordes raïs se jetèrent sur l'Empire. Privé du pouvoir de ses dessinateurs, Gwendalavir ne résistait qu'à grand-peine. Des remarques ?

Doume fronça les sourcils devant l'absence de réaction de l'auditoire. D'année en année les candidats devenaient pusillanimes, les traditions se perdaient. Il contint difficilement un grognement de dépit et poursuivit :

– Telle était la situation à l'arrivée d'Ewilan et de son ami Salim. Elle se trouva immédiatement plongée au centre d'un maelström d'intérêts divergents. Elle possédait un pouvoir supérieur à celui de n'importe quel autre dessinateur, sans véritable limite. Conscients de ce fait, les Ts'liches voulaient sa mort, tandis qu'Éléa Ril' Morienval, qui avait réussi à la contacter, souhaitait qu'elle aille chercher son frère pour qu'il libère les Sentinelles prisonnières, les Figés, ce qu'il était censé pouvoir faire. Nous reviendrons en détail sur les Figés et nous étudierons le dessin ts'lich qui a réussi à immobiliser et à priver de leurs pouvoirs l'élite des dessinateurs alaviriens. Sachez simplement qu'éveiller les Figés représentait une tâche d'une complexité incroyable, nécessitant un pouvoir hors normes. Heureusement, Ewilan était entourée d'amis. Edwin Til' Illan, général des armées impériales et guerrier légendaire, Duom Nil' Erg, le célèbre analyste qui à cette époque n'était déjà plus tout jeune, Bjorn, un chevalier au cœur loyal, Maniel, un soldat à la carrure de titan, ainsi que…

La jeune fille rousse leva la main et le chroniqueur s'interrompit.

– Oui ?

– Cet Edwin Til' Illan dont vous parlez est-il celui qui, le premier, a vaincu un Ts'lich en combat singulier ?

– C'est bien lui, je vous félicite pour votre perspicacité.

– Et pour tes beaux yeux... chuchota un petit malin.

Sa réflexion souleva quelques rires discrets que le chroniqueur, en orateur avisé, fit mine de ne pas avoir entendus.

– Les compagnons furent rejoints un peu plus tard par Ellana Caldin, une marchombre mystérieuse et rebelle. Ensemble ils se dirigèrent vers Al-Jeit, notre capitale, en affrontant mille dangers. Maître Duom, bien que convaincu de la traîtrise d'Éléa Ril' Morienval, avait en effet approuvé ses paroles. Akiro, frère aîné d'Ewilan, paraissait le plus à même d'éveiller les Figés. Il fallait mettre Ewilan en sécurité en attendant qu'elle soit capable d'aller le chercher. Le sort de l'Empire reposait entre ses mains.

Preuve que son auditoire lui était acquis, un léger murmure d'appréhension s'éleva dans l'amphithéâtre. Il l'éteignit d'un raclement de gorge.

– Lors d'une embuscade, poursuivit-il, Ellana fut grièvement blessée en sauvant la vie d'Ewilan. Celle-ci maîtrisait désormais le pas sur le côté, et décida de ne pas attendre davantage. Accompagnée de Salim, elle changea à nouveau de monde pour trouver Akiro et le convaincre de sauver Gwendalavir. Malheureusement, leurs retrouvailles demeurèrent vaines. Akiro n'avait aucune envie de se lancer dans l'aventure et, surtout, ne semblait détenir qu'un pouvoir embryonnaire, très insuffisant pour la tâche qu'on attendait de lui. Ewilan et Salim choisirent donc de rentrer seuls, néanmoins porteurs d'une lueur d'espoir : Élicia Gil' Sayan avait réussi à contacter sa fille. Elle était vivante.

Le chroniqueur se tut. Les candidats étaient pendus

à ses lèvres, attendant dans un silence quasi religieux qu'il reprenne son histoire. Il prit le temps de boire un grand verre d'eau, s'essuya la bouche avec le dos de la main et, tout à sa joie de conteur, se lança dans la deuxième partie de son récit :

– La tâche d'éveiller les Sentinelles et de libérer Gwendalavir incombait désormais à Ewilan[1]. Entourée de ses amis, elle se remit en route vers la capitale. Artis Valpierre, un rêveur d'Ondiane, les accompagna et son Art de la guérison leur permit de survivre à de nombreux périls. Les Ts'liches savaient qu'une fois libérées, les Sentinelles pourraient faire sauter le verrou dans les Spires, renversant ainsi le cours de la guerre. Leur priorité était donc d'éliminer Ewilan. Ils dépêchèrent dans ce but, par un pas sur le côté, plusieurs hordes raïs auxquelles les compagnons parvinrent à échapper. Lors du dernier affrontement, ils furent secourus par un petit groupe de guerriers faëls, ce peuple étrange qui vit au-delà de la forêt de Baraïl. Un Faël, Chiam Vite, se joignit à eux. À Al-Jeit, ils rencontrèrent Sil' Afian, empereur de Gwendalavir, avant de repartir en direction d'Al-Poll, la cité où les Sentinelles étaient retenues prisonnières. Ils remontèrent le Pollimage en bateau jusqu'au lac Chen. Là, Ewilan croisa la Dame, un cétacé géant aux pouvoirs extraordinaires, qui lui révéla qu'elle avait besoin d'elle sans s'expliquer davantage. Plus tard, lorsque Ewilan fut attaquée par une goule, elle dut la vie sauve à une intervention de la Dame.

Le chroniqueur se pencha vers son public et sa voix bascula dans les basses, registre qu'il savait convenir aux confidences.

1. Cette libération est relatée dans le deuxième tome de *La Quête d'Ewilan* : *Les Frontières de glace*.

– En marge de cette mission dans les Marches du Nord, Ewilan avait peu à peu acquis la certitude que ses parents étaient vivants et elle s'était juré de partir dès que possible à leur recherche. Il lui fallait pour cela soutirer à Éléa Ril' Morienval, quand elle la rencontrerait, un renseignement indispensable : l'endroit où ils étaient retenus prisonniers !

Des mains se levèrent pour solliciter des précisions que Doume Fil' Battis ne daigna pas fournir. Il reprit avec son ton de voix habituel :

– Les compagnons atteignirent finalement Al-Poll. Le Gardien des Sentinelles était un Dragon, retenu captif par un dessin ts'lich. Ewilan comprit qu'il était le Héros de la Dame, et que celle-ci attendait qu'elle le libère. Elle réussit cet exploit et put ensuite délivrer les Sentinelles. Le Dragon la remercia en secourant Bjorn, Maniel et Chiam Vite assaillis par une horde raï alors qu'ils défendaient les arrières de la compagnie. Libres, les Sentinelles gagnèrent la Citadelle des Frontaliers pour prêter main-forte aux armées impériales. Ewilan n'avait pas eu le temps d'interroger Éléa Ril' Morienval sur le sort de ses parents, mais savait qu'elle la retrouverait dans la Citadelle, à quelques jours de marche de là. Les Sentinelles étaient libres, l'Imagination de nouveau accessible, les humains en passe de gagner la guerre. Ewilan avait sauvé Gwendalavir !

La jeune étudiante rousse se leva.

– La quête d'Ewilan ne s'achève pas ainsi. Je...

Le chroniqueur la fit taire d'un geste apaisant.

– Du calme, jeune fille ! Ewilan avait rempli sa mission, mais sa quête ne faisait, en effet, que débuter. Il lui fallait retrouver Éléa Ril' Morienval et certainement l'affronter. Elle avait confiance en l'issue de cette confrontation, toutefois une décision d'Ellana assombrit sa joie. La marchombre avait décidé de quitter le groupe. Elle partait vers le sud et Salim, qui s'était engagé par serment à la suivre, partait avec elle ! Rien ne put la faire changer d'avis et Ewilan, le cœur lourd, se mit en route vers la Citadelle. Sans son ami !

L'AUTRE MONDE

LA CITADELLE

1

Loup du Nord : Mammifère puissant et extrêmement intelligent qui chasse en meute. Il est plus redoutable qu'un ogre et presque autant qu'une goule. Il ne s'intéresse heureusement que très peu aux hommes et à leurs activités. Sauf quand il a faim…

Encyclopédie du Savoir et du Pouvoir

– Bjorn, est-ce normal qu'il neige en été ?

Le chevalier gratta sur son menton les quelques poils qu'il essayait de transformer en barbe.

– Je n'en sais rien, Ewilan, je n'en sais fichtre rien ! déclara-t-il finalement. Nous arrivons dans les Marches du Nord, le pays des Frontaliers. De nombreuses légendes courent au sujet de cette contrée, mais une chose est sûre, rien n'y est comme ailleurs.

Camille soupira et un nuage de vapeur se forma devant son visage, avant d'être balayé par la bise qui soufflait des montagnes. Elle avait beau être emmitouflée dans une épaisse cape de laine, la tête couverte d'une capuche fourrée, le froid la transperçait, et elle était certaine qu'au moindre choc ses doigts allaient se briser en mille morceaux.

Devant elle, la couleur de l'herbe et des arbres s'estompait sous une fine couche de neige encore diaphane. Le ciel était sombre et le soleil totalement voilé. Les premiers flocons s'étaient mis à tomber en début d'après-midi, achevant d'accorder le paysage à son humeur.

Pour la énième fois de la journée, elle se remémora le départ de Salim et, pour la énième fois, elle serra les mâchoires pour ne pas crier.

Ils étaient partis tôt, après des adieux qu'Ellana avait voulus brefs afin qu'ils soient moins douloureux. Cela n'avait pas empêché Bjorn de pleurer, ni les larmes de briller dans bien des regards.

Salim, contrairement à son habitude, n'avait rien dit ou presque. Les yeux dans le vague comme s'il fuyait volontairement une réalité impossible à supporter, il évitait soigneusement de s'approcher de Camille. Il avait jeté son sac sur ses épaules sans paraître éprouver d'émotion particulière, et ce n'est qu'après avoir fait quelques pas qu'il avait éclaté :

– Trois ans, pas un jour de plus ! Je te le jure, Camille !

Puis il s'était tourné vers Ellana :

– Alors qu'est-ce que tu attends ? Il faut partir, c'est l'heure !

La jeune marchombre avait inspiré longuement. Son attitude témoignait de son déchirement. Ses yeux allaient et venaient de Salim à Camille, de Camille à Salim, s'arrêtant parfois sur Edwin qui la regardait fixement.

Elle avait ouvert la bouche comme pour parler, puis s'était ravisée et avait saisi les rênes de son cheval.

– Allons-y, avait-elle lancé d'une voix hésitante.

Murmure marchant derrière eux, ils s'étaient éloignés vers le sud sans se retourner et Camille avait senti son cœur se froisser comme un vulgaire bout de papier.

Bjorn et Maniel avaient décidé de gagner la Citadelle pour rejoindre les armées impériales, mais Artis Valpierre et Chiam Vite n'avaient pas tardé à faire leurs adieux.

– Nous devoir retraverser les plateaux d'Astariul, avait expliqué le Faël. Vous ne pas être étonnés que nous vouloir avancer vite et profiter de toutes les heures de la journée...

– Ce serait plus sage, en effet, avait confirmé Edwin. Soyez prudents : les goules, même si elles s'avèrent les plus dangereuses, ne sont pas les seules créatures à hanter Astariul.

Chiam avait haussé les épaules d'un air désinvolte, tandis que le rêveur s'approchait de Camille.

– Au revoir demoiselle. Mes pensées t'accompagnent. Je suis certain que tu retrouveras tes parents.

Elle l'avait embrassé sur les deux joues, ce qui l'avait fait s'empourprer et ils s'étaient séparés.

Trois jours s'étaient écoulés, mais le groupe avait des difficultés à retrouver son équilibre. L'éveil des Figés et l'espoir qu'il apportait ne gommaient pas la détresse de Camille et l'étrange morosité d'Edwin. Maître Duom, qui menait l'attelage, avait perdu l'envie de discuter, et les pauvres tentatives de plaisanterie de Bjorn et Maniel tombaient le plus souvent à plat.

Camille oubliait sa quête. Malgré son désir de retrouver ses parents, l'image de Salim la hantait. Ils avaient partagé tant de choses que, sans lui, elle se trouvait comme amputée d'une part de son être. Elle souffrait de son absence et se reprochait sans cesse de n'avoir pas su le retenir. Son exubérance lui manquait, ses mots, sa constante bonne humeur... Un écart de sa monture la tira de ses sombres réflexions. La jument pommelée était nerveuse et elle essaya de la calmer.

– Tout doux, Aquarelle, chantonna-t-elle. Tout doux.

À leur tour, les étalons de Bjorn et Maniel piaffèrent tandis que Cocotte et Bourrichon, les chevaux de l'attelage, secouaient leur harnais. Ortie, qui suivait, attachée au chariot, poussa un long hennissement.

Après une courte discussion, il avait été décidé que la jument surnuméraire qui les accompagnait depuis Al-Jeit resterait avec le gros de la troupe. Salim ne savait pas monter, et Maniel ou Bjorn risquait fort d'avoir besoin d'un cheval de rechange. Ellana avait tranché en disant qu'elle trouverait une monture pour Salim lorsqu'il serait prêt.

Edwin n'avait pas insisté, car Ortie était une jument rétive, prompte à s'affoler. Elle était d'ailleurs en train d'en faire la démonstration, amplifiant le trouble des autres animaux. Camille se tourna vers ses amis.

– Pourquoi s'agitent-ils ?

– Ils sentent quelque chose qui nous échappe et qui les effraie, expliqua Maniel. Difficile de deviner quoi...

Bjorn tendit le bras vers une butte couverte d'une épaisse végétation.

– Regardez, lança-t-il, Edwin revient. Il en saura peut-être davantage.

Les chevaux des soldats, habitués à obéir, s'étaient calmés, mais Ortie se cabra soudain. La longe qui la tenait attachée se rompit, et elle fila à toute allure vers le sud. Maniel voulut partir à sa poursuite, un appel d'Edwin, qui arrivait au galop, le retint.

– Non !

Il pila près du chariot. Il paraissait soucieux et ne prit pas la peine de reprendre son souffle.

– Des loups ! annonça-t-il. Une meute du Nord ! D'après leurs hurlements, ils sont affamés et n'hésiteront pas à s'attaquer à des hommes. Nous sommes en danger...

Il scruta les alentours et désigna la lisière d'un bois de sapins à quelques centaines de mètres.

– Nous allons nous réfugier là-bas. Fonçons !

Camille se retourna fréquemment pendant sa course, mais la neige, qui tombait plus drue, masquait la vue. Quand ils atteignirent les arbres, Edwin bondit au sol.

– Monte ! ordonna-t-il à Camille en désignant un conifère.

– Mais...

– Ne discute pas, les loups du Nord sont aussi redoutables que les ogres. Il faut nous mettre en sécurité.

Camille se tut et attrapa la première branche. Elle se hissa sans encombre jusqu'à une hauteur qu'elle jugea suffisante et se cala sur une fourche. Edwin lui lança trois sacs qu'elle coinça tant bien que mal près d'elle, tandis que maître Duom escaladait péniblement un autre tronc aux branches basses.

Bjorn et Maniel, suivant les ordres d'Edwin, avaient libéré Cocotte et Bourrichon.

– Laissons partir les chevaux, commanda Edwin d'un ton pressant. Nous attendrons les loups ici, pour les inciter à nous attaquer et donner aux montures le temps de s'échapper. Quand je vous le dirai, il faudra monter dans les arbres. Nous n'avons aucune chance en les affrontant directement, il ne s'agit que de les retarder. Compris ?

Joignant le geste à la parole, il donna une tape à son cheval. L'animal qui piaffait, de plus en plus nerveux, partit au galop, suivi des deux bêtes de trait et des étalons des soldats. Aquarelle leva la tête vers sa maîtresse comme pour la supplier de s'enfuir avec elle.

– Galope, Aquarelle, galope ! cria Camille. Les loups arrivent !

L'ordre, ajouté au coup qu'Edwin lui porta sur la croupe, fit bondir la jument. Sans plus hésiter, elle s'élança à la suite des autres.

Il était temps.

Les premiers hurlements s'élevèrent et Camille sentit son cœur se serrer. Le cri des bêtes sauvages réveillait en elle une peur ancestrale qui lui donnait envie de se terrer. La plainte monta, lancinante, jusqu'à occuper tout l'espace sonore, puis décrut et s'éteignit.

Debout au pied des arbres, Bjorn et Maniel étreignirent anxieusement leurs armes tandis qu'Edwin tentait de percer du regard l'air que la neige opacifiait.

Soudain, le galop d'un cheval se dirigeant vers eux retentit, en contrepoint de la clameur des loups.

Le champ de vision de Camille, perchée sur son arbre, ne dépassait pas trois cents mètres. Ce fut pourtant elle qui, la première, discerna deux cavaliers qui fonçaient dans leur direction, sur la même monture.

Ils étaient talonnés par une meute de formes sombres et bondissantes qu'elle n'identifia pas immédiatement tant elles étaient massives et rapides. Des loups ! Ils n'avaient qu'un lointain rapport avec les bêtes captives rencontrées dans les zoos de son enfance, et qu'elle avait toujours comparées à des chiens faméliques à moitié endormis. Le meneur, un animal de plus d'un mètre au garrot, le poil noir comme la nuit, était tout proche des fugitifs. Encore quelques secondes et ses crocs se refermeraient sur les jarrets du cheval.

Camille plissa les yeux, essayant de percer l'identité des cavaliers. Lorsqu'elle y parvint, elle faillit tomber de surprise. Elle se retint de justesse et s'écria :

– C'est Salim ! C'est Salim et Ellana !

2

La communication à distance dépend-elle réellement de l'Art du Dessin ? Les points de vue divergent. D'un côté, il est incontestable que seul un dessinateur de haut niveau a la possibilité de contacter un interlocuteur, mais d'un autre il est indéniable que n'importe qui peut s'exprimer, une fois le contact établi…

Elis Mil' Truif, maître dessinateur à l'Académie d'Al-Jeit

Edwin avait planté son sabre devant lui dans le sol et tenait à la main son arc de guerre. Il le banda, amenant l'empennage de sa flèche jusqu'à sa joue, et attendit.

Ellana et Salim avaient perçu le cri de Camille et bifurqué dans la direction du groupe. Le cheval d'Ellana, alourdi par sa double charge, ne distançait plus que d'un mètre le loup de tête. La bête sauvage bondit soudain en avant. Edwin ouvrit les doigts.

C'était un tireur exceptionnel et son arc une arme

redoutable. Le trait mortel fila, presque invisible, pourtant, comme averti par un sens inconnu, le loup l'évita d'une ahurissante pirouette. La flèche se perdit dans les buissons.

L'action avait toutefois offert aux deux fuyards les quelques secondes qui leur manquaient. Ils atteignirent le chariot et sautèrent au sol.

– Attachez votre cheval ! ordonna Edwin. S'il s'échappe, il est mort !

Ellana et Salim s'exécutèrent comme s'ils n'avaient jamais quitté le groupe, puis la marchombre se tourna vers Salim.

– Grimpe !

Salim n'hésita qu'un instant et se hissa dans un arbre proche de celui de Camille.

Les loups s'étaient arrêtés et semblaient tout à coup se désintéresser de leurs proies. Il n'en était évidemment rien. Comme s'ils mettaient en place un stratagème soigneusement rodé, ils se dispersèrent et, très vite, le groupe des compagnons fut encerclé. Le mâle qui menait la meute leur faisait face, ses yeux brillants d'intelligence fixés sur eux.

À nouveau, Edwin banda son arc et décocha une flèche. Le loup l'évita sans plus de difficulté que la première et Edwin grimaça.

– Nous sommes dans de sales draps ! Il va falloir nous réfugier dans les arbres.

– Je n'abandonnerai pas Murmure à ces animaux ! s'exclama Ellana. Ce ne sont que de gros chiens sauvages.

– Détrompe-toi, grogna Edwin, il s'agit de loups du Nord. Je les connais bien, nous n'avons aucune chance…

Perchée dans son sapin, Camille s'apprêtait à interpeller Salim lorsqu'elle sentit maître Duom esquisser un dessin. Aussitôt elle maudit son manque d'à-propos, et plongea à sa suite dans l'Imagination.

Elle en émergea en moins d'une seconde.

La sensation était incroyable. Elle ne trouvait qu'une manière d'expliquer ce qu'elle ressentait : ça glissait ! Elle renouvela sa tentative et, une nouvelle fois, fut expulsée de l'Imagination comme si elle s'était avancée sur une surface givrée.

Maître Duom trépigna sur sa branche.

– Un Hiatu ! Il ne manquait plus que ça.

– Que se passe-t-il ? s'inquiéta Camille. Je n'arrive plus à dessiner.

– Les Marches du Nord sont un pays de fous, s'emporta le vieil analyste. Il n'y a qu'ici que se forment des Hiatus ! Ces endroits n'obéissent pas aux lois classiques du Dessin ! Le pouvoir y fluctue, parfois intense, parfois totalement absent comme en ce moment.

– Mais pourquoi ?

– On explique souvent ce phénomène par les origines frontalières de Merwyn. C'est une analyse simpliste qui ne me satisfait pas, mais que je sois figé s'il en existe une autre !

À leurs pieds, Bjorn lança un avertissement. Un loup au pelage brun fonçait droit sur lui. Au dernier moment, il esquiva et battit en retraite, laissant la place à un autre animal qui bondit sur le côté. Bjorn n'évita ses crocs que de justesse et le coup de hache qu'il voulut lui assener ne l'effleura même pas. À nouveau, les bêtes sauvages s'éloignèrent de leur démarche souple, hors de portée des hommes.

Camille tenta une fois encore de se glisser dans les Spires. Elle n'y parvint pas, mais commença à ressentir le pouvoir qu'irradiait le bois où ils s'étaient réfugiés. Un battement sourd, qui pulsait de plus en plus fort, faisait résonner le creux de son ventre. Salim s'agita.

– Camille...

Il se tut. Il frissonna et un de ses pieds ripa sur la branche qui le soutenait. De grosses gouttes de transpiration apparurent sur son front. Camille poussa un cri d'alarme qui passa inaperçu.

Déjà les loups attaquaient. Au sol, les quatre compagnons s'étaient placés dos à dos, près de Murmure, terrorisé, mais l'assaut n'était qu'une feinte. Les crocs brillèrent, les mâchoires claquèrent sans que le sang coule. Les lames sifflèrent en vain, les loups se retirèrent indemnes.

– Il faut nous mettre à l'abri dans les arbres, décida Edwin, ou, à la prochaine attaque, un de nous mourra. Le cheval est perdu, nous ne pouvons rien pour lui.

Sans attendre de réponse, il tendit la main vers la longe qui retenait l'animal. Ellana, déchirée, le regarda faire en silence.

À cet instant, Salim émit un hurlement, et jaillit de l'arbre où il s'était abrité. Il atterrit souplement, fit un roulé-boulé et se retrouva, accroupi, à moins d'un pas du mâle noir.

Le loup retroussa les babines, laissant apparaître des crocs redoutables, et ses oreilles se dressèrent. Il était sur le point d'attaquer lorsque Salim se mit à grogner. Edwin, qui avait bandé son arc, se figea.

La meute, ignorant complètement ses proies, s'approcha pour former autour des deux adversaires un cercle de regards attentifs. L'attitude du mâle noir devint plus agressive encore et les poils de son dos se hérissèrent. En réponse, le grognement de Salim s'amplifia, et il commença à se déplacer lentement sur le côté. Le loup suivit son mouvement, bientôt Salim fit face à ses compagnons.

Camille réprima un cri. Les yeux de son ami brillaient d'une lueur farouche, visible à des mètres de distance. Ils étaient jaunes !

Salim parut soudain gagner en puissance et avança droit vers son adversaire. Le loup ne grondait plus. Ses oreilles s'aplatirent sur son crâne et, tout à coup, il se plaqua au sol. Il y eut comme un flottement dans la meute et quelques bêtes s'agitèrent en montrant les dents. Quand Salim grogna, elles se calmèrent instantanément. Il posa la main sur la tête du mâle toujours prostré et approcha son visage. Camille avait cessé de respirer.

Lorsque son ami mordit sauvagement l'oreille du loup noir, elle ne put retenir une exclamation. Ce fut le seul bruit.

Comme si la morsure avait entériné sa défaite, le grand mâle se leva et s'ébroua. Un des loups fit alors mine de lui bondir sur l'échine. L'ancien chef de meute le culbuta sans difficulté et le saisit à la gorge. Il le tint un instant à sa merci puis, lorsqu'il fut sûr que l'autre renonçait, il desserra l'étau de ses crocs.

Ayant ainsi restauré sa suprématie sur ses compagnons, il se détourna et s'éloigna à petites foulées.

Les autres le suivirent sans accorder un regard aux humains. Salim s'écroula à terre et ne bougea plus.

Edwin et Ellana s'élancèrent vers lui pendant que Camille dégringolait de son arbre. Elle rejoignit son ami en courant.

– Qu'est-ce… commença-t-elle.

Puis elle comprit et ses yeux s'agrandirent de stupéfaction.

Salim dormait à poings fermés.

3

Que diable voulez-vous que je vous révèle sur Merwyn Ril' Avalon qui n'ait déjà été narré ? Un doute, peut-être, un soupçon qui s'est infiltré dans mon esprit il y a plusieurs dizaines d'années de cela, et qui a crû jusqu'à devenir une conviction : Merwyn n'était pas un dessinateur ! Il était bien plus que cela...

Maître Duom Nil' Erg, Discours d'ouverture de la 345e session de l'assemblée de la guilde des analystes

La nuit était tombée. Un feu brûlait dans une clairière proche de la lisière du bois. Les compagnons, rassemblés autour des flammes, essayaient avec difficulté de se réchauffer. La neige avait cessé, mais le froid était toujours vif et un vent sec transperçait leurs vêtements.

Bjorn et Maniel avaient démonté les ridelles puis le banc du chariot et les avaient utilisés pour construire des plates-formes rudimentaires sur les fourches des arbres.

– Je ne pense pas qu'ils reviendront, avait exposé Edwin, mais nous ne prendrons pas de risques. Ce soir, nous coucherons en hauteur.

Salim dormait toujours. Profondément. Impossible à réveiller. Ses amis l'avaient enveloppé de deux couvertures puis rapproché du feu.

– Est-ce que quelqu'un peut m'expliquer ce qui est arrivé à ce garçon ? demanda Bjorn.

– L'effet Merwyn, répondit, laconique, maître Duom.

– Mais encore ?

– Les Marches du Nord sont parfois agitées par d'étranges phénomènes liés à l'Art du Dessin que les analystes essaient en vain d'élucider depuis des générations. Toutes les études que nous avons menées débouchent sur une impasse, et au fond de cette impasse, il y a Merwyn !

– Je ne vois pas le rapport avec Salim, insista Bjorn.

– J'y arrive. Certains lieux sont littéralement imprégnés de la puissance de Merwyn, que ce soit parce qu'il y a exercé son art ou parce qu'ils ont revêtu pour lui une importance particulière. Nous les appelons les Hiatus. Tous ne sont pas connus, loin de là, et si certains sont très étendus, d'autres peuvent être franchis d'une seule enjambée. Dessiner dans un Hiatu se révèle souvent impossible et toujours aléatoire. De drôles de choses y surviennent et, habituellement, les Alaviriens évitent de s'y aventurer. Dans la Forteresse, en revanche, aucun événement bizarre n'a jamais été remarqué, bien que l'aura de Merwyn y soit plus forte qu'ailleurs. Elle baigne littéralement les murailles, les salles. De mémoire d'analyste, personne n'y a jamais dessiné.

– Sauf dans la Vigie, précisa Edwin.

– Oui, exact, acquiesça maître Duom. La Vigie est une exception dans l'exception !

Bjorn se gratta le menton.

– Je suis un pauvre chevalier qui a certainement reçu trop de coups sur la tête, mais je continue à ne rien comprendre. Pourquoi Salim s'est-il retrouvé avec des yeux jaunes, en train de jouer au loup ?

– Nous sommes dans un Hiatu, Bjorn ! s'exclama le vieil analyste. Quelque chose devait être enfoui tout au fond du garçon. Le pouvoir de Merwyn l'a fait remonter à la surface et a suscité la transformation.

– Salim va devenir un loup ?

Maître Duom leva les yeux au ciel.

– Il y a plus de chance pour que tu te métamorphoses, toi, en crapaud ! Salim n'est pas réellement devenu un loup et sa « transformation » n'est que temporaire ! Il est d'ailleurs probable qu'en se réveillant il n'ait aucun souvenir de ce qui s'est passé. Les Hiatus, s'ils provoquent parfois d'étranges choses, n'ont jamais d'effets néfastes. Je ne serais pas loin de penser qu'au travers des siècles, par-delà la mort, Merwyn a trouvé ce moyen pour nous venir en aide. Je te rappelle que l'intervention inespérée, et sans doute involontaire, de Salim nous a sortis d'une situation très délicate.

Bjorn prit un air dubitatif, mais n'ajouta rien.

Pendant quelques minutes, le silence ne fut rompu que par le craquement des branches dans les flammes, puis Edwin croisa les mains derrière sa nuque et s'étira.

– Alors ? demanda-t-il simplement.

Il ne s'adressait à personne en particulier, mais tous les regards se tournèrent vers Ellana.

La jeune femme sourit.

– Alors, vous nous manquiez. Je ne suis pas du genre à étaler mes sentiments en public, et je ne vous en dirai pas plus. Désolée !

Bjorn caressa sa barbe naissante et ouvrit la bouche, ses yeux riant par avance de la boutade qu'il s'apprêtait à lancer. Ellana lui coupa son effet :

– Tourne ta langue sept fois dans ta bouche avant de parler, lui conseilla-t-elle avec un sourire carnassier. Je vois que tu as besoin d'un coup de rasoir, ne me provoque pas...

Bjorn fit signe qu'il renonçait et Maniel lui assena une bourrade amicale. Edwin dévisageait la jeune femme et, lorsqu'elle s'en aperçut, ses joues s'empourprèrent.

– Je suis heureux de vous retrouver, déclara-t-il.

Ellana se leva pour dissimuler son trouble. Elle s'approcha de Salim, roulé en boule dans ses couvertures, et Camille la suivit. Le garçon ronflait légèrement, sa respiration était profonde et régulière. Camille attrapa la main d'Ellana.

– Merci, lui souffla-t-elle.

– Ne me remercie pas, répondit la jeune femme. Je n'ai pas fait ça uniquement pour toi...

– Je crois que nous en avons tous conscience...

Les deux amies se regardèrent et éclatèrent de rire. Puis Camille redevint sérieuse.

– Tu ne risques pas d'avoir des ennuis avec les marchombres ?

Ellana haussa les épaules.

– En intégrant la guilde, un marchombre accepte un certain nombre de principes auxquels il ne dérogera jamais, toutefois sa liberté reste totale. Salim sera initié, il m'appartient de juger du moment opportun. D'ici là, je continuerai à le former.

– Pourquoi alors être partie ? s'étonna Camille.

– Peut-être par peur des sentiments que je découvrais, et que je n'étais pas prête à admettre.

– Edwin ?

– Oui. Et toi. Et Bjorn. Et même Maniel et maître Duom ! Mais vous quitter m'a fait comprendre combien je tenais à vous.

Camille se pencha et déposa un baiser sur sa joue.

– Et j'aurais été vraiment bête de ne pas revenir, acheva Ellana.

La nuit ne fut pas reposante.

Le froid était intense et dormir sur une planche fixée dans un arbre loin d'être confortable. Lorsque le jour pointa, Camille était moulue. Elle s'étira longuement. Au travers des branches, elle voyait le ciel se teinter d'un bleu parfait. Il n'y avait plus le moindre nuage.

Elle détacha le lien qui l'avait assurée pendant son sommeil et glissa au sol. Maniel, qui avait pris le dernier tour de garde, lui fit les gros yeux, mais elle le rassura en lui indiquant les buissons proches. Le soldat comprit et, en souriant, détourna le regard.

Le givre craquait sous ses pas et Camille s'émerveilla devant la multitude d'empreintes laissées par les animaux nocturnes. Elle s'éloigna et fronça soudain les sourcils.

La pulsation qu'elle avait perçue la veille reprenait, plus intense, plus précise. Elle avait conscience qu'il ne s'agissait pas d'un véritable son, et qu'elle était peut-être la seule à la percevoir. Elle en localisait à peu près l'origine et, presque malgré elle, écarta une branche basse. Elle s'aventura au cœur du bosquet.

Les conifères au feuillage bleuté y étaient plus hauts, plus droits. Des buissons de genévrier ponctuaient le vert environnant de l'éclat de leurs baies rouge vif. Les troncs s'espacèrent et une clairière parfumée de résine, respirant le calme et la sérénité, s'ouvrit devant Camille.

Elle la crut d'abord déserte, puis se rendit compte que le battement qui l'avait attirée provenait de son centre. Une fine couche de neige s'était déposée sur un sol en pente douce, traversée çà et là par des touffes d'herbe qui refusaient le froid. Camille se sentait bien. L'étrange pulsation s'était calquée sur le rythme de son cœur, elle baignait dans une harmonie bienfaisante.

Peu à peu, une forme s'esquissa dans la clairière. D'abord translucide, presque illusoire, elle gagna en opacité jusqu'à caresser la réalité. Un dessin !

Un dessin naissait sous ses yeux et Camille n'en percevait ni l'origine ni la raison.

Un bloc iridescent aux angles arrondis, haut de près d'un mètre et long de deux, reposait sur un socle de marbre rose veiné de blanc, rayonnant de puissance. Camille comprit que l'objet était si parfait qu'il pouvait être éternel sans être vraiment là, apparaître et disparaître au gré d'un pouvoir qui dépassait son entendement. Il s'enfonçait si loin dans la réalité que la clairière s'organisait autour de lui, comme une huître autour d'une perle.

Elle s'avança sans crainte. Elle savait qu'elle était la bienvenue, que si elle avait été indésirable, l'objet se serait dérobé à ses sens.

C'était un tombeau.

Un hommage infini à la femme qui y reposait, coupée du monde par un couvercle de cristal, prodigieusement belle. La mort n'avait su gommer la douceur et la noblesse de ses traits, ni ternir l'éclat de sa peau. Une masse de cheveux dorés cascadait autour d'un visage aux contours parfaits et accompagnait les courbes d'un corps merveilleux.

Il n'y avait aucune inscription sur le tombeau, comme si la beauté de la gisante rendait inutile toute explication.

Camille était bouleversée. Une perle salée naquit au coin de son œil et glissa sur sa joue. Elle se détacha et vint se briser sur le couvercle de cristal, en libérant une note pure et haute qui se transforma en un appel déchirant : « Vivyan ! »

Longtemps le prénom résonna dans le cœur de Camille.

Quand Edwin la retrouva, agenouillée au centre de la clairière déserte, elle pleurait, et chacune de ses larmes était un poème offert à l'amour perdu de Merwyn.

4

Seigneur, Éléa Ril' Morienval représente un danger pour l'Empire. Plus sérieux encore que la menace ts'liche, car c'est un danger insidieux qui nous menace de l'intérieur…

Maître Carboist,
courrier au seigneur d'Al-Vor, Saï Hil' Muran

Les plates-formes avaient été démontées, le chariot chargé. Salim dormait toujours. Il n'avait pas bougé de la nuit, et n'avait pas bronché lorsque Maniel l'avait descendu de l'arbre.

Maître Duom était serein, ce qui rassura Camille. Encore bouleversée par sa découverte, elle ne trouvait pas les mots pour en parler à ses compagnons. Une question revenait sans cesse à son esprit : était-il possible que Merwyn ait été le Merlin des légendes de l'autre monde ?

Pendant de longues soirées solitaires dans la bibliothèque des Duciel, elle s'était passionnée pour les aventures des chevaliers de la Table ronde et de

Merlin l'Enchanteur. Elle connaissait parfaitement l'amour éperdu qui liait ce dernier à la fée Viviane. De telles correspondances entre les noms pouvaient-elles être de simples coïncidences ?

Elle décida de questionner discrètement maître Duom, mais il était en grande conversation avec Edwin et Ellana.

– Impossible de gagner la Citadelle à pied ! affirmait le vieil analyste.

– C'est pourtant ce que nous allons faire, rétorqua Edwin. Partir à la recherche des chevaux serait une erreur. Cela nous obligerait à diviser nos forces et à prendre des risques inconsidérés.

– Mais Salim dort toujours, insista maître Duom. Comment allons-nous le transporter ?

– Il nous reste Murmure, intervint Ellana. Il ne sera pas ravi de tirer le chariot, mais il le fera. Nous y placerons Salim. Edwin, la Citadelle est-elle encore loin ?

– Au moins trois jours à pied. Plus, si le temps se gâte.

Camille les interrompit.

– Vous croyez qu'ils s'en sont sortis ? Je parle d'Aquarelle et des autres chevaux...

Edwin écarta les bras en signe d'ignorance.

– Impossible à dire. Ils avaient une bonne avance sur les loups, et rien ne permet de penser que ceux-ci aient repris la traque. Mais les Marches du Nord sont un territoire sauvage où les dangers abondent...

Camille sentit une pointe d'inquiétude s'infiltrer dans son ventre. Imaginer Aquarelle aux prises avec de féroces carnassiers la fit frissonner. Ellana perçut son trouble et la réconforta.

– Ne t'inquiète pas. Ta jument est sacrément maligne, je suis certaine qu'elle s'en sortira.

Maniel allongea Salim dans le chariot et maître Duom prit les rênes. La troupe, de nouveau au complet, se mit en marche.

Le paysage était magnifique, le ciel d'un bleu presque marine.

Un soleil éclatant se réverbérait sur la neige qui, déjà, commençait à fondre. Les bois ressortaient en taches d'un vert profond et, à quelques kilomètres au nord, la chaîne du Poll dressait ses pics orgueilleux aux cols inaccessibles.

Murmure tirait vaillamment le chariot. La terre détrempée lui imposait une allure modérée qui permettait aux marcheurs de le suivre sans difficulté.

De temps en temps, Camille se penchait par-dessus les ridelles pour observer Salim. Il n'avait pas remué depuis que Maniel l'avait déposé là, sa respiration était toujours régulière et le ronflement plus marqué qui s'échappait de ses lèvres lui tira un sourire. Elle interrogea maître Duom :

– Croyez-vous qu'il se réveillera bientôt ?

– Honnêtement, Ewilan, je l'ignore. J'ai entendu parler de cas identiques à celui-ci, mais je n'en avais encore jamais rencontré. Je suis convaincu qu'il ne faut pas s'inquiéter. Merwyn Ril' Avalon a sauvé les humains quand ils étaient opprimés par les Ts'liches. Il a passé toute son existence à œuvrer pour le bien. Je refuse de croire que son héritage ait un effet néfaste.

– Qui était Vivyan ? demanda brusquement Camille.

Maître Duom lui jeta un regard étonné.

– Qui t'a parlé d'elle ?

Elle hésita une seconde puis se jeta à l'eau.

– Ce matin, dans le bois, un dessin a basculé dans la réalité. Enfin, pas vraiment. Personne n'était là pour le créer, il avait déjà sa propre existence. Je dirais plutôt qu'il est apparu, tout simplement. C'était un tombeau. Une femme, très belle, y reposait. J'ai senti le pouvoir qui se manifestait. Un pouvoir énorme, supérieur à celui de tous les Ts'liches réunis, je crois. Presque aussi prodigieux que celui de la Dame et du Dragon. J'ai alors entendu un appel, une plainte, un nom : Vivyan. Il y avait tellement de force dans ce cri, tellement de désespoir…

Maître Duom, plongé dans ses pensées, ne répondit pas tout de suite. Quand il prit finalement la parole, ce fut sur un ton mesuré.

– Tu as eu beaucoup de chance. Personne ne connaît avec exactitude les origines de Merwyn, ou du moins, ne se les rappelle. Il est arrivé au moment où l'humanité vivait une de ses périodes les plus noires et il a apporté l'espoir puis la victoire. Rares sont les légendes qui ne l'évoquent pas et, si bien des empereurs sont aujourd'hui oubliés, le souvenir de Merwyn perdure alors qu'il est mort il y a mille cinq cents ans. Tu sais comment il a brisé le verrou ts'lich, mais tu ignores que, peu après avoir été chassés des Spires, les guerriers lézards qui se savaient incapables de vaincre Merwyn dans un affrontement direct ont décidé de se débarrasser de lui par la ruse.

Ils ont donc uni leurs pouvoirs afin de dessiner un être vivant.

– C'est possible ?

– Ce ne devrait pas l'être, mais ils l'ont fait ! Ils ont créé l'entité qui causerait la perte de Merwyn.

– Un monstre ?

– Non, une femme. Vivyan !

– Mais c'est insensé, s'insurgea Camille. Je l'ai vue, elle est si belle, si douce…

– Là résidait justement le piège. La création des Ts'liches devait être parfaite pour que Merwyn succombe à son charme !

– Le piège a fonctionné ?

– Oui. Personne ne pouvait voir Vivyan sans devenir son esclave…

– Mais elle n'était pas humaine !

– Qu'importe, elle semblait plus qu'humaine. La perfection faite femme !

Camille était pendue aux lèvres de maître Duom, vibrant aux accents d'une histoire survenue quinze siècles plus tôt.

– Les Ts'liches avaient compté sans la puissance de Merwyn, poursuivit l'analyste. Dès qu'il aperçut Vivyan, il comprit qui elle était, qui la manipulait. Pourtant le piège se referma sur lui. Elle ravit son âme et son cœur aussi facilement qu'une araignée attrape une mouche.

– Mais…

– Mais il était Merwyn Ril' Avalon. Il arracha leur création aux guerriers lézards. Il rompit les liens grâce auxquels ils manipulaient Vivyan. Il la libéra et lui offrit son amour.

– C'est merveilleux ! s'exclama Camille.

– Oui. Merwyn et Vivyan vécurent dix ans d'un bonheur si total qu'aujourd'hui encore on le célèbre comme un modèle d'absolu. Puis, la malédiction ts'liche les rattrapa…

– Que s'est-il passé ?

– Vivyan n'était pas un véritable être humain. Elle avait été créée, même si Merwyn lui avait offert la liberté. Ils savaient l'un et l'autre que son existence n'avait pas vraiment de réalité, qu'elle était vouée à disparaître, comme tous les dessins.

– On peut imaginer des choses éternelles, se révolta Camille. Vous me l'avez enseigné ! Les tours d'Al-Jeit, l'Arche, la porte de Saphir…

– Des objets, Ewilan, pas des êtres vivants ! Dessiner un être humain est quasiment impossible, vouloir le maintenir réel plus de quelques jours est chimérique !

– Mais vous avez déclaré qu'ils avaient vécu dix années de bonheur !

– Oui, le pouvoir de Merwyn et la force de l'amour ont permis ce miracle. Puis un jour, Vivyan a cessé d'être. Tout simplement.

Camille sentit une boule se nouer dans son ventre. Elle avait beau se répéter que cette histoire s'était déroulée quinze siècles plus tôt, la tristesse la submergeait.

– Et Merwyn ? demanda-t-elle. Qu'est-il devenu ?

– Il a disparu. D'aucuns soutiennent qu'il est devenu fou de chagrin, que ses larmes ont créé le lac Chen, que sa colère a fait jaillir la chaîne du Poll… ce ne sont que des légendes. La seule certitude, c'est qu'il ne s'est plus jamais manifesté.

Camille ferma les yeux. Elle ne voulait pas que l'analyste la trouve ridicule en découvrant les larmes qu'elle sentait poindre.

– C'est injuste, proféra-t-elle en s'écartant.

Maître Duom ne répondit pas.

Il fallut plus d'une heure à Camille pour retrouver sa sérénité. Elle ne regrettait pas d'avoir passé sous silence la légende de Merlin et Viviane. La réalité alavirienne était tellement plus belle...

5

Ombre de lune,
Esquive de plume,
Amour absolu.

Ellundril Chariakin,
chevaucheuse de brume

Se déplacer à pied contrariait Bjorn et Maniel. Les deux colosses, gênés par leur poids et celui de leurs armes, soufflaient beaucoup et avaient perdu le sens de l'humour. Ils considéraient avec envie le chariot et le banc sur lequel était assis maître Duom en maudissant leurs montures absentes. Peu après la pause de midi, Camille se rapprocha d'Edwin.

– Alors, Ewilan, tu aiguises tes armes avant ton arrivée à la Citadelle et ta rencontre avec Éléa Ril' Morienval ? s'enquit-il.

– Inutile. Je me sens capable de renverser des montagnes pour retrouver mes parents. Au risque de paraître prétentieuse, ce n'est pas une Sentinelle, aussi puissante soit-elle, qui m'effraie !

– Je n'en doute pas une seconde. Je crois qu'Éléa sait également à quoi s'en tenir. Il te faudra toutefois rester sur tes gardes.

Elle haussa les épaules pour montrer le peu de cas qu'elle faisait de la menace, mais prit la précaution de se renseigner.

– Comment a-t-elle rejoint la Citadelle ?

– Un pas sur le côté ! Il y a au sommet de la Forteresse une salle particulière appelée la Vigie, d'où l'on surveille les Frontières de Glace. Elle est suffisamment connue des Sentinelles pour qu'elles puissent s'y transporter.

– Mais pourquoi à la Citadelle et pas ailleurs ?

– Duom ne t'a rien expliqué ?

– Je n'étais guère réceptive ces derniers jours, s'excusa Camille.

– Je comprends... Avec l'ouverture des Spires, l'armée a retrouvé le système de communication pour lequel œuvre Duom. Chacun a reçu ses consignes, notamment les Sentinelles qui ne sont pas stupides au point de désobéir une deuxième fois. Elles ont gagné la Citadelle pour participer à la bataille finale contre les Raïs. À cette heure, la victoire de l'Empire étant acquise, elles doivent avoir rejoint leurs postes habituels, un peu partout en Gwendalavir. Aux dernières nouvelles, il ne reste que les deux Sentinelles de la Citadelle. Dont Éléa...

Camille repoussa sa capuche. Le soleil brillait, clair, et l'effort de la marche lui procurait une agréable sensation de chaleur.

– Une chose m'intrigue. Qu'entends-tu par système de communication ?

– Ma foi, la poste !

– Tu te... commença Camille.

Elle perçut le rire qui dansait dans les yeux du maître d'armes. Comme tous les érudits de Gwendalavir, il possédait une solide connaissance de l'autre monde qu'il était en train d'utiliser pour se moquer d'elle.

– Très malin ! railla-t-elle. Mais je suis sérieuse, j'ai peut-être une idée.

– D'accord Ewilan, l'apaisa Edwin, ne te fâche pas. Ce sont des dessinateurs qui acheminent les dépêches.

– Comment font-ils ?

– Le moyen le plus classique consiste à leur faire dessiner le message.

– Pourtant ils ne savent pas où le destinataire se trouve !

– Non, bien sûr. Les messages arrivent dans des endroits définis à l'avance et sont ensuite transmis de manière classique. Les dessinateurs n'ont qu'à connaître la localisation exacte des bureaux de distribution.

– Je vois. Et l'autre moyen ?

– Il est moins utilisé car le dessinateur doit monter plus haut dans les Spires, à un niveau tel que peu d'entre eux savent le faire. Et ceux qui le savent ont des préoccupations plus importantes que la livraison des messages. Dans ce cas, le dessinateur s'adresse directement à son correspondant. On réserve ce système aux courriers extrêmement urgents ou aux ordres de l'empereur. Éléa Ril' Morienval a procédé ainsi pour te contacter. Ne m'en demande pas davantage, je n'y comprends rien !

Camille le remercia, et s'apprêtait à s'éloigner lorsqu'il la rappela.

– J'ai oublié de mentionner l'utilisation du chuchoteur, assez rare, tu la connais déjà. Tu as un curieux sourire, manigancerais-tu quelque chose ?

– C'est encore trop confus pour que j'en parle.

– Comme tu veux, Ewilan.

Camille l'observa. Depuis le retour d'Ellana, Edwin était apaisé. L'éveil des Sentinelles l'avait libéré d'un poids énorme, mais ce n'était qu'en présence de la jeune femme qu'il semblait vraiment heureux. Camille croisa les doigts pour qu'Ellana s'en aperçoive et se promit, si ce n'était pas le cas, de lui en souffler un mot. Elle se préoccupa ensuite du stratagème qu'elle avait imaginé.

Il lui fallait d'abord s'assurer qu'ils étaient sortis du Hiatu. C'était le cas, elle se glissa sans difficulté dans l'Imagination. La suite s'avéra plus complexe.

Envoyer un message différait totalement de ce qu'elle avait tenté jusqu'à présent. Et c'était réellement difficile ! Elle réajusta en conséquence son avis sur le danger que représentait Éléa Ril' Morienval. La Sentinelle avait utilisé cette technique alors qu'elle était figée, ce qui impliquait une maîtrise extrêmement avancée de l'Art du Dessin. Il ne fallait pas la sous-estimer…

Peu à peu, Ewilan saisit que la communication à distance requérait une idée précise du fonctionnement mental de celui qu'on voulait joindre. Cela rendait encore plus impressionnant le fait qu'Éléa, sans la connaître, ait réussi à la contacter. Sa propre tentative lui parut tout à coup fort présomptueuse !

Elle s'acharna pourtant, se concentrant au maximum de ses possibilités. Soudain, le contact eut lieu. D'abord ténu, il se fit plus net et Camille murmura :

– Viens ma belle, viens. Il n'y a plus de danger, tu peux revenir. Tu me manques beaucoup, tu sais ?

En réponse, un joyeux hennissement résonna dans son esprit. Une exclamation satisfaite lui échappa, à la surprise de ses compagnons qui la dévisagèrent.

– Tu as un problème ? s'inquiéta Bjorn.

– Au contraire. Le facteur m'a apporté une bonne nouvelle.

Le chevalier la contempla comme si elle devenait folle, mais Edwin saisit l'allusion et fronça les sourcils.

– Que complotes-tu ?

– Tu ne devines pas ?

– Non, et j'avoue que ça m'inquiète un peu.

– Tu comprendras bientôt, assura Camille, un sourire énigmatique aux lèvres.

Les chevaux les rejoignirent alors que le soleil se couchait presque.

Aquarelle apparut la première, caracolant au sommet d'une colline arrondie. Les étalons arrivèrent peu après, suivis de Cocotte et Bourrichon. Seule Ortie manquait à l'appel.

Menés par la jument, les animaux trottèrent jusqu'à leurs maîtres qui les accueillirent avec des cris de joie.

– Qu'est-ce que vous avez à hurler comme ça ? On dirait que vous n'avez jamais vu de chevaux de votre vie !

Ils se retournèrent d'un seul mouvement.

Debout dans le chariot, Salim les regardait avec un air tellement ensommeillé qu'ils partirent d'un énorme éclat de rire. Puis il bâilla longuement en s'étirant, ce qui renforça l'hilarité générale. Lorsque le calme fut revenu, Bjorn résuma parfaitement l'avis de tous.

– Bienvenue, mon garçon. Toi endormi, nous étions bien tranquilles, mais je dois avouer que tu nous as manqué !

6

Les Frontaliers sont rudes, courageux, sauvages. Ils possèdent un code d'honneur aussi rigide que l'acier et leurs lois excluent toute pitié. Ils demeurent les fidèles gardiens de l'Empire, car jamais aucun empereur n'a essayé d'influer sur leurs coutumes...

Seigneur Hon Sil' Pulim,
Discours aux aspirants de la Légion noire

– Et tu dis que j'avais les yeux jaunes ?

– Parfaitement !

– Ma vieille, tu exagères ! J'étais à quatre pattes, en train de me disputer avec un loup gros comme une vache, et j'avais les yeux jaunes ? Comment veux-tu que je te croie ? Arrête l'alcool !

Camille et Salim étaient assis côte à côte à l'arrière du chariot, les jambes pendant dans le vide. Leurs compagnons s'affairaient à monter le camp et Camille était chargée d'expliquer à son ami les événements de la veille.

– Salim, espèce de mollusque, ce que je t'ai rapporté est vrai. Tu le sais bien, alors cesse ce jeu idiot !

– D'accord, d'accord, ne te fâche pas. Reconnais tout de même que ça fait un choc d'apprendre qu'on est quasiment devenu un loup-garou…

– Tu ne te souviens vraiment de rien ?

– De rien ! J'ai grimpé dans l'arbre et quelques secondes plus tard, je vous ai trouvés en train d'applaudir à l'arrivée des chevaux.

Camille soupira.

– Je peux te certifier qu'entretemps, outre ta transformation, tu as sacrément roupillé.

– C'est bon, j'admets. C'est dur, mais j'admets.

– J'aime autant…

Salim se racla la gorge et reprit, d'une voix hésitante :

– Camille ?

– Oui ?

– On ne s'embrasse pas pour fêter nos retrouvailles ?

– Désolée, j'aurais trop peur que les vapeurs d'alcool te gênent ! rétorqua-t-elle d'un ton railleur. Et puis tu sais, les bisous-bisous avec les mollusques…

Salim leva les yeux au ciel.

– Je disais ça pour rigoler…

– Eh bien rigole !

Elle sauta à terre et se dirigea vers le fagot que Maniel venait de déposer au centre du camp.

– Je peux ? demanda-t-elle à maître Duom qui s'était lui aussi approché.

– Je t'en prie, Ewilan.

Elle se glissa dans l'Imagination et dessina une flamme. Elle fit ensuite basculer sa création dans la réalité. Le tas de branches s'embrasa. L'action avait été instantanée.

Ellana, qui avait assisté à la scène, applaudit chaleureusement.

– Joli travail. Moi qui n'ai aucun don, je suis toujours étonnée de voir quelqu'un dessiner.

– Je croyais que tout le monde savait créer une flamme, releva Camille.

– En effet, admit la jeune femme, mais pour la plupart des gens c'est loin d'être aussi facile que pour toi. Personnellement, cela fait longtemps que j'ai décidé de me servir d'un briquet...

La marchombre désigna Salim, toujours assis à l'arrière du chariot.

– Il a compris ce qui lui est arrivé ?

– Je crois, même si j'ai dû un peu insister.

– Et là, que fait-il ? Il boude ?

– Non, il réfléchit, rectifia Camille.

Le retour d'Ellana et de Salim avait rendu son intégrité à la troupe. Bjorn et Salim avaient repris leurs incessantes chamailleries que Maniel arbitrait avec humour. Maître Duom, qui avait renoncé à son rôle de professeur, entretenait avec Camille de passionnantes discussions sur l'Art du Dessin, tandis qu'Edwin et Ellana ne se quittaient plus.

Le temps s'était adouci, les incursions précoces de l'hiver n'étaient qu'un mauvais souvenir. Un automne radieux s'installait peu à peu, un automne aussi radieux que le sourire de Salim lorsque ses yeux croisaient ceux de Camille.

7

Les hommes du Nord ne sont pas meilleurs dessinateurs que les autres Alaviriens. Certains sont même dépourvus de don. Pourtant le sang de Merwyn Ril' Avalon coule bel et bien dans leurs veines…

Elis Mil' Truif, maître dessinateur à l'Académie d'Al-Jeit

La Citadelle était vertigineuse.

Elle se dressait sur un piton rocheux qui surplombait la plaine, ses hautes murailles se fondant parfaitement avec les dalles verticales qu'elles prolongeaient. Trois tours puissantes se lançaient à l'assaut du ciel, tandis qu'une quatrième, couronnée d'un dôme de cristal, semblait l'atteindre.

Edwin désigna le dôme illuminé par le soleil du matin.

– La Vigie ! s'exclama-t-il. Merwyn a veillé à ce que la moitié de l'Empire soit visible de là-haut.

Salim contempla la tour en silence puis le maître d'armes. Ne parvenant pas à deviner si celui-ci était sérieux, il retint un commentaire désobligeant.

La remontrance de Camille, quelques jours auparavant, avait un peu calmé son excessive ironie et il essayait, depuis, d'adopter un comportement plus affable.

– Il n'y a pas de ville ? s'étonna Camille.

– Elle se trouve à l'abri des murailles, de l'autre côté du piton, expliqua Edwin. Regardez ! On vient à notre rencontre !

Une troupe de cavaliers était en effet apparue au sommet d'une éminence proche et fonçait dans leur direction. Les Frontaliers parcoururent rapidement la distance qui les séparait des compagnons, éblouissant Camille par leur maestria équestre.

En arrivant près d'eux, ils se scindèrent en deux files qui se refermèrent derrière le chariot, puis firent volte-face et s'arrêtèrent à leur hauteur. Ils portaient la même armure de cuir sombre qu'Edwin, et le même sabre dépassait de leurs épaules.

Ils attendirent, immobiles et silencieux. Le vent qui se levait ajoutait sa note sifflante à l'étrangeté de la scène ; Camille frissonna. Les Frontaliers ne possédaient pas la stature des hommes de la Légion noire et leur armement était sommaire. Pourtant elle les trouvait encore plus impressionnants.

Edwin fit avancer son cheval d'un pas. Face à lui, un Frontalier l'imita. Camille écarquilla les yeux en découvrant la tresse blonde qui battait dans son dos et les traits harmonieux de son visage. Le farouche cavalier était une femme.

Edwin leva la main. Celle de la guerrière s'y appliqua avec force.

– Honneur et courage ! dirent-ils ensemble.

Comme si la formule avait marqué la fin d'un salut

protocolaire, les cavaliers poussèrent des hurlements de joie et bondirent à terre. Ils entourèrent Edwin, puis le descendirent de son cheval en l'acclamant. À plusieurs reprises Camille l'entendit appelé prince des Marches. Leur guide était adoré par ceux de son peuple qui semblaient voir en lui l'unique raison de leur imprévisible triomphe sur les Raïs.

Finalement, Edwin poussa un cri.

– Écoutez-moi !

Le silence s'installa et il poursuivit :

– Je n'étais pas seul ! Ces compagnons, de vrais frères d'armes, m'ont aidé ! Sans eux, rien n'aurait été possible !

De nouvelles exclamations retentirent, qu'Edwin calma d'un geste de la main.

– Mais celle qui porte tout le mérite de la victoire, celle qui a éveillé les Sentinelles après avoir vaincu un Mentaï, celle qui a libéré le Gardien d'Al-Poll est là ! Fils et filles de Merwyn, voici Ewilan Gil' Sayan !

Tous se tournèrent vers Camille qui s'empourpra. Elle voulut parler, mais aucun mot ne parvint à franchir sa gorge. Un silence total régnait sur l'assemblée. Camille était dévisagée par des dizaines de regards impénétrables et, bien qu'elle ne fût pas timide, la situation l'écrasait.

Soudain, la guerrière qui avait salué Edwin leva les deux bras à la hauteur de son visage et claqua ses mains l'une contre l'autre. Elle recommença sur un rythme lent et, un à un, les Frontaliers se joignirent à elle. La clameur de cet hommage s'éleva, sauvage et envoûtante. Le silence qui lui succéda augmenta encore la solennité du moment.

– Je crois qu'ils attendent un discours, souffla Salim à l'oreille de son amie.

Camille sentit le rythme de son cœur s'accélérer. Même si elle avait eu envie de se lancer dans une déclaration, elle en aurait été incapable.

– Allez, courage ma vieille, continua Salim dans un murmure. T'es une star, assume…

Elle se força à respirer profondément et implora Edwin du regard.

– Amis, lança-t-il, Ewilan est celle qui a sauvé l'Empire, mais c'est aussi une jeune fille qui n'a pas dormi dans un vrai lit depuis une éternité. Elle est fatiguée, épuisée même. Lui offrirez-vous l'hospitalité de la Citadelle ?

Les Frontaliers réagirent dans l'instant. Ils bondirent sur leurs chevaux qu'ils firent volter, tandis que la guerrière s'approchait de Camille.

– Nous feras-tu l'honneur de chevaucher en notre compagnie ?

Camille quêta l'approbation d'Edwin qui hocha la tête.

– Je suis une cavalière débutante, répondit-elle, incapable d'imiter vos prouesses, mais je me joindrai à vous avec plaisir et fierté.

Bjorn tapota l'épaule de Salim.

– Comment se débrouille-t-elle pour conserver un pareil aplomb ? lui murmura-t-il. À sa place, j'aurais bafouillé une phrase ridicule…

– Je ne sais pas, avoua Salim. Je ne m'en serais pas sorti non plus…

– C'est bien pour ça que vous n'êtes pas à sa place ! se moqua Ellana.

La jeune marchombre s'était approchée d'eux et

un sourire fendait son visage. Soudain, elle fronça les sourcils, l'air mécontent. La guerrière qui avait invité Camille s'était avancée jusqu'à Edwin, à le toucher.

– Je suis heureuse de te revoir, lui confia-t-elle. Ces mois sans toi ont desséché mon cœur.

– La séparation a été difficile pour moi aussi, répondit-il. J'ai souvent pensé à toi, Siam, et tu m'as beaucoup manqué.

La jeune guerrière sourit largement, ce qui illumina son visage. Elle déposa un baiser sur la joue d'Edwin, sauta en selle sans daigner utiliser l'étrier et pivota ensuite vers Camille.

– En avant, Ewilan de Gwendalavir ! Le seigneur de la Citadelle nous attend. Il a hâte de t'entendre narrer tes aventures.

Elle pressa les flancs de sa monture. Les Frontaliers s'élancèrent à sa suite. Camille n'eut qu'à solliciter Aquarelle des genoux pour qu'elle s'envole avec eux. Ils furent vite loin et les mots d'Ellana résonnèrent dans le silence brusquement revenu :

– Je ne sais pas ce que vous en pensez, mais je trouve cette fille fade et vulgaire à la fois !

Edwin fit mine de n'avoir pas entendu, tandis que les autres, prudents, se gardaient bien du moindre commentaire.

8

Je n'aime pas les Raïs. Ils n'ont aucun sens esthétique.

Merwyn Ril' Avalon

Bjorn avait renoncé à se laisser pousser la barbe. Il achevait de se raser, en se justifiant auprès d'un Salim goguenard.

– Vois-tu, mon garçon, les poils piquent atrocement, ne tiennent pas vraiment chaud et nuisent à mon charme en cachant mes traits fiers et virils.

Salim éclata de rire avec tant d'entrain que le chevalier sursauta et s'entailla la joue avec la lame de son rasoir.

– C'est malin, râla-t-il. Comment veux-tu que les jolies Frontalières me considèrent à ma juste valeur si je me présente défiguré ?

– Pas de soucis, Bjorn, pas de soucis ! répondit Salim qui avait du mal à se calmer. Tu es si laid que, barbu ou pas, balafré ou non, les filles de la Citadelle feront des cauchemars pendant des siècles.

– Tu es jaloux, riposta le chevalier, voilà tout !

Maniel, qui assistait à l'affrontement en souriant, assis dans un fauteuil, les pieds sur une table basse, intervint.

– Je te préférais barbu, déclara-t-il.

– Tu crois ? s'étonna Bjorn.

– Bien sûr ! Les vilaines choses, moins on les voit, mieux on se porte !

Bjorn, vexé, tourna le dos à ses amis.

– Des envieux, marmonna-t-il, rien d'autre... Un nabot qui croit avoir de l'esprit et une espèce d'armoire à glace stupide...

Salim s'apprêtait à répliquer lorsqu'on frappa à leur porte.

Maître Duom entra sans attendre de réponse et se campa devant eux. Il avait fière allure dans un bel habit de velours vert et se tenait droit comme un I.

– Comment ? s'exclama-t-il. Pas encore prêts ? Je vous rappelle que le seigneur Hander Til' Illan nous accorde une audience solennelle avant le banquet prévu pour fêter la libération des Sentinelles et la victoire proche. Ce personnage légendaire ne le cède en importance qu'à l'Empereur. Manquer de ponctualité constituerait une insulte grave, même si ce ne serait pas étonnant de la part d'ours mal léchés comme vous.

Bjorn profita de ce que l'analyste reprenait son souffle pour intervenir.

– Nous sommes prêts ! cria-t-il. Nous vous suivons !

Maître Duom fronça les sourcils.

– Tu t'es rasé ? remarqua-t-il. Drôle d'idée. Je crois que tu étais moins laid avec la barbe.

Salim laissa échapper un gloussement de joie qui lui attira un regard furibond de l'analyste.

– J'espère que tu sauras te tenir, jeune homme ! l'admonesta-t-il. Les Frontaliers ont un sens strict des convenances, et un code d'honneur très rigoureux. Si tu joues à l'impertinent, tu seras défié en duel en moins de temps qu'il n'en faut à une idée pour traverser ta cervelle atrophiée. Compris ?

– Compris, chef ! se moqua Salim.

Maître Duom leva les yeux au ciel puis se tourna vers Maniel.

– Tu es de loin le plus sensé des trois. Je te charge de veiller sur eux. J'ai assez de soucis avec l'inévitable confrontation entre Ewilan et Éléa Ril' Morienval, sans avoir à m'occuper de garnements mal élevés. Maintenant, on y va !

Sur ces mots, il tourna les talons et s'engagea dans le couloir. Salim attrapa Bjorn par la manche.

– Des duels ? Il blaguait, non ?

– Non, bonhomme. Les Marches du Nord sont un territoire sauvage, dangereux, à l'image de ceux qui y vivent. J'ai toujours entendu dire que les Frontaliers avaient un sens de l'humour rudimentaire et qu'ils réglaient fréquemment leurs différends à coups de sabre.

Salim siffla doucement.

– Camille risque d'être provoquée en duel ?

– Éléa Ril' Morienval a des amis dans la Citadelle, des gens qui risquent de ne pas apprécier qu'on la remette en question.

– Mais c'est une traîtresse ! Tout le monde le sait !

– Faux ! La plupart des Alaviriens l'ignorent. De plus, en rétablissant les Sentinelles dans leurs fonctions, Sil' Afian a implicitement signifié qu'il pardonnait leur défection. Les Frontaliers n'accepteront jamais que quelqu'un discute une décision de l'Empereur.

Salim s'apprêtait à protester, lorsque Maniel le poussa hors de la chambre.

– Avance ! Si nous arrivions en retard, maître Duom serait capable de dire que c'est ma faute.

Les trois amis empruntèrent les couloirs de la Citadelle en veillant à ne pas s'écarter du parcours qu'ils connaissaient. Salim s'imaginait arpenter un château fort même si les immenses baies vitrées, les structures métalliques et la décoration n'avaient strictement rien à voir avec la France du Moyen Âge. Il avait enfin découvert un type de construction qui mélangeait allégrement ses connaissances historiques et son goût pour le fantastique. Il était aux anges.

Ils retrouvèrent leurs compagnons dans la salle d'apparat. La pièce était aussi vaste que le pont d'un navire et d'énormes piliers de marbre rose soutenaient un plafond tout en voûtes. Le sol, une unique dalle de cristal translucide, laissait voir, une dizaine de mètres plus bas, un profond bassin d'eau limpide. Des poissons multicolores, certains longs de plus d'un mètre, y nageaient paisiblement. Salim eut du mal à en détacher son attention. Malgré la présence de plusieurs douzaines de personnes, le sol était parfaitement propre et on avait l'impression de flotter dans les airs. À l'extrémité de la salle, un tigre de jade soutenait un trône taillé dans un bois précieux aux veinures dorées. Le seigneur Hander Til' Illan y était assis.

Son extraordinaire ressemblance avec Edwin frappa Salim d'étonnement. Ils possédaient les mêmes traits tout en méplats, les mêmes yeux gris acier, la même stature. Le seigneur frontalier portait l'armure de cuir de son peuple et, s'il paraissait très âgé, il n'en était pas moins impressionnant de force et de charisme.

Debout, Camille et Edwin lui faisaient face tandis qu'Ellana et maître Duom se tenaient un peu en retrait, au milieu d'un groupe de Frontaliers.

Salim se serait faufilé jusqu'à son amie si Ellana ne l'avait fermement attrapé par l'épaule.

– Tiens-toi correctement, petit monstre, lui souffla-t-elle sur un ton menaçant.

Hander Til' Illan se leva, alors que deux personnes dissimulées dans l'ombre du trône faisaient un pas en avant.

– C'est elle, murmura Salim à l'oreille de la marchombre. Voici la femme qui a trahi les parents de Camille ! L'homme près d'elle est également une Sentinelle. Je l'ai vu à Al-Poll.

Camille aussi avait aperçu Éléa Ril' Morienval.

Les yeux de la femme se rivèrent dans les siens et doucement, un sourire naquit sur ses lèvres. Il était si plein de morgue que Camille sursauta. Elle exécra soudain cet être odieux. Elle serra les poings en se remémorant les explications d'Edwin. La Citadelle était l'équivalent d'un Hiatu, l'Imagination n'y était pas accessible ! Pourtant, à cet instant précis, rien ne l'aurait davantage comblée que dessiner un seau d'eau glacée pour le déverser sur la tête de la Sentinelle.

Le seigneur des Frontaliers acheva son discours

et des applaudissements parcoururent l'assemblée. Camille prit conscience qu'elle n'avait rien écouté. Elle jeta un coup d'œil circulaire et se rasséréna en constatant que personne n'attendait qu'elle prenne la parole.

Comme si elle avait perçu son trouble, Éléa Ril' Morienval sourit plus largement. Elle se pencha et murmura une phrase à l'oreille de son voisin qui eut un léger rire.

La foule entoura Edwin pour le féliciter et Salim rejoignit Camille.

– Tu as vu, s'indigna-t-elle, comment ce serpent m'a dévisagée ?

– Ne t'occupe pas d'elle pour l'instant, tempéra-t-il, je lui réglerai son compte plus tard.

– Tu deviens prétentieux, remarqua Camille. Comment vas-tu t'y prendre ?

– Je n'y ai pas réfléchi, admit Salim, mais ce n'est pas un problème. Je peux trouver cinquante moyens en dix secondes. N'oublie pas que, pendant mon absence, j'ai vécu avec une marchombre…

– Une absence de trois jours, Salim, au lieu des trois ans prévus. Je suppose qu'Ellana, même avec un élève brillant comme toi, a dû restreindre ses ambitions…

– Ne sois pas aussi sceptique, protesta-t-il, regarde…

Il effleura le bras de Camille d'un geste à la fois doux et rapide et, après avoir prolongé le suspense une poignée de secondes, ouvrit la main.

– Mais… C'est ma bourse ! s'étonna Camille.

– Alors, ma vieille ? railla Salim. Tu doutes encore de moi ?

– Plus du tout, admit-elle de bonne grâce. Tu es un professionnel, je le reconnais ! Un détail toutefois. Dans cette bourse, il y a la sphère graphe ts'liche.

– Tu as toujours cette horreur ? grimaça Salim. Qu'est-ce que tu attends pour t'en débarrasser ? Elle ne te sert à rien...

– Qui sait, Salim ? Qui sait ?

Bjorn arriva à cet instant. Il passa ses bras sous ceux des adolescents pour les entraîner.

– Le banquet de bienvenue est servi dans la salle d'à côté, annonça-t-il. Je viens de repérer les lieux. Ewilan, tu as l'honneur de t'asseoir à la droite du seigneur Til' Illan, tu seras loin de nous. Ne t'inquiète pas, je veillerai à ce que Salim ne mange pas avec les doigts.

Il poursuivit en prenant une pose avantageuse :

– Dis-moi, jeune fille, comment me trouves-tu sans la barbe ?

– Charmant, Bjorn ! Tout à fait charmant !

Le chevalier éclata de rire et assena à Salim une bourrade qui faillit le projeter au sol.

– Et voilà, bonhomme, s'exclama-t-il, la vérité retrouve ses droits !

Les dimensions de la salle de banquet avoisinaient celles de la salle d'apparat.

La table centrale, longue de presque vingt mètres et recouverte de victuailles plus appétissantes les unes que les autres, était impressionnante. Edwin s'approcha de Camille.

– Une fête exceptionnelle, expliqua-t-il un peu gêné. Habituellement, les Frontaliers sont beaucoup plus sobres…

Elle hocha la tête et s'avança vers la place qui lui était réservée, regrettant de devoir se séparer de ses amis. Seul Edwin lui faisait face. Éléa Ril' Morienval se glissa près de lui et adressa à Camille un sourire outrancier. La jeune fille frémit. Le comble fut atteint lorsque l'autre Sentinelle se plaça à sa droite. Edwin l'encouragea d'un clin d'œil, mais cela ne la réconforta qu'à moitié.

Le seigneur Til' Illan fit un geste ample de la main et les invités s'assirent. Lui resta debout et, appuyant ses poings sur la table, se pencha vers l'assemblée.

– Amis, lança-t-il d'une voix forte, nous fêtons aujourd'hui un événement exceptionnel : la victoire sur les Raïs, nos ennemis de toujours. Nous, Frontaliers, avons fait notre devoir. Nous avons combattu sans trêve et sans peur. Mais ce triomphe ne nous appartient pas. C'est celui d'Ewilan Gil' Sayan et de nos fidèles Sentinelles. Portons un toast en leur honneur !

Donnant l'exemple, le patriarche leva sa lourde chope de verre au-dessus de sa tête. Les convives l'imitèrent en approuvant bruyamment.

Lorsque le calme fut un peu revenu, la Sentinelle assise près de Camille se dressa à moitié.

– Seigneur…

– Holts Kil' Muirt ! s'exclama le patriarche. Tu as la parole. Nous t'écoutons, car ta sagesse est grande et nous te devons la liberté.

La Sentinelle acquiesça d'un signe de tête et attendit le silence complet pour parler.

– Je tiens à vous remercier, commença l'homme. Votre reconnaissance nous va droit au cœur. Œuvrer avec des guerriers aussi fiers que les Frontaliers pour le bien de l'Empire est un honneur que beaucoup nous envient. Je dois cependant, en toute humilité, corriger une de vos paroles. Tout le mérite de la victoire vous revient. Nous, Sentinelles, portons en partie la responsabilité de la situation périlleuse dans laquelle se trouvait Gwendalavir. L'Empereur et vous-même avez eu la grandeur d'âme de nous pardonner nos errements et je tiens à vous renouveler ici notre complète allégeance.

Hander Til' Illan hocha la tête avec satisfaction.

– Vous avez, seigneur, reprit Holts Kil' Muirt, mentionné les Sentinelles, comme si elles avaient toutes participé à la bataille. Or c'est faux. Seules dix d'entre elles ont combattu les Raïs. Seules dix d'entre elles ont contré les stratagèmes ts'liches. Seules dix d'entre elles se sont dressées à vos côtés ! À ma grande honte, deux ont été suffisamment veules pour fuir le combat, pour se terrer, pour se déshonorer ! Leur fille a contribué à sauver l'Empire, mais Altan et Élicia Gil' Sayan sont des lâches, indignes d'être cités ici !

Une explosion de verre retentit.

Camille venait d'écraser sur la pommette de Holts Kil' Muirt la lourde chope qu'elle tenait dans son poing crispé.

Sous l'impact, l'homme poussa un cri de douleur et bascula en arrière. Des cris éclatèrent et de nombreuses personnes se levèrent.

L'orateur se redressa. Une vilaine coupure barrait sa joue, mais il souriait.

Le seigneur Til' Illan poussa une clameur sauvage et le brouhaha retomba, pour laisser place à un silence presque complet. La voix de Holts Kil' Muirt résonna dans la salle, suintante de haine.

– Mon honneur a été piétiné. Il ne peut être lavé que dans le sang. J'exige un duel !

– C'est impossible !

Edwin avait crié, le visage déformé par la colère.

– Tu as volontairement insulté Ewilan en bafouant ses parents ! Nul ne sait avec certitude ce qui advint il y a sept ans, quand tu as trahi, mais leur loyauté est au-dessus de tout soupçon, tu le sais très bien. Tu es un serpent, mais ta perfidie est vouée à l'échec. Ewilan est une enfant. Elle ne peut être provoquée en duel !

Éléa Ril' Morienval prit la parole sur un ton doux comme une feuille de soie et tranchant comme un rasoir.

– Peut-on vraiment dire d'une jeune fille qui siège à la droite du seigneur de la Citadelle, d'une jeune fille qui a vaincu le Gardien d'Al-Poll, qui a occis un Mentaï, qu'elle est encore une enfant ?

L'argument frappa l'assemblée comme une masse. Edwin blêmit et se tourna vers Hander Til' Illan.

– Père ?

Le vieillard paraissait abattu, mais lorsqu'il releva la tête sa décision était prise.

– Altan et Élicia sont des justes, j'en conviens, Edwin, et je désapprouve totalement ce duel…

Il poursuivit en fixant son fils :

– … mais je ne peux l'interdire ! Notre loi est sans appel. Les propos de Holts Kil' Muirt ont beau être empreints de fourberie, le geste d'Ewilan constitue une agression irrémissible. Le duel aura lieu ce soir, dans la Haute Prairie.

Des exclamations s'élevèrent, mais lorsque Edwin abattit son poing sur la table, le silence revint. Absolu. Il planta ses yeux dans ceux de la Sentinelle.

– Tu es un être vil, articula-t-il. Plus abject qu'un Ts'lich ! Tu périras sous ma lame, je le jure sur la mémoire de mes ancêtres.

La sentence tomba comme un couperet.

Holts Kil' Muirt devint livide, mais il conserva son sourire. Les regards se tournèrent alors vers Camille. Elle se sentait maintenant sereine.

– Mes parents n'ont pas trahi, annonça-t-elle d'une voix claire et haute. Je le sais comme vous le savez tous. Je suis persuadée qu'ils vivent encore, même si j'ignore où ils se trouvent. Je veux rester digne d'être leur fille, aussi je ne me déroberai pas à ce duel. Sachez toutefois que vous abritez des monstres parmi vous, qui continuent à manigancer dans l'ombre. Prenez garde, Frontaliers, ils cherchent votre perte !

9

Vous êtes l'élite des armées impériales. Cela ne fait aucun doute. N'oubliez cependant pas le sort des dix soldats de la Légion noire qui, sans le vouloir, ont provoqué un Frontalier et sa femme. Et si vous ne vous en souvenez pas, demandez ce qui s'est passé à l'unique survivant…

Edwin Til' Illan, Discours aux aspirants de la Légion noire

– Je ne comprends rien ! Pourquoi veulent-ils se débarrasser de Camille et pourquoi ont-ils choisi ce moment et cette méthode ?

Maniel venait de résumer avec des mots simples ce qui intriguait la plupart des Frontaliers.

Le banquet n'avait pas eu lieu.

Le seigneur Til' Illan, déchiré entre son devoir et ses certitudes, s'était levé et avait quitté la salle. Les amis de Camille avaient convergé vers elle, tandis qu'une incroyable agitation saisissait l'assemblée. Les deux Sentinelles en avaient profité pour s'éclipser discrètement.

Edwin avait entraîné ses compagnons à l'extérieur. Ils se trouvaient maintenant dans un salon calme.

– C'est pourtant simple, expliqua le maître d'armes. Les Sentinelles ont failli. L'Empereur pense qu'il s'agissait davantage d'un manque de jugement que d'une réelle forfaiture, il leur a donc accordé son pardon. Les choses seraient différentes s'il apprenait les véritables desseins de Morienval et de Muirt. Or Ewilan est la seule personne qui puisse encore prouver leur félonie.

– Mais comment ? s'étonna Bjorn.

– En libérant mes parents ! intervint Camille. Je ne sais ni où ils se trouvent, ni qui les détient prisonniers, mais j'ai compris tout à l'heure que ces deux faux jetons ne peuvent plus les atteindre. Éléa Ril' Morienval n'a qu'une crainte : que je les retrouve et qu'ils lui demandent des comptes. Elle sait que j'en suis capable et elle veut me supprimer. En revanche, je n'arrive pas à saisir pourquoi ils m'ont défiée de manière aussi maladroite, au risque de s'attirer l'inimitié des Frontaliers. Honnêtement, et même si je reste prudente dans mes assertions, je suis persuadée posséder plus de pouvoir qu'eux deux réunis. À quoi rime ce duel ?

Edwin soupira longuement avant de prendre la parole.

– La réponse, Ewilan, tient dans ce que tu ignores encore. Haute Prairie est le nom d'une des cours de la Citadelle. Il est donc impossible d'y dessiner. Les duels des Frontaliers se déroulent au sabre !

Bjorn poussa une bordée de jurons et Salim se leva d'un bond.

– Mais c'est de la folie ! s'écria-t-il. Un meurtre organisé ! Camille n'a jamais tenu une arme. Il faut intervenir !

– Tu as entendu le seigneur de la Citadelle ? rétorqua Edwin en serrant les mâchoires. Je connais bien mon père. Il a conscience de ce qui se passe et l'empêcherait s'il le pouvait, mais il ne peut rien faire. La loi est du côté de Muirt !

– Nous perdons notre temps en paroles inutiles ! s'exclama soudain Ellana. Il faut prendre les décisions qui s'imposent. Camille, es-tu d'accord pour t'échapper ? Pour fuir ce duel ?

– Non.

– Je m'en doutais. Je vais donc m'occuper de ce maudit couard. Il n'y aura pas de duel et...

– N'y compte pas, la coupa Edwin. Il est enfermé avec Éléa dans la Vigie, l'unique salle de la Citadelle où dessiner soit possible. Ils y ont leurs appartements et seuls les dessinateurs de très haut niveau y ont accès. Ewilan pourrait s'y rendre sans difficulté, mais je doute qu'elle accepte de régler le problème à ta manière.

Ellana ferma les yeux.

– Dans ce cas, Camille, tu vas te battre. Nous avons six heures devant nous. Edwin, il nous faut un endroit tranquille pour nous entraîner. Est-ce envisageable ?

Avant que le maître d'armes ait pu répondre, on frappa à la porte.

Maître Duom alla ouvrir.

La jeune femme blonde qui les avait accueillis dans la plaine se tenait sur le seuil.

– Je viens vous proposer mon aide, annonça-t-elle.

Ellana s'apprêtait à la rabrouer lorsque Edwin se leva et s'avança vers elle.

– Entre, Siam, déclara-t-il. Je suis heureux que tu sois là.

Puis il se tourna vers ses compagnons.

– Je n'ai pas eu le temps de vous présenter ma jeune sœur Siam.

Le soupir de soulagement émis par Ellana à l'annonce de cette parenté ne fut perçu que par maître Duom, lequel était bien trop fin pour s'autoriser une remarque.

Siam portait un long objet, enveloppé de soie violette.

– J'ai apporté ceci pour Ewilan. Mon premier sabre. Il est léger, adapté à sa taille et à son âge. Je peux aussi, si elle le veut, l'aider à se préparer au duel.

– Siam est née avec une lame dans les mains, précisa Edwin. Je ne souhaiterais à personne d'avoir à l'affronter !

Camille avait suivi l'échange comme si elle n'avait pas été concernée. Elle venait de tenter, pour la quatrième fois, d'investir l'Imagination. En pure perte ! Elle avait l'affreux sentiment que la situation lui échappait totalement. Elle se força pourtant à sourire en s'adressant à la jeune femme.

– Merci beaucoup. Je ne sais pas si cela sera utile, mais je vous suis reconnaissante.

– Ça suffit, ces idées négatives, réagit Ellana. Nous allons nous occuper de toi, et ce soir tu me feras le plaisir de découper cet enfant de Ts'lich en morceaux. Au travail !

Elle prit Camille par la main et l'obligea à se lever. Siam s'adressa à son frère.

– Nous pourrions utiliser la petite salle d'armes. Qu'en dis-tu ?

Edwin se contenta de hocher la tête. Les deux jeunes femmes et Camille quittèrent la pièce.

Salim se tourna vers Bjorn en quête d'une lueur d'espoir.

– Elles vont vraiment lui enseigner à se battre ?

Le chevalier considéra ses compagnons avant de répondre, la gorge nouée :

– Non, bonhomme, elles agissent ainsi pour ne pas se contenter d'attendre. Il est impossible d'apprendre le maniement du sabre en un après-midi. Ni même en deux, en dix ou en cent. Ewilan n'a aucune chance dans ce duel !

10

L'Imagination est une dimension, un univers, mais personne ne l'habite. Seuls les dessinateurs, en arpentant les Spires, y font de courtes incursions. C'est ce qui est communément admis, mais est-ce bien la vérité ? Ne sommes-nous pas des aveugles qui, en touchant une porte, croient heurter un mur ?

Duom Nil' Erg, *Journal personnel*

Camille balaya du regard la Haute Prairie. Une vaste terrasse sans parapet surplombait sur trois côtés une multitude de bâtiments et d'espaces ouverts, protégés par les impressionnants remparts extérieurs. Un balcon la dominait, noir de monde.

À l'extrémité de la cour, Holts Kil' Muirt se tenait immobile. Les amis de Camille se mêlaient aux spectateurs, mais le seigneur de la Citadelle avait veillé à ce qu'ils soient désarmés et bien entourés afin de prévenir toute intervention. Jusqu'à Salim qui était encadré par deux Frontaliers prêts à se saisir de lui !

Edwin avait tempêté tout l'après-midi, essayant de convaincre son père d'interdire le duel. En vain !

Camille l'imaginait à cet instant, muscles noués, poings crispés. Les gardes chargés de sa surveillance ne devaient pas en mener large…

Elle sourit amèrement en sentant une douleur parcourir ses avant-bras. Ellana et Siam l'avaient fait travailler durement ! « Tu dois surprendre ce fils de Ts'lich, avait martelé Ellana. Il est persuadé de te tuer sans difficulté, il ne se méfiera pas. Tu peux donc le vaincre ! »

Camille resserra sa prise sur son sabre, ainsi qu'on le lui avait enseigné. Elle ne put s'empêcher d'admirer la beauté de l'arme. Son tranchant était redoutable et elle était merveilleusement équilibrée.

Avait-elle vraiment une chance ?

Holts Kil' Muirt se mit en marche dans sa direction.

Camille fit le vide dans son esprit et utilisa chaque parcelle de sa volonté pour investir l'Imagination. Elle en fut chassée en une fraction de seconde. Elle « glissait », comme dans le bosquet, face aux loups.

Mais cette fois-ci, elle ne renonça pas.

Elle repartit à l'assaut, tentant de se frayer un passage de force. Pendant un court instant, il lui sembla réussir, puis, une fois encore, elle fut expulsée.

Holts Kil' Muirt n'était plus qu'à une dizaine de mètres. Un sourire sinistre déformait son visage.

En un éclair, les conseils de Siam et d'Ellana défilèrent dans l'esprit de Camille. Placement, garde, centre, attaques, parades, feintes…

Elle se lança de nouveau à la conquête des Spires.

– *Je travaille, bon sang ! Fichez-moi la paix !*

Les paroles avaient claqué dans son esprit, agacées mais pas réellement menaçantes.

De stupeur, Camille faillit lâcher prise, perdre le contact. Elle se ressaisit de justesse. Elle savait qu'Holts Kil' Muirt allait frapper. Il n'y avait qu'une chose à faire :

– *J'ai besoin d'aide ! Vite !*

Il y eut un vide qui lui sembla durer une éternité. Elle se tenait en équilibre instable à la frontière de l'Imagination. Les Spires lui étaient toujours interdites. Sa seule chance résidait dans cette voix. Elle résonna une nouvelle fois, plus amicale.

– *Hum, je vois... Utilise la sphère graphe, je m'occupe de son sabre.*

Camille ouvrit les yeux. Holts Kil' Muirt était là !

Elle lâcha son arme et plongea la main dans sa poche.

L'homme leva sa lame. Sur le balcon, l'agitation qui croissait depuis quelques minutes atteignit son paroxysme. Des silhouettes s'empoignèrent. Pendant une seconde terrifiante, Camille crut qu'elle n'arriverait pas à dénouer les cordons de sa bourse. Ses doigts s'agitaient, fébriles et inefficaces. Elle y parvint au moment où le sabre s'abattait sur son cou.

Elle serra les dents dans l'attente de l'atroce douleur...

Il n'y eut qu'un choc un peu mou.

Devant elle, Holts Kil' Muirt fixait stupidement le cylindre de carton qu'il tenait dans son poing. Camille agit sans réfléchir davantage. Elle tendit le bras et plaqua vigoureusement la sphère ts'liche sur le front de son adversaire. Le résultat dépassa de loin ses espérances les plus folles.

Il y eut un grésillement affreux, une odeur nauséabonde, l'homme poussa un hurlement. Il écarta les bras et, toujours criant, tomba à genoux. Camille fit un pas en arrière. Elle tremblait de tous ses membres. La sphère libérée roula au sol, mais Holts Kil' Muirt ne se releva pas. Son cri s'éteignit dans un gargouillement et il s'abattit, face contre terre. Pendant un court instant, ses pieds tressautèrent, puis il s'immobilisa.

Un long frisson parcourut le dos de Camille et une sueur froide perla sur son front et ses tempes. Elle ne supportait pas l'idée d'avoir tué un homme, fût-il un assassin en puissance. Elle sentit une nausée déferler en elle.

– *Il n'est pas mort, petite, il est juste devenu gaga et c'est très bien. Se changer en poireau représente pour lui une évolution inespérée !*

La voix s'était de nouveau élevée dans son esprit, empreinte d'un humour revigorant.

– Qui... qui parle ? balbutia Camille.

Personne ne répondit.

– Camille !

Elle se retourna.

Salim avait sauté du balcon et se relevait avec difficulté. Il boitilla dans sa direction.

– Que s'est-il passé ? haleta-t-il.

Camille sourit. Ses bras avaient cessé de trembler, mais ses jambes étaient en coton.

Elle désigna une porte qui venait de s'ouvrir, laissant passer Ellana, Edwin et une foule de Frontaliers.

– Il y avait un escalier, Salim. Il faut toujours que tu te fasses remarquer...

Des points noirs se mirent à danser devant ses yeux et elle poursuivit dans un murmure :

– C'est un vilain défaut...

Elle devint livide et s'écroula lentement. Salim n'eut que le temps de tendre les bras pour la rattraper. Lorsque leurs compagnons arrivèrent, il la tenait serrée contre lui.

– Ce n'est rien, chuchota-t-il, elle n'est qu'évanouie.

Jamais personne n'avait vu sur son visage une telle expression de bonheur béat.

11

Le Pollimage est la colonne vertébrale de l'Empire ; le Grand Océan du Sud, son pied. Les pirates alines sont l'épine dans ce pied. Depuis des siècles ! Toutes les tentatives pour ôter cette épine ont échoué. Quelques rares dessinateurs ont réussi à accoster l'archipel. On ne les a jamais revus.

Seigneur Saï Hil' Muran, *Journal de bord*

Quand Camille reprit connaissance, elle était étendue sur un lit confortable, dans une chambre doucement éclairée par la lumière qui filtrait au travers des rideaux tirés.

Elle éternua en sentant une odeur âcre envahir ses narines. Le vieil homme penché sur elle se redressa lorsqu'elle ouvrit les yeux. Presque chauve, il portait une longue barbe blanche et ses yeux, d'un bleu très clair, brillaient d'intelligence.

– Merwyn ? chuchota Camille.

Le vieillard eut un rire qui fit ressortir l'éclat de ses dents.

– Je suis vieux, admit-il, mais pas à ce point !

– Merci, Thuy, lança la voix d'Edwin. Tu as été efficace, comme d'habitude.

– Cette jeune fille était juste évanouie. Rien de bien méchant, puisque les sels ont suffi à la ranimer, mais si par hasard il y avait un problème, n'hésite pas à me prévenir.

Camille s'assit sur son lit.

Ses amis étaient là, en train de la contempler comme une miraculée. Jusqu'à Salim qui, muet pour une fois, la regardait avec des yeux ronds. La porte se referma derrière le guérisseur et Bjorn ne put se retenir davantage. Il poussa un cri de joie qui fit sursauter maître Duom.

– Espèce de sot ! ronchonna ce dernier. Tu souhaites que je trépasse d'une attaque cardiaque ?

L'analyste tempéra sa diatribe d'un sourire à peine masqué, puis s'adressa à Camille avec une voix que l'impatience faisait chevroter.

– Comment as-tu réussi cet exploit ?

– J'ai utilisé la sphère ts'liche, expliqua-t-elle. Je comprends maintenant pourquoi personne n'arrive à la toucher ! C'est un bijou qui...

– Mais non ! l'interrompit maître Duom. Je ne te parle pas de la sphère graphe, même si l'avoir employée comme tu l'as fait témoigne de ton intelligence. Je veux savoir comment tu t'es débrouillée pour le dessin.

– Le dessin ?

– Oui, tu m'as bien entendu ! s'emporta-t-il. Dessiner dans la Citadelle est impossible, je n'ai perçu aucune utilisation du pouvoir, et tu as pourtant réussi à transformer le sabre de Holts. Que s'est-il passé ?

Il y eut un silence.

Camille hésitait à parler.

Ce fut le regard inquisiteur de l'analyste qui la décida à se taire. Elle ignorait encore trop de choses sur ce qui s'était produit. Il lui fallait réfléchir, s'informer ; elle craignait que la curiosité de maître Duom ne soit un obstacle à son enquête.

– Je ne sais pas comment une telle chose a pu arriver, mentit-elle.

Le vieil analyste poussa un grognement dépité. Edwin prit la parole.

– J'ai deux nouvelles, annonça-t-il. Tu es restée évanouie suffisamment longtemps pour que la Citadelle ait eu le temps de se calmer. Je peux donc t'annoncer que les Frontaliers se rangent dans ton camp, même les grincheux qui n'ont pas apprécié que le duel ne se déroule pas selon la tradition. Personne n'a été dupe des manœuvres de Holts Kil' Muirt.

Camille eut un sourire amer.

– Ils sont tous avec moi, mais ils se sont contentés d'attendre tranquillement mon exécution. Vachement logiques, tes copains frontaliers !

Edwin eut l'air gêné, aussi Camille n'insista pas.

– Et la deuxième nouvelle ? s'enquit-elle.

– Éléa Ril' Morienval a disparu. Elle a effectué un pas sur le côté, ce qui équivaut à des aveux complets. Les commentaires vont bon train dans la Citadelle et ils ne plaident pas en sa faveur.

Camille se tourna vers maître Duom.

– Vous arrivez à la localiser ?

– Non. Les autres Sentinelles se sont, par contre, manifestées. Elles se désolidarisent des actes d'Éléa Ril' Morienval et d'Holts Kil' Muirt. Elles en profitent pour louer l'attitude de tes parents, minimiser leurs responsabilités et préciser qu'elles n'ont aucune idée de l'endroit où ils se trouvent ! Une position, certes lâche et quelque peu écœurante, mais inattaquable.

L'information ne découragea pas Camille. Répondre aux questions qui se bousculaient dans son esprit lui permettrait, elle en avait la certitude, de débusquer Éléa Ril' Morienval. Quelqu'un l'avait aidée pendant son duel. Qui était assez puissant pour dessiner dans la Citadelle ? À quelle activité se livrait son mystérieux sauveteur ?

Elle remarqua soudain la lèvre enflée de Maniel et une ecchymose qui virait au bleu autour de l'œil de Bjorn.

– Que vous est-il arrivé ? s'inquiéta-t-elle.

Les deux colosses échangèrent un regard.

– Il y a eu un peu d'agitation sur le balcon tout à l'heure… expliqua Bjorn.

– On nous avait confisqué nos armes, poursuivit Ellana, mais nous n'allions pas assister à ta mort sans rien tenter ! Bon nombre de Frontaliers vont se réveiller avec un sacré mal de crâne !

– Quelle folie ! s'exclama Camille. Vous allez vous retrouver avec un tas de duels sur les bras !

– Ça m'étonnerait, rétorqua Maniel. Ou alors les volontaires devront d'abord affronter Edwin. C'est tout de même lui qui a cogné le plus fort…

Le maître d'armes haussa les épaules.

– Il ne se passera rien, croyez-moi. Les Frontaliers nous ont retenus par sens du devoir, mais le cœur n'y était pas. Ils ont touché ce soir aux limites de leur code d'honneur. Nombreux sont ceux qui ont honte de ce qui a failli survenir.

Dans la chambre, tout le monde se mit à parler en même temps et Camille éleva la voix pour se faire entendre.

– Je trouve dommage de survivre à un duel pour ensuite mourir de faim !

– Excellente remarque ! rugit Bjorn. À table !

– Mais il fait nuit, observa Ellana.

– Peu importe ! s'exclama le chevalier. Ewilan est une héroïne. Elle a envie de manger, il est de notre devoir de lui offrir un festin.

– Et je suppose que tu vas l'accompagner ? se moqua Salim.

– Gagné, fiston ! Les émotions ouvrent l'appétit, et j'ai eu mon compte de coups de sang pour aujourd'hui. Il faut que je m'occupe un peu de mon estomac !

En sortant, Camille n'eut aucune difficulté à se glisser près de Salim.

– Rendez-vous ici, lui murmura-t-elle à l'oreille. Cette nuit, à une heure.

– Pas de problème, ma vieille, chuchota-t-il en retour, un large sourire fendant son visage. C'est reparti, comme au bon vieux temps !

12

D'aucuns pensent que Sil' Afian a trop vite pardonné aux Sentinelles. Ils ont évidemment tort ! L'Empereur a suivi l'unique voie possible, la seule qui conduisait à la survie de Gwendalavir. Mais soyez certains d'une chose, il n'a pas oublié…

Maître Duom Nil' Erg,
courrier à maître Carboist, supérieur d'Ondiane

Camille croyait n'avoir fermé les yeux qu'une dizaine de secondes lorsqu'elle s'éveilla en sursaut. Elle consulta la clepsydre qui trônait sur une commode et poussa un grognement étouffé. Il était une heure passée de dix minutes !

Elle rejeta les couvertures et, sans bruit, posa les pieds au sol. Elle s'était couchée habillée, il ne lui restait plus qu'à enfiler ses bottes pour être prête. Elle agit dans un silence presque total. La voix d'Ellana, parfaitement réveillée, s'éleva pourtant avant qu'elle ait atteint la porte.

– Où vas-tu ?

Camille se mordit les lèvres. C'était bien sa veine de partager sa chambre avec une marchombre aux sens aussi infaillibles qu'un radar ! Elle décida de formuler une demi-vérité.

– J'ai rendez-vous avec Salim, avoua-t-elle.

– C'est du beau ! railla Ellana.

Puis elle ajouta :

– D'accord. Je n'ai rien entendu, mais ne passe pas la nuit dehors, ou je réveille maître Duom pour qu'il parte à ta recherche. Compris ?

– Compris ! promit Camille en se félicitant que son amie se soit méprise sur ses intentions.

Elle se glissa hors de la pièce. Le couloir était sombre, mais les murs de pierre dégageaient une faible luminosité qui permettait de se déplacer sans encombre. Impossible de déterminer depuis quand cette lumière avait été dessinée. Depuis des siècles peut-être, et Camille se demanda si elle avait été créée tamisée ou si son intensité avait décru au fil du temps.

Elle gagna rapidement la chambre où elle avait donné rendez-vous à Salim. Il l'attendait, assis devant la porte, et se leva à son arrivée.

– Non ! intervint Camille avant qu'il ait eu le temps de parler. Ne râle pas ! Ce n'est qu'un très léger retard et nous avons des tas de choses à faire.

– Très bien, ma vieille. Je me tais, je ne pense à rien, je n'ai pas sommeil et je n'ai pas froid aux fesses... Par quoi commençons-nous ?

Camille réfléchit un court instant.

– La Vigie.

– Mais... Edwin a expliqué qu'il fallait être un dessinateur de haut niveau pour y pénétrer !

Il parlait dans le vide. Son amie avait fait demi-tour et s'éloignait déjà. Salim courut pour la rattraper.

– Tu pourrais au moins me dire ce qu'on cherche, ronchonna-t-il.

– Qui on cherche, le corrigea Camille.

– On cherche quelqu'un ?

– Oui, celui qui m'a aidée lors de mon duel. Celui qui peut dessiner ici, alors que c'est impossible. Celui dont tout le monde ignore la présence, et que je dois absolument trouver !

– Mais...

– Tais-toi, Salim. Bien que les gardes soient postés sur les remparts et non au cœur de la Citadelle, mieux vaut ne pas courir le risque d'être découverts. Nous aurions du mal à expliquer notre présence ici.

La tour de la Vigie s'élevait au centre d'une cour plantée de pommiers. L'ouverture à sa base n'était close par aucune porte et personne ne gardait les quelques degrés qui y conduisaient.

L'intérieur de l'édifice baignait dans la même clarté que les couloirs de la Citadelle. Ils eurent un mouvement de recul en découvrant l'escalier, une rampe vertigineuse s'enroulant, sans garde-fou, sur le mur arrondi. La perspective offerte par l'absence de pilier central donnait le tournis bien qu'il fût impossible de discerner le faîte de l'édifice. Les marches, larges de plus de deux mètres, étaient en pierres soigneusement polies et ajustées.

– Jolie grimpette ! apprécia Salim. Tu es certaine de vouloir aller là-haut ?

En guise de réponse, Camille attaqua l'ascension, et il n'eut d'autre possibilité que de la suivre. Il leur fallut presque vingt minutes pour gagner le sommet de l'escalier, serrés contre le mur, évitant d'observer le vide à leurs pieds.

Le souffle court, les jambes douloureuses, ils atteignirent enfin le dernier degré.

Il donnait sur un palier baignant dans une lueur bleutée qui provenait d'une arche s'ouvrant sur une nouvelle volée de marches. Ils s'approchèrent. La lumière formait un rideau immatériel qui barrait complètement le passage.

– C'est électrifié ce machin ? s'inquiéta Salim.

– Aucune idée, répondit Camille. Tends le bras pour qu'on le sache.

– Tu plaisantes ?

– Tu vois une autre solution ?

– Oui, faire demi-tour !

Camille secoua la tête et avança d'un pas. Salim ouvrit la bouche pour protester mais déjà elle avait traversé le rideau lumineux.

– Pas de problème, affirma-t-elle. Tu peux venir.

Salim haussa les épaules et la suivit. Du moins essaya.

Il rebondit contre la lueur bleue comme s'il avait heurté un mur et poussa un grognement en se frottant le front.

– J'en étais sûre ! commenta Camille.

– Très drôle, râla Salim. Tu aurais pu m'avertir ! Qu'est-ce que c'est que ce truc ?

– Un dessin, expliqua Camille. Je l'ai senti en arrivant. Je savais que ce n'était pas électrifié, sinon, n'aie crainte, je t'aurais laissé passer devant ! Il doit s'agir d'un écran destiné à filtrer les visiteurs. Seuls les dessinateurs de haut niveau peuvent le franchir.

– Génial ! lâcha Salim. Tu m'expliques à quoi je sers, moi, maintenant ?

– À m'attendre, rétorqua-t-elle. Avec tes deux amies, Patience et Bonne humeur !

Salim poussa un soupir résigné.

– C'est bon, j'accepte le rôle de l'inutile de service. Sois prudente. Quand je ne suis plus là pour te surveiller, tu as tendance à faire des bêtises...

Camille ne répliqua pas et lui tourna le dos.

Devant elle, il n'y avait qu'une dizaine de marches, qu'elle gravit promptement.

Elle se retrouva au sommet de la tour, au centre d'une immense pièce circulaire, éclairée par la lueur des étoiles et de la lune. Une coupole transparente remplaçait murs et plafond, offrant à la vue un panorama merveilleux.

Au nord, la chaîne du Poll dressait ses impressionnants sommets enneigés, tandis qu'au sud s'étendait une plaine vallonnée, parsemée d'une multitude de lacs scintillants. À l'ouest, le Pollimage traçait une longue ligne sinueuse qui paraissait blanche dans la nuit.

Camille s'approcha de la coupole et y posa la main. Son contact la surprit par sa tiédeur et confirma son idée qu'il ne s'agissait pas d'une matière naturelle. Elle reporta son regard au sud, en direction d'Al-Jeit et recula malgré elle. Le paysage nocturne avait bondi vers elle. Avec précaution, elle fit une nouvelle tentative.

Elle se rendit compte avec stupéfaction que le dôme jouait le rôle d'une loupe. Elle se concentra sur une portion du Pollimage et, tout à coup, le fleuve lui parut aussi proche que s'il avait coulé au pied de la Citadelle. Elle relâcha son attention et sa vision redevint normale. Pendant quelques minutes, elle s'amusa à explorer le paysage. L'effet de grossissement était proportionnel à sa volonté. Elle parcourut les Frontières de Glace comme si elle s'y trouvait et observa les jeux d'un couple de renards blancs. Elle saisit l'avantage d'une telle invention dans une région aussi peu sûre que les Marches du Nord. Pas étonnant que les Raïs n'aient jamais réussi à surprendre l'Empire !

À regret, Camille s'éloigna de la paroi translucide. La pièce était meublée avec goût. Elle fit rapidement le tour des meubles, fauteuils de repos, lit double, bahut bas, commodes. Tout laissait deviner que deux personnes, certainement un couple, y habitaient. Elle se représenta Éléa Ril' Morienval se déplaçant dans cet intérieur et ses mâchoires se contractèrent. Pour la première fois, elle perçut combien il était facile de haïr quelqu'un ! Aucun signe en revanche de l'inconnu qu'elle recherchait.

Camille se glissa dans l'Imagination. Aussitôt, la puissance de l'endroit lui apparut évidente. Comme à Al-Jeit, tout ici baignait dans le pouvoir et le dessin. Elle sentit cependant une grosse différence avec la capitale de l'Empire. Cette dernière n'était qu'une création, la Citadelle était une source.

Camille utilisa tout son pouvoir pour tenter d'identifier l'origine de cette force. En appelant les chevaux quelques jours plus tôt, elle avait découvert une nouvelle facette de son don, cette même facette qu'elle avait utilisée en demandant de l'aide pendant son duel, la faculté de communiquer à distance. Pouvait-elle se servir de ce pouvoir pour repérer quelqu'un ?

À aucun moment maître Duom ne lui avait parlé d'une telle éventualité, mais elle ne perdait rien à essayer. Elle balaya la Citadelle, en tenant son esprit le plus ouvert possible, à l'affût de la moindre perception inhabituelle.

Elle insista pendant près d'un quart d'heure.

En vain.

Elle commençait à désespérer lorsque la chance lui sourit. Curieuse, elle voulut savoir, avant de renoncer, si elle pouvait déterminer la position de Salim. Elle se concentra sur la zone située au-dessous d'elle et, en un éclair, eut la réponse à sa question. La source de la puissance de la Citadelle n'était pas dans la Vigie, mais dans les fondations de la tour. L'endroit dégageait une telle aura de pouvoir qu'il lui était impossible de prospecter plus avant. Il lui fallait se rendre sur place !

Elle dévala les degrés qui conduisaient au rideau de lumière bleue et le traversa. Salim l'attendait en faisant les cent pas sur le palier.

– Pas trop tôt ! râla-t-il. Tu t'étais endormie ?

– Je cherchais mon inconnu.

– Et tu l'as trouvé ?

– Non, mais j'ai sans doute mis le doigt sur l'endroit où il se cache. On y va ?

– Ça roule, ma boule ! Je te suis. Comme d'habitude…

Ils descendirent l'impressionnant escalier en colimaçon pendant que Camille expliquait à son ami ses découvertes et ses déductions. Ils arrivaient en bas lorsqu'elle conclut :

– Il ne nous reste plus qu'à atteindre le sous-sol.

Salim se frappa la tempe avec un doigt.

– Tu as apporté une pelle avec toi, j'espère. Parce que je vois mal comment tu vas faire pour descendre plus bas que le rez-de-chaussée.

– Je vais emprunter l'escalier, rétorqua Camille. Logique, non ?

– Loin de moi l'idée de te contredire, ma vieille, mais je discerne quand même un problème avec l'escalier !

– Quel problème ?

– Ben... il n'y a pas d'escalier !

Camille observa son ami avec surprise.

– Et ça, lança-t-elle en montrant le sol. Qu'est-ce que c'est selon toi ?

– Ma foi, de gros pavés de pierre. Pourquoi ?

Camille comprit que Salim ne plaisantait pas. Pourtant, elle distinguait bel et bien une volée de marches s'enfonçant dans l'obscurité. Elle s'approcha de l'ouverture.

– Tu es sûr que tu ne vois rien ?

– Rien du tout !

– Et là ?

Camille posa un pied sur le premier degré.

Salim eut un hoquet de surprise.

– Tu veux vraiment le savoir ? demanda-t-il.

– Oui.

– Eh bien, ta jambe disparaît dans la dalle jusqu'au genou.

– Et maintenant ?

Camille avait descendu deux marches de plus.

– Arrête !

Salim avait crié.

– Ça me file la pétoche de te voir fondre dans le sol. Qu'est-ce que tu fabriques ?

– Il y a un escalier Salim, expliqua-t-elle. Tu ne peux pas le voir, c'est tout. Allez, viens.

– Je ne peux pas le voir, c'est tout ! Rien de plus normal selon toi ! Ménage-moi, ma vieille, j'ai l'impression de devenir fou.

Il fit néanmoins un pas en avant avec précaution. Son pied s'appuya sur les pavés qu'il savait désormais être une illusion... il y trouva un appui parfaitement réel. Il ne s'enfonça pas d'un millimètre.

– Et si on changeait de programme ? ironisa-t-il. J'ai oublié de t'avertir que je ne savais pas nager dans les cailloux.

Comme pour donner plus de poids à ses paroles, il sauta sur place deux ou trois fois. Un nuage de poussière s'éleva à chacun de ses bonds.

Camille remonta les marches qu'elle avait descendues et lui saisit la main.

– Ferme les yeux, lui ordonna-t-elle, et fais-moi confiance. On va essayer différemment.

– C'est injuste, protesta Salim. Tu sais bien que si tu me prends par les sentiments je suis capable de te suivre comme un aveugle jusqu'au bout du monde. Encore plus loin peut-être...

– Tu joueras une autre fois au poète, se moqua gentiment Camille. On y va.

Elle le guida avec douceur et, stupéfait, Salim sentit un premier degré sous ses pieds, puis un deuxième.

– N'ouvre pas les yeux, le prévint Camille. Nous n'avons pas encore dépassé le niveau du sol. C'est bon, tu peux regarder.

Salim obéit. Il se trouvait dans l'obscurité la plus totale.

– Mais on n'y voit rien, protesta-t-il. Lumière s'il te plaît…

Camille tenta de se glisser dans les Spires. Comme un peu plus tôt dans la soirée, elle eut l'impression qu'y accéder était impossible, la sensation de glisser était toujours présente, mais elle savait désormais à quoi s'en tenir. Elle insista et réussit à se concentrer suffisamment pour qu'une petite flamme se mette à danser au bout de ses doigts.

L'escalier qui s'enfonçait dans la nuit était à peine assez large pour laisser le passage à une personne à la fois. Camille s'y engagea la première.

Au bout d'une trentaine de marches, ils butèrent contre une porte basse en bois vermoulu. Lorsque Salim posa la main sur la poignée, elle refusa de tourner.

– Encore un dessin ? grogna le garçon.

– Oui, de toute évidence, murmura Camille. Et je ne sais pas du tout comment faire pour l'ouvrir. À cet endroit de la Citadelle, l'Imagination est aussi accessible que le sens de l'humour de maître Duom quand on lui marche sur le pied !

– Tu as pourtant créé une flamme…

– Avec beaucoup de difficulté. Impossible de dessiner autre chose.

– On peut toujours essayer les vieilles méthodes, proposa Salim.

– C'est-à-dire ?

En guise de réponse, il prit de l'élan et donna un bon coup d'épaule contre la porte. Il rebondit avec un bruit sourd qui fut suivi d'un gémissement. Le battant semblait près de s'écrouler de vétusté, mais il était aussi solide qu'un mur d'acier.

– Raté, constata Salim en se frottant l'épaule. Il faut tenter autre chose.

– Oui, acquiesça Camille, mais quoi ?

– Et si vous frappiez poliment ? J'ai entendu dire que ça se faisait...

La voix avait résonné autour d'eux et ils sursautèrent avant de se regarder, indécis. Finalement, Camille avança le doigt et donna deux légers coups contre le bois.

Avec un grincement, la porte s'ouvrit.

13

Paradoxe très humain de l'Art du Dessin, la création de quelque chose de durable s'avère extrêmement difficile, alors que la destruction est à la portée du premier débutant venu...

Elis Mil' Truif, maître dessinateur à l'Académie d'Al-Jeit

Ils s'attendaient à tout, sauf au spectacle qui s'offrit alors à leurs yeux.

Une forêt de vieux chênes noueux s'étendait devant eux. À leurs pieds, l'herbe verte et rase était parsemée de minuscules fleurs blanches.

– Des demoiselles de cinq heures, ne put s'empêcher de constater Camille.

Au-dessus des arbres, le ciel d'un bleu parfait était traversé çà et là par d'indolents nuages aux formes rondes. Un vent léger et doux charriait un étrange effluve composé de l'improbable mélange d'un parfum floral, de l'odeur de la résine et de celle de l'iode marin.

À une centaine de mètres devant eux, une trouée parmi les troncs laissait entrevoir une étendue d'eau calme. Les chants de différents oiseaux résonnaient dans les branches et, à plusieurs reprises, un couple d'écureuils qui jouaient à se poursuivre montra ses panaches roux.

– C'est impossible, balbutia Salim. Nous ne pouvons pas être dehors, nous sommes sous la tour...

Il se retourna.

Un chêne se dressait derrière eux, plus imposant que le plus immense des arbres qu'ils aient eu l'occasion de voir en Gwendalavir. La porte qu'ils venaient de franchir s'ouvrait dans son tronc, les premières marches de l'escalier clairement visibles.

– Mais que... que... proféra-t-il.

– Chut, le rassura Camille. Je ne comprends pas tout, mais je suis sûre que nous ne risquons rien.

Elle s'avança d'un pas dans la forêt, s'émerveillant du spectacle qu'elle offrait et de l'harmonie bienfaisante qui y régnait. Les rares buissons croulaient sous des grappes d'appétissantes baies rouges qu'elle devinait délicieuses, il n'y avait pas une ronce, et aucun bourdonnement d'insecte ne se faisait entendre. Un souvenir insistant essaya de remonter à la surface de son esprit. Où donc avait-elle déjà vu un pareil lieu ? Certainement pas dans la réalité. De telles forêts n'existaient pas. Ce ne pouvait être que dans un rêve, mais elle n'arrivait pas à se le rappeler. Ils s'approchèrent de la lisière du bois.

Les eaux tranquilles d'un lac baignaient les racines des derniers arbres. En son centre émergeait une île de belle taille, tandis qu'à l'horizon dévoilé une chaîne de montagnes dressait ses pics couronnés de neige.

De grosses dalles de pierre rosée affleuraient la surface du lac, formant un gué jusqu'à l'île.

– La chaussée des géants... chuchota Camille. Je commence à me douter de ce que nous allons trouver là-bas, et ça m'inquiète un peu.

– Je croyais qu'il n'y avait pas de risque...

– Il n'y en a pas. Comment veux-tu qu'il y en ait dans un endroit pareil ? Non, je suis effrayée par l'effondrement de mes certitudes.

– Désolé, ma vieille, mais je ne pige pas un mot à ce que tu racontes...

– Ça ne fait rien Salim, ça ne fait rien. Cette île s'appelle Avalon.

– Comme dans la légende d'Arthur ? L'île de Merlin ?

– Oui... Allez, viens. Continuons.

Ils s'avancèrent sur les dalles. Elles n'étaient pas glissantes et paraissaient disposées pour faciliter le passage de l'une à l'autre. Camille s'arrêta un instant pour sonder du regard les eaux limpides.

– Qu'est-ce que tu cherches ? murmura Salim, écrasé par la magnificence du lieu.

– Une fée, répondit doucement Camille. Mais je crois que nous la trouverons à Avalon.

Elle prit pied la première sur l'île. Un sentier s'y enfonçait sur lequel ils s'engagèrent.

Ils suivirent un moment ses lacets entre les chênes et les bouleaux avant d'arriver dans une clairière au centre de laquelle se dressait un immense rocher blanc.

Une maisonnette basse, au toit de chaume, était bâtie contre son flanc. Devant la porte d'entrée, un pommier tendait ses branches chargées de fruits.

Un homme était assis dans l'herbe, le dos appuyé contre son tronc. Il sourit en les voyant.

– Camille, ou devrais-je dire Ewilan, sois la bienvenue en Avalon. Toi aussi Salim.

L'homme, âgé d'une quarantaine d'années, peut-être moins, était vêtu simplement d'un pantalon de toile taché de vert aux genoux et d'une tunique claire. Son visage ouvert ne présentait aucun signe distinctif, hormis un regard pétillant d'intelligence aux iris noisette et un nez légèrement tordu.

La surprise de Salim augmenta au centuple lorsque Camille prit la parole.

– Merci Merwyn, ou devrais-je dire Merlin.

L'inconnu éclata d'un rire frais.

– Bravo, jeune fille. Je suis heureux que la première personne à qui je parle depuis des siècles soit aussi vive que toi.

– Des siècles ! grogna Salim en sourdine.

– Je ne parais pas mon âge, pas vrai bonhomme ?

Merwyn ne riait plus, pourtant un grand sourire continuait à briller dans ses yeux.

– Mais qu'est-ce que vous fichez ici ? demanda Salim. Pourquoi vous cachez-vous dans cet endroit, aussi beau soit-il ? Et pourquoi n'êtes-vous pas...

– Mort ?

Salim, gêné, se contenta de hocher la tête.

– Je n'ai pas le temps de mourir. J'ai beaucoup trop de travail. Et cela répond à tes deux autres questions.

Merwyn tourna la tête vers Camille. Il ne s'était pas levé, aussi s'accroupit-elle pour se mettre à sa hauteur.

– Vous dessinez un monde, n'est-ce pas ? Tout ce qui nous entoure est éternel et c'est vous qui l'avez créé. Vous avez tout imaginé. Les arbres, les fleurs, le ciel, l'eau, les animaux, les montagnes. Nous sommes dans votre dessin...

– Un raisonnement parfait ! Je ne regrette pas de t'avoir laissée venir jusqu'ici. Ton esprit est merveilleux, sans aucune des salissures causées par la méchanceté, l'intolérance ou les préjugés. Je sais ce qui t'amène à moi et je serai heureux de t'aider mais, auparavant, régale-moi encore un peu de ta brillance...

– Je sais pourquoi vous faites tout ça, murmura Camille tristement. Je sais pourquoi vous avez quitté les hommes et pourquoi vous vivez en reclus depuis des siècles.

Un silence respectueux s'installa. Merwyn ne souriait plus. Il était parfaitement immobile. Son regard, plongé dans celui de Camille, laissait filtrer une détresse infinie. Elle poursuivit enfin :

– Je sais qui est la femme qui repose dans la chaumière derrière vous, dans un tombeau de cristal. Je sais que vous dessinez pour elle. Je sais qu'en refusant votre mort, c'est la sienne que vous défiez. Je sais que lorsque vous aurez achevé votre œuvre, il n'y aura d'autre solution que le retour de Vivyan. Je pense à vous, et j'ai mal.

Camille se tut.

Un instant, Salim crut qu'elle allait pleurer tant ses yeux brillaient d'émotion, mais ce fut sur la joue de Merwyn qu'une larme, une seule, roula pour se perdre dans l'herbe.

Il prit la parole d'une voix douce et triste à la fois.

– Merci Ewilan. Ta compassion m'aide. Beaucoup plus que tu ne le crois. Tes parents sont vivants, mais ça, tu le savais déjà, comme tu sais qu'Éléa Ril' Morienval est la source de tous leurs ennuis. Ils sont retenus captifs au sommet du pic du Destin sur la plus étendue des îles Alines dans le Grand Océan du Sud. Ils ne courent cependant aucun danger car ils ont modifié le dessin par lequel les Ts'liches et Éléa Ril' Morienval les ont figés, se mettant ainsi hors de leur portée. Les efforts réunis de leurs ennemis n'ont pu le défaire, mais ils sont incapables, seuls, de s'en libérer. À toi de t'en charger. Toutefois, si tu veux réussir, ton frère devra joindre ses efforts aux tiens. Va le chercher, il t'accompagnera, sois-en certaine, mais n'y va pas seule car tu échouerais. Pars avec Salim et avec Bjorn, ils seront les piliers de ta réussite. Voilà tout ce que je peux faire pour toi.

Quelques secondes s'écoulèrent et, lorsque Merwyn reprit la parole, sa voix s'était raffermie.

– Nous allons nous quitter maintenant, pour ne plus jamais nous revoir. Il fut une époque où j'aurais vraiment aimé devenir ton ami, mais je n'ai plus le temps désormais. Une éternité de travail m'attend.

– Merci, Merwyn, murmura Camille. Vous venez de m'offrir un merveilleux cadeau. J'espère, non, je sais que vous réussirez !

L'homme qui était une légende dans deux mondes eut un sourire distant, comme s'il n'était déjà plus tout à fait là, son incroyable volonté de nouveau totalement concentrée sur son œuvre de démiurge.

Il leva la main et la passa dans les cheveux de Camille.

Il y eut un éclair, très lumineux. Camille et Salim fermèrent les yeux et, quand ils les rouvrirent, chacun d'eux avait retrouvé sa chambre et réintégré son lit.

– Ça va ? demanda Ellana d'une voix endormie. Tout s'est bien passé ?

– Oui, répondit Camille.

Elle ne pouvait en dire plus, les larmes qui roulaient sur ses joues auraient noyé ses mots.

14

J'ai connu Arthur, Lancelot et Perceval... mais c'était ailleurs, dans une autre histoire.

Merwyn Ril' Avalon

Le lendemain, Camille n'ouvrit les yeux qu'une fois le soleil proche du zénith. Elle émergea d'un profond sommeil sans rêves et s'étira avant de regarder autour d'elle. Siam était là, installée dans un fauteuil, les jambes passées par-dessus un accoudoir. Elle lisait un épais volume relié de cuir qu'elle referma en voyant Camille se redresser dans son lit.

– J'ai rarement vu quelqu'un dormir aussi volontiers, s'exclama-t-elle. Tu as des marmottes parmi tes ancêtres, c'est la seule explication !

– Je crois que j'étais vraiment fatiguée... Où sont les autres ?

– Ils ont pris leur petit déjeuner sur la terrasse sud puis, comprenant que tu n'avais pas l'intention d'émerger avant un bon moment, ils sont partis.

– Partis ?

– Oui. Mon frère a décrété une journée de repos obligatoire. Ils doivent se trouver près du lac de Loumia, à l'heure qu'il est, en train de préparer des grillades pour le repas de midi. Je me suis proposée pour t'attendre et te servir de guide. Tu veux manger quelque chose avant de partir ?

Camille observa par la fenêtre le ciel d'un bleu profond presque violet, dégagé de tout nuage.

– Une bonne dizaine de côtelettes ! Tu crois qu'on peut les rejoindre à temps ?

Siam bondit sur ses pieds.

– Pas de problème ! Suis-moi !

Camille s'habilla rapidement et elles dévalèrent une série d'escaliers qui les menèrent jusqu'aux écuries. Aquarelle poussa un hennissement de joie quand sa maîtresse apparut et Camille s'empressa de la gratter entre les oreilles. Puis, essayant d'égaler la dextérité de Siam, elle la sella avant de se hisser sur son dos.

Les deux jeunes filles, après avoir salué les gardes, sortirent de la Citadelle par la porte est et pénétrèrent dans une magnifique forêt de feuillus. Camille inspira une profonde goulée d'air pur. Sa rencontre avec Merwyn lui avait rendu son équilibre. Elle qui aimait que son esprit soit en ordre se retrouvait enfin avec des certitudes, et la situation lui apparaissait tout à coup beaucoup moins complexe. Elle compatissait toujours à la détresse du prodigieux dessinateur, mais savoir où étaient ses parents et ce qu'il lui fallait faire pour les rejoindre l'emplissait de joie.

Elle se tourna vers Siam, qui chevauchait près d'elle, l'inévitable sabre des Frontaliers accroché en travers du dos.

– Tu ne t'en sépares jamais ? lui demanda-t-elle en désignant l'arme du doigt.

– Jamais ! Sans lui, je me sens toute nue...

– Tu parles comme Ellana, s'étonna Camille. Moi, je juge ça plutôt encombrant et, vu mes aptitudes à l'escrime, totalement superflu ! Ce n'est qu'un morceau de métal, pas un vêtement...

– Dis-moi, répliqua Siam sans se démonter, comment te sentirais-tu, si on t'enlevait la possibilité de dessiner ?

Camille réfléchit une seconde.

– Je crois que je me sentirais toute n... C'est bon ! J'ai compris ce que tu voulais dire, j'ai parlé trop vite.

Siam éclata de rire. Elle ne devait guère avoir plus de dix-huit ans, et les fossettes creusées par son hilarité la rajeunirent encore. Camille se sentit très proche d'elle. D'un accord tacite, elles talonnèrent leurs montures, le vent frais de la course fouetta bientôt leur visage.

Le feuillage de certains arbres commençait à se teinter d'or, seule note qui annonçait la fin de l'été. Au cœur de cette nature sauvage, déserte, la piste était bien tracée. Camille goûtait le plaisir de la chevauchée, quand soudain deux Raïs surgirent en hurlant.

Ce devaient être des rescapés de la dernière grande bataille qui n'avaient dû leur vie sauve qu'à la fuite et à leur endurance. Ils étaient massifs, impressionnants dans leurs armures hérissées de pointes. Les deux canines qui sortaient de leur groin ruisselant de bave étaient jaunes et leur face hideuse. Ils tenaient à la main, l'un une massue cloutée, l'autre un immense cimeterre ébréché.

Aquarelle se cabra. Camille vida les étriers et se retrouva assise par terre, sans autre mal qu'une cuisante douleur aux fesses. Siam, qui n'avait eu aucune difficulté à maîtriser son cheval, sauta au sol et courut vers elle. Les Raïs avancèrent d'une démarche chaloupée en poussant des borborygmes menaçants.

Camille était proche de l'affolement lorsque son regard croisa celui de Siam. Elle y lut, stupéfaite, une joie certaine teintée d'enthousiasme.

– On partage ? proposa Siam.

En un éclair, Camille comprit deux choses. D'abord que Siam lui offrait, à la mesure de ses valeurs, un véritable cadeau. De toute évidence, la jeune Frontalière se serait volontiers occupée seule des deux Raïs. Ensuite, qu'elle, Camille, était parfaitement capable de se tirer d'affaire dans cet affrontement. Les Ts'liches avaient cessé de la traquer, elle ne devait plus dissimuler son Don et elle ne se trouvait pas dans un Hiatu. Elle pouvait dessiner à sa guise et cette prise de conscience la frappa comme une révélation.

– J'ai vu assez de morts, répliqua-t-elle. Tu peux désarmer le tien ?

– Sans problème ! Et toi ?

– Je peux même le déshabiller.

– Chiche ! cria Siam en tirant son sabre.

Le premier Raï arrivait. Il leva son cimeterre, mais, comme douée d'une vie propre, la lame de la Frontalière s'enroula autour de la sienne avec un sifflement serpentin. L'épée du guerrier cochon s'envola pour retomber dans les buissons, une dizaine de mètres plus loin.

Camille se glissa dans les Spires. Une douzaine de dessins possibles défilèrent dans son esprit, elle en retint un, élégant et efficace.

À trois pas d'elle, le deuxième Raï s'arrêta en fixant stupidement le bouquet de fleurs qui avait remplacé la massue dans sa main. Puis il poussa un grognement de surprise lorsque chacune des plaques qui composaient son armure se mit à frémir. Le métal terne se para de couleurs chatoyantes et, un à un, une vingtaine de papillons géants prirent leur essor.

Le Raï se retrouva vêtu d'un simple caleçon et d'une chemise trouée. Quand cette dernière se transforma en une légère fumée que le vent dispersa, le guerrier cochon, traumatisé, préféra renoncer. Tenant serré dans ses poings le dernier de ses vêtements, il s'enfuit en courant.

Siam en avait presque fini avec le sien.

Elle le gardait à distance avec de vilains coups du plat de sa lame, qui l'obligeaient à danser sur place, tandis que du tranchant, elle coupait un à un les liens de cuir qui maintenaient solidaires les différentes parties de l'armure. Elle s'amusait beaucoup, opérant avec la maestria d'un véritable chirurgien.

Un dernier coup de sabre acheva de réduire la cuirasse en un amas de métal inutile aux pieds du Raï. Siam fit encore deux gestes éblouissants, et la chemise rejoignit l'armure. Le guerrier cochon se figea sur place. Il considéra les deux jeunes humaines d'un air hébété puis, pris de panique, tourna les talons et s'enfuit.

– Raté, regretta Siam. Il n'était pas tout nu !

– Le mien non plus, avoua Camille, mais je crois que j'aime mieux ça. Il y a des horreurs que je préfère éviter…

Elles se dévisagèrent et éclatèrent de rire.

Lorsqu'elles retrouvèrent leurs compagnons au bord du lac de Doumia, maître Duom et Bjorn s'appliquaient à faire brûler des côtelettes tandis que Maniel essayait d'enseigner la pêche à Salim. Edwin et Ellana, assis côte à côte sur un rocher, discutaient paisiblement, les pieds au ras de l'eau.

– Alors, Ewilan, s'enquit le vieil analyste, bien dormi ? Le trajet a-t-il été agréable ?

– Oui aux deux questions, répondit-elle sans se troubler.

Elle n'ajouta rien et Siam ne parla pas des Raïs. Elles sentaient toutes deux que ce secret partagé était la première pierre d'une solide amitié. Bjorn, en apercevant Camille, s'était précipité vers son cheval et avait tiré une bourse de ses fontes. Il revint en courant.

– Trop tard, lui cria Salim. La viande est déjà carbonisée, nous mangerons de l'herbe à midi !

Mais le repas n'inquiétait pas le chevalier. Il ouvrit la bourse et en tira deux perles irisées qui semblaient davantage constituées de lumière que de matière.

– Des voyageuses ! s'exclama maître Duom. Où les as-tu dénichées ?

– Vous savez ce que c'est ? s'étonna Bjorn.

– Bien sûr, triple buse ! s'indigna le vieillard. Il s'agit de merveilles rarissimes qui datent de l'époque de Merwyn. Chacune d'elles renferme un dessin en devenir, un pas sur le côté en fait. Celui qui utilise une voyageuse peut se transférer d'un endroit à un autre, seul ou en emportant quelqu'un, comme s'il était un dessinateur de haut niveau. Malheureusement, une sphère n'est utilisable qu'une fois. Ensuite elle disparaît. J'ignorais qu'il en restait encore de nos jours.

– Ben ça alors, dit Bjorn. Je les ai trouvées ce matin sous mon oreiller. Je pensais demander son opinion à Ewilan.

– Quoi ? s'emporta l'analyste. Sous ton oreiller ? Tu plaisantes ?

– Maître Duom ! intervint Camille.

Les regards se tournèrent vers elle.

– Ces voyageuses étaient là parce que je ne peux pas emmener plus d'une personne avec moi lorsque je dessine un pas sur le côté.

Une onde de surprise balaya la compagnie, puis Camille reprit :

– Si on réussit à sauver une partie du repas, j'aimerais qu'on mange un morceau. Je meurs de faim. Et, si vous êtes d'accord, je vous raconterai une histoire. Une histoire incroyable et merveilleuse qui a pour nous un sens bien particulier. L'aventure n'est pas finie !

UN PAS EN ARRIÈRE

1

L'inspecteur Franchina, chargé de l'enquête sur les disparitions de Camille Duciel et de Salim Condo, a laissé entendre, dans un entretien informel accordé à un quotidien local, que de nouvelles pistes étaient actuellement explorées, privilégiant l'hypothèse d'une double fugue qui aurait mal tourné...

Extrait du journal télévisé

Camille avait beaucoup hésité avant de choisir sa destination. Les mots de Mme Boulanger, qui résonnaient encore dans sa mémoire, l'avaient finalement décidée : « Mathieu vit à Paris depuis deux ans. Il a intégré les Beaux-Arts et nous ne le voyons que pendant les vacances. » L'été touchait à sa fin, elle n'était pas certaine que Mathieu serait chez lui, mais c'était toutefois là qu'elle avait le plus de chances de le trouver. Elle avait donc opté pour un pas sur le côté qui les conduirait dans le parc près du fleuve, choisissant de l'effectuer le soir pour que leur arrivée passe inaperçue.

Ils se matérialisèrent derrière un buisson et Bjorn écarquilla les yeux. Il avala sa salive avec difficulté tout en se passant la main dans les cheveux. Il les avait coupés avant de partir et, sans ses nattes et son armure, il était méconnaissable.

– Étonnant... balbutia-t-il en désignant les immeubles illuminés qui dépassaient la cime des arbres.

Camille approuva en se félicitant in petto d'avoir épargné à son ami un détour par Paris. Le chevalier avait accepté sans hésitation de l'accompagner, mais il aurait eu du mal à appréhender la réalité d'une grande ville. Salim toussota.

– Tu sais, je ne peux pas éviter de faire un tour par la maison. J'ignore pourquoi, vu les liens qui m'attachent à ce qui me reste de famille. La curiosité, peut-être...

Il avait parlé d'une voix hésitante, comme s'il craignait sa réaction. Il fut donc rassuré lorsqu'elle opina de la tête.

– J'irai aussi rendre visite à mes parents, aux Duciel je veux dire, mais moi je sais pourquoi. Ils me doivent quelques explications et j'ai l'intention d'obtenir des réponses à mes questions !

Ils sortirent du parc. La nuit était tombée, toutefois, les rues étant éclairées, de nombreux passants déambulaient encore sur les trottoirs.

– Je ne pensais pas que je reviendrais un jour ici, murmura Salim en regardant autour de lui.

– Ça ne sent pas très bon, remarqua Bjorn, et ces voitures, comme vous les appelez, sont trop bruyantes à mon goût.

– Un peu de patience, plaisanta le garçon, tu vas t'y faire. Bientôt, tu ne voudras plus repartir !

– Bon, intervint Camille. Par quoi commence-t-on ? Nous allons chez Mathieu ?

Il n'y eut pas de réponse et elle planta les mains sur ses hanches.

– Je vous signale que je suis la plus jeune, les fustigea-t-elle. Vous pourriez faire un effort et ne pas me laisser prendre seule toutes les décisions. Vous ressemblez à deux moutons !

– Ne t'inquiète pas, Bjorn, persiffla Salim. Ça la prend régulièrement, mais elle fait des progrès. Il n'y a pas longtemps, elle me traitait de mollusque. Me voilà devenu un mouton. Peut-être un jour aurai-je le droit d'être traité comme un humain ! Dis-moi, ma vieille, poursuivit-il à l'intention de Camille, ça changerait quoi qu'on te donne notre avis ? Tu ne tiens jamais compte de ce qu'on te propose ! Suppose que je te conseille d'attendre demain pour rendre visite à ton frère. Quelle serait ta réaction ?

– Je t'écouterais jusqu'au bout, lança-t-elle d'une voix tranquille, et je te dirais que ton idée est stupide. Nous y allons tout de suite. En route !

Bjorn la regardait, sidéré, et Salim hocha la tête.

– Surprenante, non ?

Il était vingt-deux heures précises lorsqu'elle appuya sur la sonnette du numéro 26.

Salim et Bjorn étaient restés en retrait et Camille sentit ses jambes trembler comme la première fois où elle avait fait ce geste. Son unique rencontre avec son frère avait été trop courte pour qu'ils fassent réellement connaissance. Elle devait alors le convaincre de rallier Gwendalavir, mais Mathieu n'avait témoigné aucune envie de l'accompagner. Pourvu qu'il se montre, cette fois-ci, plus conciliant, il s'agissait tout de même de ses parents...

La porte s'ouvrit sur Mme Boulanger. Elle dévisagea Camille d'un air surpris et consulta sa montre.

– Oui ?

– Je suis désolée de vous déranger à cette heure, s'excusa Camille, mais il faut absolument que je voie Mathieu.

Mme Boulanger hésita un instant, puis soupira.

– Entre. Je suppose que, pour te présenter si tard, tu as une bonne raison.

Camille la suivit dans un couloir qui desservait le salon et la cuisine. Mme Boulanger s'arrêta au pied de l'escalier et appela :

– Mathieu ? Il y a une visite pour toi.

Des pas résonnèrent, alors que Mme Boulanger gagnait le salon.

Le cœur de Camille s'emballa. Les jambes de son frère apparurent, puis son buste et enfin son visage.

– Toi ! articula-t-il lorsqu'il la vit.

Elle se contenta, en réponse, d'un sourire qu'elle voulut le plus engageant possible. Des expressions contradictoires défilèrent sur le visage de Mathieu, trop fugaces pour qu'elle puisse les analyser. Il descendit les trois marches qui le séparaient de sa sœur et se tint à quelques centimètres d'elle.

– Mathieu, commença-t-elle, je suis revenue parce que...

– Je suis désolé, la coupa-t-il doucement. Vraiment désolé. Je me suis comporté comme un idiot !

– Mais...

– Non, laisse-moi parler. Tout au long de ces deux derniers mois, j'ai été dévoré par la honte. Si tu savais combien de fois j'ai rêvé que tu revenais, que tu m'offrais une chance de me racheter. Je souhaiterais te montrer que je suis différent de ce que tu as pu croire...

Une vague de soulagement submergea Camille.

– Je trouverais ça merveilleux ! Mais il faut que tu saches que je suis venue pour une raison précise. Si tu es d'accord pour m'écouter, tu risques d'être entraîné dans de sacrées aventures...

– J'en ai eu un aperçu à Paris, lorsque ce fou furieux t'a attaquée. Tout ce que tu m'as raconté ce jour-là était vrai, n'est-ce pas ?

– Tout !

– Et pour mes... nos parents ?

– C'est pour eux que je suis ici ce soir.

Mathieu passa les mains dans ses cheveux.

– Tu ne crois pas qu'on devrait s'installer pour parler tranquillement ? proposa-t-il.

– Excellente idée. Attends juste une seconde.

Elle se concentra et se glissa dans les Spires. C'était la première fois qu'elle essayait de contacter Salim, mais cela ne lui posa aucune difficulté. Elle le connaissait si bien...

Il sursauta lorsque la voix de Camille résonna dans sa tête.

– Cool, mon vieux, ce n'est que moi. J'ai trouvé Akiro et tout se passe pour le mieux. Je crois qu'il a beaucoup changé ou que je l'avais mal jugé. Certainement un peu les deux, en fait ! Je vais en avoir pour un bon bout de temps à discuter avec lui. Peut-être la nuit entière. Tu pourrais en profiter pour faire un saut chez toi avec Bjorn, si ça te tente toujours. Rendez-vous au parc demain à neuf heures. Je t'embrasse.

Lorsque la voix se tut, Salim resta figé par la surprise. Il finit par saisir le bras de son ami et le secoua.

– Bjorn, dis-moi, est-ce qu'on t'a déjà embrassé dans la tête ?

Mathieu observait Camille avec étonnement. Pendant quelques secondes, elle avait eu l'air absente, comme si elle allait s'évanouir.

– Ça va ?

– Très bien ! le rassura-t-elle. J'envoyais un message à un copain. Cela fait partie des choses dont je dois te parler. On attaque ?

Ensemble le frère et la sœur montèrent à l'étage.

Le chuchoteur qui, tapi dans l'ombre, avait assisté à leur rencontre, poussa un couinement satisfait et disparut.

2

Les résultats de Salim sont corrects, mais pourraient être bien meilleurs s'il travaillait avec davantage de sérieux et de régularité. Attention aux bavardages et à ne pas confondre humour et insolence.

Mlle Nicolas, professeur principal

Salim se tourna vers Bjorn.

– Camille discute avec son frère, elle en a pour un bon moment. Jusqu'à demain matin en fait. Je ferais volontiers un tour jusqu'aux Peintres. C'est la cité où j'habitais. Tu m'accompagnes ?

– Volontiers, si nous mangeons d'abord ! s'exclama le chevalier.

Les deux amis se mirent à marcher. En passant le pont sur le fleuve, Salim rappela à Bjorn la fois où Camille et lui s'étaient retrouvés au fond de l'eau après un pas sur le côté malheureux. Il tendit ensuite le bras vers le quartier de la tour romaine en lui expliquant que les parents adoptifs de Camille vivaient là-bas. Puis les immeubles des Peintres se dressèrent devant eux et il se tut.

De nombreux enfants jouaient encore sur les trottoirs éclairés par de hauts lampadaires tandis que, dans les coins sombres, des groupes plus âgés discutaient ou écoutaient de la musique. Bjorn engloutit la dernière bouchée d'un énorme sandwich garni de deux steaks et de frites, qu'ils avaient acheté dans le centre-ville. Il s'essuya les lèvres d'un revers de manche puis détailla les environs.

– Il y a peu de grâce dans ces tours ! jugea-t-il.

Salim écarta les bras en signe de fatalité.

– Je sais. Et je ne rêvais que d'une chose, quitter cet endroit. Maintenant que c'est fait, je m'aperçois que j'y ai laissé une partie de moi-même. Je ne regrette rien, mais je ne peux pas oublier…

Il y avait une note de tristesse inhabituelle dans sa voix et Bjorn le considéra avec gentillesse.

– Quels sont tes projets ?

– Simplement regarder, je crois, répondit Salim. Je n'ose pas imaginer la réaction de ma mère si je rentrais ce soir à la maison, l'air de rien… Je pense qu'on entendrait ses hurlements jusqu'à l'autre bout de la ville !

– Hurlements de joie ?

– Tu rigoles ? Ce n'est pas ma vraie mère tu sais. La mienne est morte quand j'étais un bébé. Mon père s'est remarié avec une femme qui arrivait du Cameroun. Ils ont eu cinq filles. Comme aucun fils ne pointait son nez et que je lui rappelais trop de mauvais souvenirs, il a foutu le camp. Deux cousins sont arrivés et j'ai commencé à ne plus me sentir chez moi.

Tout en parlant, Salim entraîna Bjorn vers un banc et ils s'assirent, face à la tour Picasso.

– C'est là que j'ai grandi, au dix-septième étage de cet immeuble, continua le garçon. Je n'ai pas reçu de coups mais pas de tendresse non plus. En fait, personne ne s'est jamais vraiment occupé de moi. Si tu savais combien de fois j'aurais aimé avoir un père ou un grand frère pour me défendre quand je me faisais enquiquiner ou racketter dans la rue. Mais je n'en avais pas. Alors j'ai appris à me débrouiller. À courir vite. Pour tout dire, Bjorn, si je n'avais pas rencontré Camille, je crois que j'aurais mal tourné.

Il y eut un long silence. Le chevalier observait les tours, les jeunes qui déambulaient, désœuvrés. Par les fenêtres aux volets encore ouverts, il apercevait la lumière bleutée de dizaines de postes de télévision et, de temps en temps, les phares d'une voiture illuminaient brièvement les murs tagués d'insanités. Il ne comprenait pas.

À côté de lui, Salim était perdu dans ses pensées.

Il reprit soudain la parole, la voix teintée d'une douce allégresse.

– Elle est exceptionnelle, confia-t-il à son ami. C'est elle qui m'a donné envie de m'intéresser aux choses et aux gens. Grâce à elle je me suis accroché au collège, même si ma voie semblait tracée. Je suis ce que je suis, mais ce que je suis, c'est à elle que je le dois...

– Non, tu as tort !

Bjorn avait parlé avec force, ses yeux plantés dans ceux de Salim.

– Ewilan n'a pas inventé ton courage, ta force de caractère ou ta loyauté, poursuivit-il. Personne ne t'a obligé à voler à son secours et c'est à toi et non à elle que je dois la vie. Bien des adultes auraient intérêt à calquer leur attitude sur la tienne, crois-moi. Tu peux être fier de ce que tu es.

Salim se contenta de hocher la tête avant de s'ébrouer comme s'il sortait d'un songe. Il se leva.

– Je vais prendre une dernière bouffée de l'air de mon enfance, décida-t-il. Tu m'attends ici ?

Bjorn perçut son besoin de solitude. Personne ne pouvait tirer un trait sur son passé sans avoir envie de jeter un ultime coup d'œil en arrière.

– Pas de problème. Je suis assis, j'ai l'estomac plein et il fait bon. Je patienterai toute la nuit, s'il le faut.

Salim le remercia du regard et, d'un pas mal assuré, traversa la rue.

Le chevalier le vit s'engager sur l'esplanade au pied de la tour, faire un signe de la main à un groupe d'enfants occupés à démonter un vélo, passer devant une bande de jeunes installés sur les marches des escaliers, puis franchir la porte vitrée du hall.

Bjorn poussa un soupir et étira ses longues jambes. Il avait hâte de quitter cet endroit, de rentrer chez lui. Plus que l'aspect peu ragoûtant du lieu, le sentiment de ne pas être à sa place le gênait. Il était suffisamment cultivé pour savoir que, comme tous les humains de Gwendalavir, il était le descendant d'hommes qui avaient choisi l'exil et ce choix pulsait dans ses veines. Il comprenait maintenant que Camille se soit sentie, pendant des années, en décalage avec ce qu'elle vivait.

Songer à Camille entraîna ses pensées jusqu'à Merwyn. Pourquoi diable le mythique dessinateur avait-il insisté pour qu'il accompagne les adolescents, laissant entendre que sa présence était indispensable à la réussite de l'aventure ?

Un cri le tira de ses réflexions, Salim l'appelait à l'aide !

Bjorn se leva d'un bond et partit en courant, cherchant à son côté le manche de sa hache. Il traversait la rue lorsqu'il prit conscience qu'il était désarmé. Il poussa un juron. Une mobylette qui arrivait sur lui l'évita de justesse, mais déjà le chevalier gagnait le trottoir opposé.

Salim se trouvait confronté à un groupe d'individus à l'attitude menaçante. Sans lancer d'avertissement, le chevalier fonça dans le tas !

Salim n'était pas monté jusqu'à son ancien appartement.

Il avait déambulé un moment dans le hall d'entrée, passant une main distraite sur les murs couverts de graffiti et les boîtes aux lettres éventrées. Impossible d'y déchiffrer un nom, mais il doutait que le sien y ait été, un jour, inscrit.

Il shoota négligemment dans un prospectus qui traînait sur le sol et prit conscience d'un fait limpide : il n'était plus d'ici.

Sa vie était désormais ailleurs, dans un autre monde, avec d'autres personnes. Cette brutale certitude l'apaisa, comme si un vent purificateur s'était mis à souffler sur son passé, il respira plus profondément. Il adressa un adieu muet vers le dix-septième étage et sortit de la tour.

La bande était encore là, juste à côté de l'entrée ; six jeunes dont l'âge variait de seize à vingt ans. Salim les connaissait. Pas vraiment méchants mais agressifs, avec une tendance marquée pour la provocation gratuite. Il avait déjà eu à plusieurs reprises des problèmes avec eux, chaque fois pour des sollicitations à la limite du racket : « Salim, t'as pas deux euros ? Salim, j'ai un truc à te demander... » Avec de la diplomatie, du calme et de l'humour, il s'en était toujours tiré sans encombre. En cédant, aussi... Trop souvent à son goût...

Au fil du temps, au prix d'un savant mélange de discrétion et de mimétisme, il avait acquis la faculté de passer inaperçu aux yeux de ce type de bandes. Pourtant, en sortant de la tour, il rejeta les épaules en arrière et sa démarche conserva une indéniable assurance. Il avait changé. Il avait combattu des Raïs, affronté de multiples périls, survécu à d'innombrables dangers. Il avait vu des cités fantastiques et même croisé un dragon. Son torse s'était élargi, ses muscles durcis. Il n'avait plus peur.

– File-moi ta casquette !

Salim tourna la tête. Un des jeunes assis sur les marches s'adressait à un garçon âgé d'une dizaine d'années qui avait fait l'erreur de croiser son regard. Le ton était plaisant, mais la gouaille des paroles ne cachait pas qu'il s'agissait d'un ordre. Le garçon, intimidé, obéit. Sans réfléchir, Salim intervint.

Il tendit le bras et intercepta la casquette avant qu'elle ne change de main. Il la reposa sur la tête de son propriétaire qu'il poussa gentiment vers la rue. Le garçon ne se fit pas prier et détala, non sans lui avoir jeté un coup d'œil reconnaissant.

– Toi, pauvre cloche, tu cherches les problèmes…

Le jeune qui avait convoité la casquette s'était levé et approché de lui.

En un éclair, Salim se rappela toutes les fois où il avait courbé l'échine face aux insultes. Les mots jaillirent avant qu'il ait pu les retenir.

– Mon seul problème c'est toi, face de rat !

Son interlocuteur se figea une fraction de seconde. Puis il agit.

Très vite.

Sa main gauche saisit le col de Salim pendant que son poing droit fusait vers sa figure en un arc de cercle court et méchant. C'était un habitué des combats de rue, mais Salim fut plus rapide que lui.

Plutôt que d'esquiver, il s'avança pour chercher le contact avec son adversaire. Le coup qui était destiné à sa pommette n'effleura que sa nuque, lui offrant l'avantage d'un bref instant qu'il mit à profit. Il abattit de toutes ses forces le tranchant de ses deux mains dans les côtes de son agresseur. Celui-ci se plia en deux, en émettant le bruit d'un ballon de baudruche qui crève. Il se laissa glisser à genoux, cherchant désespérément à retrouver son souffle, pendant que Salim reculait d'un pas.

Les cinq autres étaient déjà sur lui. Il évita un premier coup de poing, lança son pied dans un tibia et sourit malgré lui lorsqu'il entendit un cri de douleur.

– Bjorn ! hurla-t-il, avant d'encaisser un choc sur le menton.

Il se baissa pour fouetter les jambes d'un des jeunes, rata sa feinte et reçut un coup sur le crâne. Des étoiles dansèrent devant ses yeux, mais il réussit à se dégager avant d'être écrasé par ses assaillants.

Ceux-ci étaient gênés par leur nombre et leur empressement à le frapper, mais Salim se savait mal parti. Il donna un violent coup de coude et un des agresseurs se plia en deux.

Bjorn entra dans la danse à ce moment-là.

Le premier jeune avait récupéré et se préparait à revenir dans la bagarre. Il se sentit tout à coup saisi à la nuque comme par un étau, puis une poigne de fer attrapa le fond de son pantalon et il s'envola jusque dans un buisson voisin. Un deuxième agresseur subit un sort identique avant que les autres ne comprennent que la situation avait évolué. Ils abandonnèrent Salim pour affronter ce nouvel adversaire.

Bjorn avait beau être impressionnant, ils ne se démontèrent pas, et en une seconde le chevalier se retrouva assailli de toutes parts. Salim avait du mal à recouvrer son équilibre. Il leva les yeux pour voir un troisième garçon partir en vol plané. Bjorn, conscient d'avoir affaire à des adolescents et non à des adultes, ne portait pas de coups. Il se contentait de parer ceux qu'on essayait de lui infliger et, quand il en avait la possibilité, éjectait un de ses adversaires sans la moindre délicatesse, en poussant un grognement sourd.

Il faisait un sérieux ménage et les jeunes étaient proches de la panique lorsque la scène s'illumina soudain.

– Police ! On ne bouge plus !

La voix avait claqué, forte et autoritaire. La bande se dispersa comme une volée de moineaux, laissant sur le carreau deux garçons trop groggy pour s'enfuir. Bjorn, éberlué, jeta un coup d'œil circulaire, tandis que Salim se relevait péniblement.

Quatre policiers leur faisaient face. L'un d'eux tenait une puissante torche électrique, un autre était penché contre sa voiture et parlait à la radio. Le chevalier attendit que Salim clopine jusqu'à lui. Il ne savait absolument pas quelle attitude adopter, mais le garçon ne lui fut d'aucun secours.

– J'en ai assez de ces bagarres de rue, jeta le policier en reposant son micro. Allez, on embarque ces quatre-là !

3

J'ai chargé nos deux meilleures Sentinelles d'étudier l'autre monde. L'acquisition de connaissances sur nos origines constitue l'un des objectifs de cette enquête. Déterminer si cet autre monde représente un danger pour Gwendalavir en est un autre…

Sil' Afian, Allocution lors d'un conseil d'Empire

– Voilà, tu sais tout ou presque.

Camille s'étira et s'adossa au lit de Mathieu. Ils avaient parlé des heures, se racontant ce qu'ils avaient vécu, se découvrant l'un l'autre, d'abord avec prudence puis, très vite, avec une étonnante complicité.

En entrant, ils s'étaient assis sur le tapis au milieu de la chambre. Camille s'était rapidement avoué qu'elle avait mal jugé son frère, elle le lui avait confessé.

– J'étais persuadée que tu étais un égoïste prétentieux…

Mathieu avait souri, un peu gêné.

– C'est une part de moi-même qui existe certainement. À ma décharge, j'étais mort d'inquiétude pour mes examens et complètement crevé. Piètres excuses, d'accord, elles peuvent toutefois t'aider à comprendre un peu mieux ma réaction.

Ils avaient ensuite évoqué leur passé.

Comme Camille, Mathieu n'avait aucun souvenir de la période qui précédait son arrivée dans ce monde, mais, au contraire de sa sœur, il avait noué des liens affectifs très forts avec sa famille adoptive. Les Boulanger avaient été des parents modèles et lui avaient offert tout l'amour qu'ils auraient donné à un enfant de leur sang.

Ils avaient également abordé le domaine intime de leurs pensées secrètes, chacun confiant à l'autre toutes ces choses si personnelles qu'on les partage rarement. Camille avait parlé de la mort qui s'était entrouverte pour elle. Mathieu avait bu chacune de ses paroles. Elle avait ébauché un portrait de Salim et il avait deviné, au travers de ses mots, combien il comptait pour elle.

Mathieu, lui, avait raconté sa passion pour la peinture, sa quête désespérée de la perfection, ses aventures amoureuses et ses déceptions lorsqu'elles s'achevaient. Chaque déconvenue emportait un morceau de ses illusions mais, inlassable, il continuait à chercher celle qui serait son parfait complément. Il avait avoué à Camille que, comme elle, il se sentait souvent en marge de la réalité… Ils avaient esquissé un futur possible dans un ailleurs qu'il était désormais décidé à explorer.

– Bon sang, laissa échapper Camille, que je suis heureuse de t'avoir trouvé !

Mathieu lui sourit. Cette jeune sœur qui arrivait comme un miracle était en train de transformer sa vie. Un coup discret frappé à la porte lui fit tourner la tête.

– Entre.

Mme Boulanger se faufila dans la chambre.

Elle avait passé un peignoir en éponge sur sa chemise de nuit, et un trait soucieux barrait son front. Camille prit soudain conscience qu'il était presque trois heures du matin. La mère adoptive de Mathieu avait toutes les raisons de s'étonner qu'elle soit encore là.

Elle voulut s'excuser, mais n'en eut pas le temps.

– Il est tard, Mathieu, constata Mme Boulanger. Si tu veux que ta sœur dorme ici, tu n'as qu'à prendre le matelas dans le placard et l'installer à côté de ton lit.

Il comprit une seconde avant Camille.

– Qu'est-ce que… Comment sais-tu… balbutia-t-il.

Elle eut un geste fataliste.

– Comment je sais que cette jeune fille est ta sœur ? Un aveugle s'en apercevrait. Vous avez les mêmes yeux violets, le même sourire, le même timbre de voix. Tout en vous clame qu'un même sang coule dans vos veines !

– Mais…

– Ce n'est pas tout. Je sais depuis longtemps que ce jour devait arriver. Bien avant ta première visite, jeune fille. Quel dommage que ton père ne soit pas là en ce moment, Mathieu. Il aura du chagrin de ne pas t'avoir dit au revoir.

– Que racontes-tu ? murmura Mathieu.

Mme Boulanger lui effleura la joue du bout des doigts et se tourna vers Camille.

– Tu es Ewilan, n'est-ce pas ? Et tu viens le chercher pour le ramener là-bas, dans cet autre monde ?

4

L'attitude de Maxime et Françoise Duciel a beau être atypique, je ne crois pas qu'ils aient quelque chose à voir dans la disparition de la jeune Camille. Il est évident qu'ils ne l'aiment pas et que son enlèvement les laisse indifférents, pour autant cela ne suffit pas à faire d'eux des criminels. Du moins devant la loi…

Inspecteur Franchina, Compte rendu au juge d'instruction chargé de l'enquête sur la disparition de C. Duciel et S. Condo

– Récapitulons. Vous affirmez vous appeler Bjorn Wil' Wayard, drôle de nom entre parenthèses, et vous n'avez aucun moyen de prouver votre identité. Vous ne pouvez donner aucune adresse, ni nous indiquer un lieu de travail. Personne, à vous entendre, ne vous connaît, et c'est un hasard si on vous a trouvé en compagnie du jeune Salim Condo, recherché depuis des semaines par toutes les polices de France. Je ne me trompe pas ?

Bjorn haussa ses larges épaules.

– Non.

L'inspecteur Franchina, assis derrière son bureau, passa les mains dans ses cheveux en secouant la tête.

– C'est dingue ! finit-il par dire. Complètement dingue ! Et vous prétendez ne rien savoir de la petite Duciel ?

– Jamais entendu parler d'elle, répondit Bjorn. Je vous l'ai répété cent fois.

Cela faisait maintenant plus de deux heures que l'inspecteur de police l'interrogeait et il n'arrivait pas à imaginer le moindre début de stratagème pour se sortir de ce guêpier. Il s'en était pourtant fallu de peu que rien ne se passe.

Ils avaient été conduits au poste, où l'on avait relevé leurs noms sans leur poser de questions. Salim et les deux jeunes étant mineurs, un policier avait maugréé à l'idée de devoir les raccompagner chez eux. Le cas de Bjorn était un peu plus compliqué, mais, malgré son incapacité à présenter une pièce d'identité, il était clair qu'il serait rapidement relâché. La bagarre n'avait eu d'autres conséquences qu'un œil poché pour l'un des garçons et des côtes douloureuses pour l'autre, il n'y avait rien de sérieux à reprocher aux différents protagonistes. Malheureusement pour Salim et Bjorn, l'inspecteur Franchina était de service ce soir-là. En passant au commissariat, il avait immédiatement reconnu le garçon disparu depuis le début de l'été.

L'affaire avait eu un grand retentissement et les supérieurs du policier avaient été très critiques sur sa manière de la gérer. Deux adolescents kidnappés qui se libèrent tout seuls avant de disparaître à nouveau, cela faisait très mauvais effet !

En découvrant Salim assis sur un banc dans la salle de garde, l'inspecteur Franchina avait cru rêver. Il avait toutefois vite réagi et Bjorn, immédiatement placé en garde à vue, avait endossé le rôle de principal suspect dans un enlèvement.

– Vous mentez ! cria le policier en assenant un violent coup de poing sur la table. Qui êtes-vous ? Qu'avez-vous fait de Camille Duciel ?

Bjorn ferma les yeux un instant. Quand il les rouvrit, il était clair qu'il avait décidé de se taire. Stoïque, il croisa les bras et fixa une mouche qui se promenait sur une pile de dossiers.

L'inspecteur Franchina se leva en soupirant.

– Comme vous voulez, jeta-t-il. Mais ne croyez pas que votre mutisme m'empêchera de découvrir la vérité ! Je suis loin d'en avoir fini avec vous.

Le policier s'approcha de la porte qu'il entrouvrit.

– Faites venir le jeune Condo, lança-t-il.

Salim ne tarda pas à apparaître et Bjorn lui adressa un regard plein d'espoir.

– Salim, commença l'inspecteur, pourrais-tu répéter devant monsieur ce que tu m'as confié tout à l'heure ?

– C'est que...

– N'aie pas peur mon garçon, l'encouragea le policier. Tu ne risques plus rien. Je te le certifie.

Salim prit une grande inspiration et, ignorant Bjorn, commença à parler.

– C'est lui ! C'est lui qui nous a enlevés, Camille et moi...

5

Lil' Kiptian, le plus autoritaire des empereurs de Gwendalavir, n'a jamais envisagé d'interdire une vie de famille aux Sentinelles. Non par bonté d'âme, mais par souci d'efficacité. En leur laissant goûter le bonheur, il savait qu'elles seraient intraitables sur sa défense…

Maître Carboist, *Mémoires du septième cercle*

– Tu en as trop dit pour t'arrêter à présent…

Mathieu avait parlé doucement, sa voix était tendue.

Mme Boulanger eut un sourire triste.

– Je vais vous raconter ce que je sais, mais avant je veux me préparer un bon café. Que diriez-vous de nous installer en bas, dans les fauteuils du salon ? J'ai passé l'âge de m'asseoir par terre.

Sa dernière phrase avait été une pâle tentative pour détendre l'atmosphère, mais elle eut peu d'effet. Camille et Mathieu étaient trop abasourdis pour réagir.

Un peu plus tard, Mme Boulanger posa trois tasses fumantes sur la table basse. Elle porta lentement son café à ses lèvres et, après en avoir bu une gorgée, prit la parole d'une voix lente, presque détachée.

– Il faut remonter dix ans en arrière. Bernard, mon mari, et moi savions déjà que nous ne pouvions pas avoir d'enfants. Nous songions à en adopter un, mais nous n'avions pas encore engagé de démarche dans ce sens. Nous menions une vie trépidante. Bernard, à l'époque grand reporter, était toujours par monts et par vaux. Je le suivais dans la plupart de ses voyages et nous avions conscience qu'un bébé n'avait pas sa place dans la famille que nous formions. Nous rentrions d'un long reportage au Brésil lorsque Hervé nous a appelés. Il était photographe, comme Bernard, et c'était un véritable ami. Un homme formidable, ouvert, à la culture impressionnante, qui devait malheureusement se tuer trois ans plus tard dans un accident de voiture. Il nous invitait chez lui pour fêter notre retour, il tenait à nous présenter un couple dont il avait fait la connaissance pendant notre absence. C'est ainsi que nous avons croisé le chemin d'Altan et d'Élicia.

Camille sursauta. Elle s'attendait, certes, à une révélation mais pas à entendre le prénom de ses parents dans la bouche de Mme Boulanger. Cette dernière poursuivit :

– Bien sûr, à l'époque, ils portaient des noms d'emprunt. Alain et Élise. Dès que nous les avons vus, Bernard et moi avons été séduits. C'étaient les êtres les plus captivants que nous avions jamais eu l'occasion de rencontrer. Leurs connaissances étaient immenses et totalement ouvertes, leurs goûts variés.

Ils étaient attentifs aux autres, les côtoyer était un pur plaisir. Ils avaient en outre un côté mystérieux qui les rendait terriblement attirants. Ils se disaient écrivains, mais refusaient de parler de leurs œuvres et certaines choses pourtant évidentes les laissaient parfois aussi étonnés que des nouveau-nés. Ils possédaient ainsi un savoir sur la musique ou la littérature à faire mourir de jalousie les plus grands spécialistes, puis nous bombardaient de questions naïves sur le fonctionnement de nos institutions politiques... Très vite, nous sommes devenus amis. Nous nous voyions pourtant par intermittence. Le travail de Bernard nous entraînait au loin, pendant des semaines, eux disparaissaient souvent plus longtemps encore sans que nous sachions où. C'est lors d'une soirée chez Hervé qu'Alain et Élise nous ont révélé la vérité.

Mme Boulanger finit son café et reposa sa tasse, les yeux perdus dans ses souvenirs.

– Je me souviens parfaitement de ce jour-là. Le repas achevé, nous nous étions installés au salon, nous évoquions nos voyages. Bernard parlait de la Nouvelle-Guinée et de l'impression d'étrangeté qu'il avait gardé de sa découverte. « Je connais un endroit qui te paraîtrait bien plus étrange », affirma alors Alain. C'est ainsi que nous avons appris l'existence de Gwendalavir. Au risque de sembler ridicule, je dois avouer que nous n'avons pas été très étonnés. Des questions informulées ont trouvé leurs réponses, la réalité s'est éclairée sous un jour différent et nous l'avons acceptée. Nos deux amis étaient inquiets. La situation en Gwendalavir se dégradait, ils n'osaient pas nous faire courir le risque d'une visite de leur monde. Ce fut donc par leurs récits que nous avons découvert un endroit qui n'apparaissait sur aucune carte. Ce secret partagé a renforcé notre amitié. Peu à peu, cependant, nous nous sommes vus moins souvent. Altan et Élicia ne venaient plus que rarement et lorsque nous avions la chance de nous retrouver, leur tension assombrissait la joie de nos rencontres. Un jour, il y a huit ans, ils ont disparu.

Presque malgré elle, Camille se pencha, buvant les paroles de Mme Boulanger. Allait-elle enfin apprendre ce qui s'était passé ?

– Pendant six mois nous sommes restés sans nouvelles. Nous étions convaincus de ne jamais les revoir, lorsqu'un soir Élicia est arrivée. Seule. Elle était terriblement pressée mais, nous confia-t-elle, elle avait un immense service à nous demander. Les choses tournaient mal en Gwendalavir et elle souhaitait, si le pire survenait, que nous nous occupions de leurs enfants. Nous avions entendu parler de vous à de nombreuses reprises, mais nous n'avions jamais eu la joie de vous voir. Nous avons bien sûr accepté. Élicia nous a avertis qu'elle effacerait vos souvenirs pour que vous ne soyez pas malheureux mais aussi pour votre sécurité. Vous ne deviez jamais connaître votre lien de parenté ni vous rencontrer. Hervé s'occuperait de toi, Ewilan, tandis que Bernard et moi aurions la responsabilité de t'élever, Mathieu. Nous avons été d'accord, même si cela signifiait que nous perdrions contact. Élicia nous a remerciés avec gravité et elle est partie. Nous ne l'avons jamais revue. Quelques mois plus tard, Hervé s'est tué en voiture. Ce fut un moment très difficile, car nous étions profondément attachés à lui. La convocation du juge est arrivée trois jours après son enterrement. Altan et Élicia avaient tout réglé. Nous n'avons eu qu'une signature à placer au bas d'une page pour nous retrouver avec un grand garçon de onze ans, sans aucun souvenir de son passé.

Mme Boulanger se tut et contempla Mathieu avant de reprendre :

– Tu es devenu notre fils, mais j'ai toujours su qu'un jour tu nous quitterais.

Camille s'était imprégnée de chacune des paroles qui avaient été prononcées. Un instant, elle s'obligea à se taire puis elle ne put se contenir davantage.

– Et moi ?

6

Le don apparaît vers dix-huit ans, parfois un peu plus tard, mais très rarement avant ou alors il demeure embryonnaire. Pourtant les plus grands dessinateurs ont tous en commun leur précocité. Mieux, il semblerait qu'un don installé à l'orée de l'adolescence offre parfois à son détenteur un pouvoir très supérieur à la norme. Confirmation ou paradoxe ?

Maître Duom Nil' Erg, Discours d'ouverture de la 345e session de l'assemblée de la guilde des analystes

Mme Boulanger se tourna vers Camille.

– Tu as eu moins de chance que Mathieu. Tu aurais pourtant pu être très heureuse, si Hervé n'avait pas eu ce stupide accident.

– Sans doute, acquiesça Camille, mais cela n'explique pas comment les Duciel m'ont adoptée…

En guise de réponse, Mme Boulanger se leva et décrocha une photographie, qu'elle contempla un instant, avant de la tendre à Camille.

– Voici un des clichés qui ont assuré la renommée d'Hervé, précisa-t-elle. Il l'a pris en Corée il y a une douzaine d'années.

Camille avait sous les yeux une photo en noir et blanc sur laquelle apparaissait un jeune garçon pliant sous le poids d'un énorme sac. Le photographe avait su saisir dans les yeux du gamin la détresse d'une maturité trop vite arrivée et le fardeau d'une misère désespérée.

La photo était remarquable, mais ce fut la signature, en bas à droite, qui retint l'attention de Camille : Hervé Duciel !

– Hervé était le frère de Maxime Duciel, ton père adoptif, précisa Mme Boulanger.

Une pièce importante du puzzle se mettait en place et Camille sentit un poids invisible quitter ses épaules. Ses parents avaient certes choisi de l'exiler, mais ils n'avaient cherché que son bonheur et sa sécurité. Seul un dramatique coup du sort l'avait conduite dans une famille aussi peu aimante.

– Je comprends, murmura-t-elle. Mais pourquoi les Duciel ? J'ai toujours su qu'ils ne m'aimaient pas. Malgré tous mes efforts, ils m'ont toujours considérée comme une étrangère.

– La vérité n'est pas très jolie, expliqua Mme Boulanger. Hervé était un photographe célèbre, il avait remporté plusieurs prix, dont un prestigieux. De nombreux journaux s'arrachaient ses services et il gagnait très bien sa vie. Son frère le jalousait beaucoup. Hervé savait qu'il prenait des risques en se rendant dans tous les endroits du globe où les hommes sont fous. Quand il a accepté la responsabilité de t'élever, il a voulu que tu sois en sécurité s'il lui arrivait quelque chose. Il a rédigé un acte notarié, léguant ses biens à son frère si celui-ci acceptait de t'adopter en cas de malheur. Et le pire est advenu. La mort a frappé, non pas dans un pays étranger, mais sur une route de campagne. Moins de dix jours plus tard, Maxime Duciel est officiellement devenu ton père adoptif. Hors de question pour un individu de son espèce de renoncer à l'héritage de son frère, même si tu faisais partie du lot.

Camille hésita un instant. Elle ne voulait pas blesser cette femme si gentille, pour autant elle devait comprendre. Tout comprendre.

– Mais pourquoi Hervé Duciel m'a-t-il confiée à son frère ? Et pourquoi n'avez-vous rien fait ? Ne croyez pas que je veuille vous reprocher quoi que ce soit, mais je me suis si souvent demandé ce que je faisais chez les Duciel...

– Les réponses à tes deux questions sont malheureusement faciles à donner. Hervé manquait d'objectivité pour tout ce qui concernait son frère. Il savait que Maxime et sa femme avaient toujours voulu un enfant. Il était persuadé que tu serais la bienvenue chez eux, que tu serais heureuse. Et puis ce testament n'était qu'une précaution. Comme la plupart des hommes, il ne s'attendait pas à mourir...

Mathieu prit la parole d'une voix douce.

– D'accord mais pourquoi n'avoir rien fait pour Camille quand vous avez compris que les Duciel ne l'aimaient pas ?

– Tu oublies ce que nous avait raconté Élicia. Votre irruption dans notre monde signifiait qu'il était arrivé quelque chose de grave à vos parents, que vous étiez en danger. Nous devions tout faire pour que vous ne vous rencontriez pas. Nous n'avions pas le choix. Ta vie, Ewilan, nous échappait.

– Je comprends, murmura Camille, je comprends.

Elle était apaisée. Sept années de sa vie venaient de prendre un sens. Le soulagement la rendait légère, légère.

– Et maintenant ? demanda Mathieu à sa mère.

– Je suppose que si Ewilan t'a retrouvé, c'est que les choses ont changé. Vous allez partir, non ?

Mathieu se tourna vers sa sœur et Camille prit conscience que la question lui était adressée.

– Oui, admit-elle, nous allons partir. Dès demain matin, c'est-à-dire tout à l'heure. La situation en Gwendalavir est redevenue normale, mais nos parents ont besoin de notre aide.

– Comment peux-tu le savoir ? s'étonna Mme Boulanger.

– C'est vraiment une très longue histoire, répondit Camille. Je crois que vous devrez attendre que nous revenions pour l'entendre.

Le visage de Mme Boulanger s'éclaira.

– Mathieu reviendra ? Tu me dis la vérité ?

– Bien sûr. Je ne kidnappe personne ! Je ne pense pas que nous serons de retour pour la rentrée des Beaux-Arts, mais Mathieu, quelle que soit la direction que prendra sa vie, pourra toujours aller et venir entre les deux mondes.

Une larme de bonheur perla au coin des yeux de Mme Boulanger. Elle l'essuya négligemment du revers de la main.

– C'est magnifique, s'exclama-t-elle. Je savais que je ne devais pas me mettre en travers de ta route,

Mathieu, mais l'idée de ne plus te revoir était insupportable.

– Ne plus me revoir ? Tu plaisantes ? répliqua Mathieu qui paraissait aussi ému que sa mère adoptive. Tu crois sans doute que je peux me passer de tes crêpes et de tes cannelloni ?

Mme Boulanger fit mine de lui pincer le nez.

– Espèce de sale gamin ! lança-t-elle en riant.

Puis elle retrouva son sérieux.

– Si vous devez partir tôt, il vous faut dormir un peu. Au lit ! ordonna-t-elle.

7

La durée d'une garde à vue est de vingt-quatre heures. Cette durée peut être portée à quarante-huit heures si le procureur de la République l'autorise par écrit.

Code français de procédure pénale

– Quoi ? Que dis-tu ?

– Je dis que Bjorn est en prison, ou du moins enfermé au commissariat, qu'on l'accuse de m'avoir kidnappé et de t'avoir fait disparaître. C'est moi qui l'ai vendu parce que je n'ai pas trouvé d'autre moyen d'expliquer ce que nous faisions ensemble. Et j'espère qu'il a compris pourquoi j'ai agi ainsi, sinon, il va être sacrément en pétard après moi !

Après avoir accablé son compagnon, Salim avait été reconduit chez lui par l'inspecteur Franchina en personne. L'accueil n'avait pas été très différent de celui auquel il s'attendait. Sa belle-mère avait simulé la joie, mais il était clair qu'elle l'avait déjà quasiment oublié. Ses demi-sœurs et ses cousins n'avaient pas paru non plus très concernés par son retour. Tout juste rentré chez lui, il n'avait eu qu'une hâte : repartir. Il avait attendu le matin en ne dormant que d'un œil et, à huit heures, s'était esquivé sans prévenir.

Camille et Mathieu étaient arrivés un peu en retard au rendez-vous. Salim avait à peine pris le temps de les saluer avant de leur raconter ce qui s'était passé la veille au soir.

– J'ai failli venir vous réveiller en pleine nuit, mais j'ai pensé que ça ne servirait pas à grand-chose. Qu'allons-nous faire ?

Il regardait Camille sans paraître douter de sa capacité à trouver une solution. Elle soupira, puis son visage s'éclaira.

– Où est le problème ? Bjorn possède la deuxième voyageuse. Il peut changer de monde quand il veut.

Salim lui offrit une grimace penaude.

– C'est que…

– Quoi ? s'inquiéta Camille.

En guise de réponse, Salim plongea la main dans sa poche et en tira une bille aux reflets irisés.

– Je voulais juste lui faire une blague, se justifia-t-il. Il n'arrêtait pas d'insinuer que l'enseignement d'Ellana était bidon, que j'étais aussi discret qu'un…

Camille se frappa le front.

– La voyageuse de Bjorn ! le coupa-t-elle. Salim, tu es un bougre d'irresponsable atrophié du cerveau ! Quand te décideras-tu à te servir du pois chiche que tu as dans le crâne ? Quand ?

Salim était si piteux que Mathieu ne put retenir un éclat de rire, qui lui attira un regard noir de sa sœur.

– Ne ris pas s'il te plaît, l'adjura-t-elle. S'il se croit drôle, il va devenir insupportable !

– Je suis vraiment désolé, murmura Salim. Tu crois qu'on peut faire quelque chose ?

– Bien sûr que nous allons faire quelque chose ! lança Camille. Tu ne voudrais tout de même pas qu'on rentre sans Bjorn ?

– Non, évidemment, mais...

– Tais-toi, ordonna-t-elle, et laisse-moi réfléchir. Bjorn est enfermé dans un endroit que je ne connais pas. Impossible de m'y rendre par un pas sur le côté. Je peux par contre le contacter, du moins je le crois. Il ne nous reste plus qu'à imaginer un moyen de lui restituer la voyageuse, mais Salim et moi n'avons aucune chance de franchir discrètement les portes du commissariat...

– Je pourrais intervenir, proposa Mathieu.

– C'est une solution. Reste à imaginer un plan qui te permette d'aborder Bjorn.

– Tu dis que tu peux le contacter ?

– Ce doit être possible. Pourquoi ?

– Demande-lui de téléphoner à un avocat, ou du moins de faire semblant. Je pourrai ainsi m'approcher de lui sans éveiller de soupçons...

– Génial, mon vieux, s'écria Salim, tu te déguises en avocat, tu entres dans le commissariat, tu files la bille à Bjorn et on se tire ! Trop fastoche ! Tu sais, Camille, ton frère est malin. Presque autant que moi !

Camille leva les yeux aux ciel.

– Tu ne crois pas si bien dire. Ce plan est nul !

– Mais pourquoi ? gémit Salim, l'air soudain très las. Il me paraît très bien...

– Parce que nous sommes dans la vraie vie, Salim, pas dans un feuilleton américain. Si une personne placée en garde à vue peut contacter un avocat, cela ne signifie pas que n'importe qui puisse jouer ce rôle, surtout pas quelqu'un d'aussi jeune que toi, Mathieu ! Non, il faut trouver autre chose. Laissez-moi réfléchir.

M. et Mme Duciel prenaient leur petit déjeuner.

Le silence n'était rompu que par le bruit des pages du journal que M. Duciel lisait en remuant son café. Lorsqu'il tendit distraitement la main vers la corbeille, sa femme toussota.

– Maxime, vous avez déjà mangé deux croissants ! lui reprocha-t-elle.

M. Duciel s'apprêtait à répliquer lorsqu'une voix dans son dos le fit sursauter.

– Elle a raison, vous grossissez. Vous devriez suivre un régime et essayer la course à pied !

Les époux Duciel se retournèrent en sursaut. Une tasse se renversa sans que personne ne s'en soucie, tachant irrémédiablement la nappe de dentelle.

– Camille ?

Si, malgré la surprise, Mme Duciel avait réussi à articuler un mot, son mari, lui, ressemblait à un poisson rouge hors de son aquarium. Sa bouche s'ouvrait et se fermait sans qu'aucun son n'en sorte, ses yeux étaient exorbités.

– Oui, c'est moi, rétorqua-t-elle, quelle perspicacité ! Heureux de me voir ?

– Mais… D'où venez-vous ? proféra Mme Duciel. Où étiez-vous passée ? Nous pensions que…

Camille s'approcha. Une part de son esprit s'émerveillait de cette situation qui, quelques mois plus tôt, aurait été impensable. Elle surprenait les Duciel, les choquait même, et ne ressentait pas la moindre crainte. Elle tira une chaise et s'assit.

M. Duciel finit par recouvrer la parole.

– Mais c'est incroyable, s'écria-t-il, où diable étiez-vous donc ? Je vous croyais kidnappée.

– Ce débordement d'affection me fait chaud au cœur... nota Camille avec un sourire amer. On ne m'a pas enlevée, je suis partie. Volontairement. Et pour vous éviter d'inutiles hypothèses, sachez que je vais de nouveau m'en aller. Définitivement.

M. Duciel eut un mouvement de recul.

– Vous délirez, Camille ! Je crois qu'il...

– Ne vous lancez pas dans l'un de vos discours habituels ! le coupa-t-elle. Je suis pressée et j'attends que vous me fournissiez des explications. Je ne vous ai jamais entendus parler de mon passé. Même devant le juge, lorsque vous avez obtenu ma garde. Est-ce que votre frère Hervé vous avait confié d'où je viens ?

– Hervé ? Mais...

M. Duciel bafouillait, sa femme avait pâli. Il se frotta les yeux, essayant de retrouver la maîtrise d'une situation qui lui échappait complètement.

– Qui vous a... Pourquoi...

– Vous voyez, reprit Camille, je me contente d'une seule question. J'en ai pourtant beaucoup d'autres qui, sans réponses, me gêneront probablement toute ma vie : qu'attendiez-vous de moi ? Que me reprochiez-vous ? Pourquoi ne m'avez-vous jamais aimée ?

– Parce que vous n'êtes pas notre fille ! intervint Mme Duciel. Parce que c'est Hervé qui nous a imposé cette adoption. Parce que nous ne nous sommes jamais habitués à vous. Parce que vous êtes étrange, incompréhensible.

La tirade, prononcée avec une froideur blessante, frappa Camille comme un coup de poing au creux de l'estomac.

– C'est faux, se révolta-t-elle. J'étais une petite fille perdue, j'avais désespérément besoin qu'on m'aime. Vous auriez pu être tout pour moi, remplacer les parents que j'avais perdus. Vous ne m'avez laissé aucune chance ! Mais répondez à ma question, poursuivit-elle en s'obligeant à respirer profondément. Hervé vous avait-il révélé d'où je viens ?

Il y eut un bref instant de silence puis la voix de M. Duciel s'éleva, aussi insensible que celle de sa femme.

– Oui. Nous connaissions vos origines. Mon frère nous les a révélées lorsqu'il nous a demandé de nous occuper de vous en cas de malheur. Le pauvre garçon trouvait votre histoire follement passionnante. Nous avons eu beaucoup de mal à le croire, mais il a fini par nous convaincre. Comment vouliez-vous que, dans ce contexte, nous nous attachions à vous ? Avant l'accident d'Hervé, nous craignions de nous lancer dans une procédure d'adoption, parce que nous ne voulions pas accueillir un petit étranger à la maison. Nous voulions un enfant identique à celui que nous aurions pu avoir, et nous vous avons eue, vous, Camille, plus différente que tous les étrangers de la Terre. Pouvez-vous demander à un chien d'adopter et d'aimer un chat ?

– Mais...
– Non, laissez-moi finir. Vous souhaitiez une réponse, vous allez l'obtenir. C'est vrai, il n'y a pas d'amour entre nous, peut-être un semblant d'affection, rien d'autre. Toutefois, nous ne sommes pas responsables de cette situation. Quand vous avez disparu, nous avons très vite compris que vous n'aviez pas été enlevée, que vous étiez repartie là-bas, où que ce là-bas fût. Et ne prétendez pas que vous n'êtes pas une étrangère ou que votre monde est semblable au nôtre. N'oubliez pas que j'ai failli perdre la vie à cause de vous et de cet assassin qui a fait irruption ici ! Alors n'attendez pas que nous nous effondrions à l'annonce de votre départ définitif.
Camille l'avait écouté sans broncher.
Elle aurait dû être bouleversée, peut-être anéantie. Heureusement des amis loyaux tenaient désormais le rôle que les Duciel avaient toujours refusé. Elle sentit pourtant la dernière attache qui la liait encore à sa famille adoptive se briser avec une pointe de douleur au ventre.
Elle attendit d'avoir retrouvé sa sérénité pour parler d'une voix ferme.
– Vos paroles ont au moins eu le mérite d'être honnêtes, remarqua-t-elle sans acrimonie. Je vais partir, comme je vous l'ai promis, toutefois, avant que nous ne nous quittions, vous allez m'aider. Peut-être pour la première fois, mais à coup sûr pour la dernière et je ne vois pas comment vous pourriez refuser.

8

Effectuer le grand pas avec ses deux enfants et effacer leurs souvenirs nécessitaient qu'Élicia Gil' Sayan soit une dessinatrice exceptionnelle. Les abandonner, peut-être pour toujours, requérait une volonté surhumaine...

Doume Fil' Battis, chroniqueur de l'Empire

Bjorn avait passé une nuit exécrable.

Lui, un chevalier de l'Empire, arrêté comme un vulgaire malandrin, interrogé pendant des heures par ce bailli persuadé de détenir un monstre mangeur d'enfants !

Et Salim qui l'avait lâchement abandonné, l'accusant de les avoir enlevés, lui et Ewilan ! Bien sûr, le garçon n'avait agi ainsi que pour recouvrer sa liberté, mais le sentiment d'avoir été trahi était là, fort désagréable.

Pour couronner le tout, Bjorn s'était également aperçu que sa voyageuse avait disparu et, avec elle, sa seule chance de s'échapper !

Finalement, après avoir dû répondre à un millier de questions, il avait été jeté dans une pièce dont le mobilier sommaire ne dissimulait pas la fonction : une cellule.

– Demain matin, avait annoncé l'inspecteur, on vous présentera au procureur. Je ne doute pas qu'il prolonge votre garde à vue. Il se pourrait même qu'il vous inculpe aussitôt, auquel cas ce sera la maison d'arrêt…

Un procureur, une maison d'arrêt… Bjorn ignorait de quoi il s'agissait, mais il avait conscience que sa situation n'était pas brillante. Pourquoi donc Merwyn avait-il voulu qu'il se joigne à cette expédition ?

La couchette de sa geôle était aussi dure qu'une planche et le semblant de repas qu'on lui avait servi insipide. Bjorn ouvrit les yeux à l'aube, de fort mauvaise humeur. Il avait beau cogiter, il ne voyait absolument pas comment se sortir de ce traquenard. Pourvu que Camille et Salim ne l'aient pas oublié…

À huit heures trente, l'inspecteur Franchina lui rendit visite.

– Le procureur vous entendra en fin de matinée. Si vous avez quelque chose à dire que, par inadvertance, vous auriez oublié de nous confier hier, c'est le moment. Je suis certain qu'un signe de bonne volonté de votre part l'inciterait à la bienveillance. Un mot sur la petite Camille Duciel, peut-être ?

Bjorn dut faire un effort monumental pour ne pas jeter le policier contre un mur. Il expira profondément et réussit par miracle à conserver son calme.

– Je vous ai maintes fois expliqué que je ne connaissais pas cette jeune fille, aboya-t-il. Pourquoi persistez-vous à douter de ma probité ?

L'étrange façon de s'exprimer du suspect, remarquée tout au long de la nuit, confortait l'inspecteur Franchina dans ses certitudes. Ce Bjorn Wil' Wayard était coupable, il fallait lui arracher la vérité ! Il sortit sans se donner la peine de répondre.

Plus tard, un policier escorta Bjorn de sa cellule au bureau de l'inspecteur. Pendant les quelques secondes que dura le trajet, le chevalier envisagea froidement d'assommer son gardien pour s'enfuir, mais la sagesse l'emporta. Il ne connaissait rien à ce monde. À supposer que son évasion réussisse, où irait-il ?

L'inspecteur était déjà là, assis en compagnie d'un individu que Bjorn n'avait jamais vu.

– J'aimerais assister à l'entretien, disait l'inspecteur. Vous n'êtes pas du métier, vous pouvez rater un détail crucial.

– Peut-être, mais si vous restez, il risque de se fermer comme une huître. Laissez-moi une chance, il s'agit de ma fille...

Franchina hésita un instant puis, en secouant la tête pour marquer son manque de conviction, il se tourna vers Bjorn.

– Monsieur Wil' Wayard, si tel est votre nom, je vous présente M. Duciel. Il a insisté pour vous parler seul à seul. Bien que ce soit en marge du règlement, je vois mal comment lui refuser ça.

Le policier ouvrit la porte et lança avant de sortir :

– Vous avez dix minutes. De toute façon, le fourgon de transfert va bientôt arriver.

La serrure cliqueta derrière lui, et Bjorn reporta son attention sur l'individu qui avait demandé à le voir. Ainsi c'était le père adoptif d'Ewilan...

Il ne lui plaisait pas !

L'avis d'Ewilan influençait sans doute son opinion, mais Bjorn aurait pu s'en passer et juger Maxime Duciel sur sa seule apparence. Tout, en lui, respirait la suffisance et la fausseté. Que pouvait-il bien lui vouloir ?

Il n'eut pas longtemps à attendre pour le savoir.

– Qu'avez-vous fait de ma fille ?

Ah non, ça n'allait pas recommencer !

– Elle nous manque. Si vous possédez des informations, il faut...

– *Salut Bjorn, ça va ?*

Le chevalier écarquilla les yeux. Devant lui, M. Duciel continuait à parler sur un ton geignard. Il ne semblait pas avoir entendu la voix.

La voix d'Ewilan !

– *Évidemment ! Qui d'autre voudrais-tu que ce soit ? Un Ts'lich ? Bien, écoute. Mon père adoptif, le bonhomme peu sympathique qui, a priori, se trouve en ce moment face à toi, va te rendre la voyageuse.*

– La voyageuse !

Bjorn avait parlé à haute voix, en criant presque et M. Duciel sursauta.

– Quoi ? balbutia-t-il. Que dites-vous ?

– Rien, le rassura le chevalier, rien du tout. Continuez, je vous en prie.

Maxime Duciel le regarda comme s'il avait affaire à un fou, mais reprit ses jérémiades.

– *Nous avons convenu qu'il ne te dirait rien d'important. La police écoute à coup sûr votre conversation. Vous êtes peut-être filmés. Il faudra que vous soyez discrets lorsqu'il te remettra la sphère.*

– Mais... commença Bjorn.

De nouveau, M. Duciel s'arrêta.

– Oui ?

– Mais… euh… c'est dramatique, lança le chevalier.

– Oui, vous avez raison. Quand nous avons su que…

Et il continua son monologue.

– Si tu as quelque chose à dire, reprit Camille, parle dans ta tête. Mon père adoptif nous aide, plus ou moins contraint et forcé. Ne lui fais pas confiance.

– Je n'avais pas l'intention d'en faire un ami…

– Bravo Bjorn. Je t'entends parfaitement. L'essentiel, maintenant. Quand tu auras récupéré la voyageuse, file sans t'occuper de nous.

– Et Akiro ?

– Il est prêt à partir, tout comme Salim. Nous n'attendons plus que toi.

Un grand sourire muet se dessina sur le visage du chevalier, qui acheva de convaincre son interlocuteur qu'il était fou à lier.

– Voilà la meilleure nouvelle que j'ai entendue depuis longtemps. Dès que…

– Non ! Je préférerais que tu fasses le pas sur le côté lorsque tu auras quitté le commissariat.

– Pourquoi ?

– L'inspecteur Franchina a déjà eu beaucoup de problèmes par ma faute. Je ne voudrais pas qu'on lui reproche en plus de t'avoir laissé t'enfuir. C'est un homme juste, qui fait son travail du mieux qu'il peut.

– Tu es sûre ?

– S'il te plaît, Bjorn…

– Bon, d'accord. Mais dès que je serai sorti d'ici, je file. J'en ai soupé de ton monde !

Bjorn perçut un éclat de rire dans son esprit et une dernière phrase :

– *Rendez-vous à la Citadelle.*

Le chevalier prit conscience que M. Duciel s'était tu. Il se leva et s'approcha du gros homme qui, malgré lui, eut un mouvement de recul.

– Je suis désolé, déclara Bjorn en lui tendant la main, mais je ne peux rien pour vous. J'ignore tout de votre fille.

M. Duciel se leva à son tour et saisit la large poigne du chevalier. Il avait l'air un peu hagard et, quand la porte s'ouvrit, il tourna la tête vers l'inspecteur Franchina comme pour quémander de l'aide.

– Alors ? demanda le policier.

– Alors rien. Rien du tout.

M. Duciel sortit rapidement, sans se retourner. Le policier jeta un regard sévère sur Bjorn.

– Vous n'avez donc pas été ému par ce pauvre homme ?

– Cet homme n'est ni pauvre ni émouvant, cracha le chevalier avec un rictus, vous le savez aussi bien que moi...

– Qu'entendez-vous par là ?

– Rien de plus que les mots que j'ai prononcés.

L'inspecteur le considéra avec suspicion puis, devant son mutisme, le fit reconduire dans sa cellule. Une fois seul, Bjorn inspira profondément. Bien au chaud dans son poing fermé, la voyageuse lui murmurait que ses malheurs étaient enfin finis.

9

Certains, parmi nos plus grands penseurs, soutiennent qu'il y a incompatibilité entre l'Art du Dessin et la technologie. L'existence des deux mondes découlerait de cette incompatibilité…

Elis Mil' Truif, maître dessinateur à l'Académie d'Al-Jeit

– Il a bien reçu le message ? s'inquiéta Salim.

Il se trouvait avec Camille et Mathieu, dans une rue du centre-ville, adossé comme eux à la grille du théâtre.

Camille leva un pouce joyeux.

– Au poil, lança-t-elle. Tout va s'arranger.

– Euh… Camille ?

Elle regarda son ami. Lui d'ordinaire si gai avait l'air préoccupé.

– Que t'arrive-t-il ? Tu donnes l'impression d'avoir avalé de travers…

– Bjorn ne t'a pas dit s'il était fâché après moi ?

Camille prit une mine soucieuse.

– Il a juste laissé entendre que lorsqu'il t'attraperait, il commencerait par les oreilles…

Salim, comprenant qu'elle se moquait de lui, respira plus librement. Mathieu nota toutefois qu'il n'avait l'air qu'à moitié rassuré. Ils prirent la direction du commissariat. Camille ne voulait pas repartir sans être sûre que Bjorn était tiré d'affaire, elle désirait assister à son pas sur le côté. Le chevalier ne mettrait pas longtemps à utiliser la voyageuse. Il fallait donc qu'ils se dépêchent.

Mathieu passa un bras sur les épaules de sa sœur. Il prenait doucement conscience qu'il arpentait peut-être ces rues pour la dernière fois, et les regardait avec un œil où l'émotion le disputait à l'allégresse. Camille avait l'impression de lire dans les pensées de son frère. Il était heureux, elle partageait ce bonheur avec lui de tout son cœur.

Ils s'installèrent à la terrasse d'un café, séparée de l'entrée du commissariat par une placette et un carrefour peu fréquenté à cette heure de la journée.

Ils commandèrent des boissons et un sandwich pour Salim.

– Je n'ai rien mangé hier soir, expliqua-t-il, et rien non plus ce matin. Vous rendez-vous compte qu'il y a des choses qui arrivent à me couper l'appétit ? Incroyable, non ?

– En effet, acquiesça Mathieu.

– En tout cas, elles n'arrivent pas à te couper la parole ! se moqua Camille.

Salim prit un air faussement blessé.

– Je suis un incompris, gémit-il. Là où je sème l'art et la beauté du verbe, je ne récolte que l'indifférence ou l'irritation d'individus totalement dépourvus de grandeur d'âme !

Mathieu poussa un sifflement admiratif.

– Jolie phrase...

– Et sans le moindre rapport avec ce qui précède, l'interrompit Camille. Regardez !

Elle avait saisi l'avant-bras de son frère et désignait le commissariat.

Les deux garçons tournèrent la tête au moment où un fourgon bleu aux vitres grillagées s'engageait sur la chaussée.

– Vous croyez que c'est lui ? demanda Salim.

– Probable, chuchota Camille. Soyons prêts...

Le véhicule s'avança jusqu'à un feu rouge. Il n'était qu'à une dizaine de mètres de la terrasse du café, Camille discernait parfaitement les deux policiers assis à l'avant. Le feu passa au vert et le fourgon s'ébranla.

Tout d'abord, les trois spectateurs crurent que les embardées auxquelles ils assistaient provenaient d'un mauvais réglage du moteur, mais il fut vite évident que ce n'était pas du tout le cas. Un mini-cataclysme ravageait l'arrière de la camionnette !

Le conducteur, alerté par le bruit, stoppa son véhicule. Il jaillit de l'habitacle avec son collègue, au moment où les deux portes arrière s'ouvraient à la volée. Bjorn apparut dans l'ouverture, le visage hilare. Derrière lui, on apercevait les corps étendus de trois gardiens.

– De l'air ! hurla le chevalier.

Et il sauta dans la rue.

Le conducteur et son collègue dégainèrent leurs armes et foncèrent vers lui.

Camille serra les mâchoires. Pourquoi Bjorn ne s'était-il pas contenté de s'éclipser discrètement ? Il allait réussir à se faire tirer dessus ! Elle se glissa dans l'Imagination.

Quand les policiers arrivèrent sur Bjorn, l'un tenait un journal en guise de revolver et l'autre un saucisson sec ! Le chevalier les saisit délicatement à la nuque. Leurs crânes s'entrechoquèrent avec un bruit abominable. Ils s'affaissèrent lourdement.

La scène avait eu de nombreux spectateurs qui reculèrent d'un pas quand Bjorn se tourna vers eux. Le chevalier éclata d'un rire énorme et se fendit d'une révérence.

– Messieurs dames, lança-t-il d'une voix de stentor, je vous salue bien bas.

Puis soudain, il cessa tout simplement d'être là.

Des hurlements s'élevèrent dans la foule, auxquels répondit une sirène de police.

– Génial ! s'exclama Salim. Quel artiste ! Vous avez vu ce départ ?

– J'aurais dû me douter que ça te plairait, maugréa Camille. Il a failli se faire tuer et tu trouves ça génial !

– Je…

– Excusez-moi, l'interrompit Mathieu, mais nous devrions nous éloigner. Nous sommes aux premières loges, il ne faudrait pas que quelqu'un, l'inspecteur Franchina par exemple, vous reconnaisse.

– Tu as raison, approuva Salim heureux de changer de sujet. Filons d'ici !

Ils se levèrent sans hâte et quittèrent les lieux. Les curieux affluaient et l'endroit allait grouiller de policiers. Leurs pas les conduisirent dans le parc.

– C'est le moment pour nous aussi ? demanda Mathieu.

– Oui, répondit-elle. Vous êtes prêts ?

– Prêt ! acquiesça Salim.

– Prêt ! répéta Mathieu.

Camille se projeta dans l'Imagination.

Merwyn avait sans doute prévu que Mathieu rentrerait avec Bjorn grâce à la deuxième voyageuse. Emmener deux personnes avec elle requérait un pouvoir qu'elle ne possédait pas. Pourtant son pas sur le côté fut d'une facilité déconcertante. Elle n'eut presque pas conscience de son dessin.

Ils disparurent.

LE LOUP

1

Galaad possédait le cœur de Bjorn, la force de Maniel et la science des armes d'Edwin, mais il n'avait pas d'humour. C'est un défaut rédhibitoire !

Merwyn Ril' Avalon

Ils se matérialisèrent dans la bibliothèque de la Citadelle dont Camille avait soigneusement mémorisé l'apparence. Il avait été convenu qu'à tour de rôle, quelqu'un les y attendrait, au cas où ils auraient besoin d'aide. Siam était là, feuilletant un épais manuscrit relié de cuir. Quand ils apparurent, elle se leva souplement et s'avança vers eux.

– Ewilan ! s'exclama-t-elle. Enfin ! Nous commencions à nous inquiéter.

Camille sourit largement. La jeune Frontalière lui était chère, découvrir qu'elle lui avait manqué remplissait son cœur de joie.

– Je suis là, moi aussi, souligna Salim.

Siam s'inclina comme pour s'excuser.

– Je suis désolée, noble visiteur. J'avoue que, comme tu ne faisais pas de bêtise, je ne t'avais pas aperçu ! J'espère que tu me pardonneras... Je suppose que ce jeune homme est ton frère, Ewilan ? Je suis Siam, la sœur d'Edwin.

Elle s'était tournée vers Mathieu et lui offrait un merveilleux sourire. Camille remarqua une fois de plus qu'elle était vraiment jolie, avec sa natte blonde et sa peau mate qui mettait en valeur deux grands yeux gris. Tout son être dégageait une impression de grâce, mais, malgré sa silhouette menue, on la devinait musclée et résistante. Camille se préparait à répondre lorsque soudain elle se figea.

L'Imagination s'ouvrait !

Avant qu'elle ne réalise ce qui se passait, un bouquet de fleurs odorantes apparut dans la main de Mathieu ! Camille en resta bouche bée. Il ne s'agissait pas d'un dessin, les fleurs étaient réelles ! Son frère, faisant fi de l'impossibilité de dessiner dans la Citadelle, avait utilisé l'Imagination pour aller les chercher on ne sait où. Lui qui était censé n'avoir aucun don !

Elle n'eut pas le temps de s'interroger davantage. Un éblouissement ravi s'était peint sur les traits de Mathieu, comme s'il atteignait le paradis et contemplait un ange. Il tendit son bouquet à une Siam tout étonnée.

– Je suis bien Akiro, déclara-t-il d'une voix rêveuse, ou Mathieu. Ça n'a pas d'importance, mais je crois que je préfère Mathieu. Je ne pensais pas qu'en arrivant ici je découvrirais ce que j'ai toujours cherché.

– Et que cherchais-tu ? lui demanda Siam, les yeux fixés sur lui.

– La beauté, répondit-il. Ou plutôt la grâce. Ou la perfection. La féminité. L'absolu. Tout ça à la fois sans doute…

La jeune guerrière éclata d'un rire frais.

– Prends-en de la graine Salim, s'exclama-t-elle, voilà un garçon qui sait parler aux filles !

Camille nota que, malgré ses propos légers, Siam avait été touchée par les paroles de Mathieu. Elle sourit intérieurement. L'acclimatation de son frère à Gwendalavir promettait d'être plus facile que prévu…

– Et Bjorn ? s'inquiéta-t-elle. Comment va-t-il ? Il est parti au moins dix minutes avant nous.

– Il n'est pas arrivé ici, affirma Siam. Je lisais dans cette pièce depuis plus d'une heure lorsque vous êtes apparus.

– C'est pas vrai, gémit Salim. Où est-il encore allé se fourrer ?

Camille réfléchit quelques secondes.

– Où se trouve maître Duom ? s'enquit-elle. Il faut l'avertir.

Ils quittèrent la bibliothèque et se hâtèrent vers l'aile de la Citadelle où le vieil analyste et ses compagnons s'étaient installés.

Ils croisèrent en chemin quelques Frontaliers qui les saluèrent avec respect. Camille savait que les hommes du Nord appréciaient Siam pour ses qualités et pas seulement parce qu'elle était la fille de Hander Til' Illan, le seigneur du lieu. Elle fut donc heureuse de s'apercevoir qu'elle bénéficiait également de ces marques d'estime. Son duel contre Holts Kil' Muirt avait rangé de son côté les rudes guerriers qui, depuis des années, combattaient pour l'Empire dans les Marches du Nord. Ils respectaient le courage par-dessus tout, et elle avait, à leurs yeux, montré sa valeur en acceptant un combat qu'elle avait de grands risques de perdre. Camille, elle, plaçait le courage ailleurs, mais c'était une autre histoire...

Mathieu suivait sa sœur en détaillant avidement les lieux, même si nombre de ses coups d'œil étaient destinés à Siam. La Citadelle était une construction imposante, créée grâce au pouvoir de dessinateurs remarquablement aidés par l'ingéniosité et le savoir-faire des architectes. Sa taille et sa beauté ne pouvaient manquer d'impressionner quelqu'un d'aussi sensible à l'art que lui.

Edwin et Ellana vinrent à leur rencontre alors qu'ils traversaient la grande cour centrale.

– Camille ! s'écria Ellana. Salim ! Enfin !

Salim se tourna vers Mathieu.

– Tu vois, il y en a qui se souviennent que j'existe...

Puis, découvrant le regard que le jeune homme posait sur Ellana, il continua, goguenard :

– Tu ne vas pas refaire le coup des fleurs, j'espère ?

Mais l'admiration de Mathieu était davantage dédiée au couple formé par Ellana et Edwin, qu'à la seule beauté de la marchombre. Vêtus d'amples vêtements sombres, ils étaient éblouissants de charisme, absolument assortis et éclatants de force.

– Akiro ! s'exclama Edwin en posant ses mains sur les épaules du jeune homme. Je suis heureux de te revoir. Sois le bienvenu ! Nous étions inquiets pour vous. Ewilan, tu es partie plus longtemps que prévu !

– Rien n'est jamais aussi facile qu'on le croit, dit-elle. Je me fais du souci pour Bjorn. Il aurait dû arriver avant nous, mais Siam ne l'a pas vu.

Edwin la rassura d'un geste.

– Il est là, tranquillise-toi. Il a utilisé la voyageuse pour se matérialiser directement dans les cuisines de la Citadelle. C'est Maniel qui me l'a annoncé. En ce moment, il se restaure ou plutôt il pille les réserves des Frontaliers. Tout va bien.

Camille soupira de soulagement pendant qu'Ellana regardait le bouquet que Siam tenait à la main.

– Des fleurs poussent entre les livres de la bibliothèque ? demanda la marchombre, un rien moqueuse.

Les pommettes hâlées de la jeune fille se teintèrent de rouge. Elle hésita un peu puis, finalement, choisit de ne pas répondre. Edwin jeta un coup d'œil surpris à sa jeune sœur, mais s'abstint de tout commentaire.

À cet instant, un rugissement les fit se retourner. Bjorn arrivait en compagnie de Maniel et de maître Duom.

– Salim, je vais te transformer en chair à pâté ! hurla le grand chevalier.

Salim, tout à coup, parut inquiet.

– Tu es bien sûr de désirer que tout le monde se souvienne de ton existence ? ironisa Camille.

2

Tous les enfants de Gwendalavir connaissent aujourd'hui la légende d'Ewilan Gil' Sayan. Peu d'entre eux se doutent que la réalité fut encore plus belle !

Doume Fil' Battis, chroniqueur de l'Empire

Jamais Mathieu n'avait rencontré aussi joyeuse assemblée.

Bjorn s'était précipité sur Salim. Le garçon avait bien essayé de se mettre à l'abri, mais le chevalier l'avait rejoint en quelques enjambées. Il l'avait soulevé haut au-dessus de sa tête et l'avait fait tournoyer en hurlant des invectives :

– Traître ! Faux frère ! Sale égoïste menteur et fourbe !

Et des menaces :

– Je vais te faire payer ta félonie ! Quand j'en aurai fini avec toi, tu ressembleras à un rat tombé d'une falaise !

Effrayé, Mathieu s'était demandé comment secourir Salim. Se jeter à l'assaut du colosse n'était pas une décision qui se prenait à la légère.

– Ne t'inquiète pas, l'avait rassuré Ellana, c'est leur manière de se dire bonjour et de montrer à quel point ils se sont manqué.

Un vieil homme, correspondant à la description que Camille lui avait faite de maître Duom, s'était alors approché de lui. Il dégageait une forte impression de sagesse et ne semblait pas ému par les acrobaties aériennes de Salim. Il était visiblement impatient de le questionner, mais s'était contenu. Mathieu avait également découvert Maniel, le géant, qui aurait été effrayant sans sa physionomie débonnaire et sa voix calme.

Après les présentations, il avait eu droit à une visite guidée de la Citadelle durant laquelle il avait croisé Hander Til' Illan, seigneur des Marches du Nord. Le patriarche l'avait jaugé un instant avant de lui poser une main sur l'épaule et de lui souhaiter la bienvenue. Mathieu avait commencé à se sentir chez lui...

– Voilà, déclara Siam, tu as vu l'essentiel de la Citadelle.

Bjorn et Maniel s'étaient esquivés en chemin pour finir de se restaurer, tandis qu'Edwin et Ellana allaient soigner Murmure qui boitait légèrement.

– Il nous reste à visiter la Vigie.

Maître Duom, étonné, regarda Camille.

– Impossible, commença-t-il. Tu m'as expliqué...

– Que mon frère n'avait aucun pouvoir ? C'est ce

que je pensais, excuse-moi Mathieu, mais je me suis sans doute trompée. Pas vrai Siam ?

La jeune fille, qui avait déposé ses fleurs dans un vase une heure plus tôt, hocha la tête.

– Il est possible, en effet, qu'il ait un pouvoir...

Elle ne précisa pas lequel et Camille lui adressa un clin d'œil.

– La Vigie ? s'enquit Mathieu.

– C'est la pièce qui se situe au sommet de la plus haute tour de la Citadelle, expliqua maître Duom. Il s'agit d'un endroit de Pouvoir où seuls les dessinateurs peuvent accéder. Et quand je dis dessinateurs, j'entends les meilleurs d'entre nous. J'en connais beaucoup qui se croyaient forts et qui pourtant se sont vu refuser son accès.

– Je n'y connais rien en dessin, affirma Mathieu.

Il sourit en prenant conscience de ce qu'il venait de proférer. Si ses copains des Beaux-Arts l'avaient entendu...

– Du moins ce genre de dessin, rectifia-t-il. Camille m'en a parlé, je l'ai vue dessiner, mais cela m'est étranger. Mon pouvoir se limite à changer, par ma seule volonté, les couleurs d'une toile. Je trouvais ce don formidable jusqu'au moment où j'ai fait la connaissance de ma sœur. Un peu léger à côté de ses prestations !

Ses propos étaient totalement dénués de jalousie.

– Maître Duom, vous ne pensez pas qu'il faudrait tout de même le tester ? proposa Camille.

– Certes, acquiesça le vieil analyste, mais ce que tu m'as annoncé me laisse peu d'espoir. Et puis, je n'ai pas mon matériel.

– Voilà pourquoi je pensais à la Vigie, insista Camille. J'ai effectué tout à l'heure sans difficulté un pas sur le côté en emmenant deux personnes. Peut-être Mathieu m'a-t-il aidée sans le savoir !

– N'exagérez pas l'importance du dessin ! intervint Siam. Je ne sais pas dessiner, mais je suis parfaitement heureuse.

Mathieu lui lança un regard reconnaissant qui se teinta d'inquiétude lorsqu'elle poursuivit :

– Je me suis toujours débrouillée pour découper mes ennemis en morceaux avec mon sabre, même si certains étaient des dessinateurs !

Maître Duom, inconscient du trouble du jeune homme, avait pris sa décision.

– Tu as raison, approuva-t-il, nous allons essayer la Vigie. Nous serons vite fixés.

Ils partirent donc vers la cour aux pommiers. En apercevant la tour, Mathieu poussa un sifflement.

– Quelle hauteur !

– À qui le dis-tu ! s'exclama Salim. Et encore, toi tu as une chance d'entrer. Moi, je vais me payer l'ascension pour rester à la porte. Tu ne veux pas qu'on les attende en bas, Siam ?

– Pas question ! répondit la jeune guerrière. Je désire voir ce qui va se passer. Si tu savais le nombre de fois où, enfant, j'ai essayé de forcer l'entrée de cette maudite pièce ! Une véritable idée fixe ! J'ai tenté mille ruses, toutes ont échoué. Il y a encore des nuits où je rêve que j'entre dans la Vigie, tu te rends compte ?

Ils attaquèrent la montée en se tenant près du mur pour éviter de contempler le vide de plus en plus profond qui s'ouvrait à leurs pieds. Leur ascension dura presque une demi-heure, car maître Duom exigea de nombreuses haltes pour ménager son cœur. Ils atteignirent finalement le palier. L'arche barrée par un rideau de lumière bleue était là, à quelques mètres.

– Nous y sommes ? demanda Mathieu.

– Non, la Vigie est la pièce qui se trouve au-dessus de nous, rectifia Camille. Cette lumière constitue une sorte de porte. Il te suffit de l'ignorer.

– Et tu te ramasses la tête contre un mur, précisa Salim.

Siam éclata de rire, mais Camille haussa les épaules.

– Ne l'écoute pas. Regarde, c'est facile.

Elle avança et passa au travers de la lumière sans ressentir la moindre gêne.

– Tu vois ? lança-t-elle en revenant. Tu ne risques rien.

Mathieu avait toutefois l'air sceptique.

– J'y vais en premier, annonça maître Duom, bien que le passage ne m'ait jamais été aussi aisé qu'à Ewilan.

Il s'approcha du rideau bleuté et, en prenant une grande inspiration, fit un pas en avant.

Tout d'abord, il sembla que l'entrée lui était refusée, puis, peu à peu, il progressa. Il avançait au ralenti, comme pris dans un liquide gluant, mais finit par traverser.

– Ne crois pas que ce soit simple, dit-il à Mathieu. Ta sœur est une exception ! Je vous attends ici. Pas question d'aller et venir pour le plaisir.

– Je ne voudrais pas passer pour un froussard, exposa Mathieu, mais cette lumière bleue me donne des frissons.

– Vraiment ? s'étonna Siam.

Le jeune homme lui jeta un bref coup d'œil avant de carrer les épaules.

– Rien que je ne puisse maîtriser, ajouta-t-il.

Il serra les mâchoires et fit un pas en direction du vieil analyste. À son immense stupéfaction, il se retrouva sans effort près de lui, de l'autre côté du rideau lumineux.

– J'ai réussi ! s'exclama-t-il incrédule.

Maître Duom le regardait, un mélange de préoccupation et de joie dans les yeux.

– Non, rectifia-t-il, pas tout à fait.

– Comment, non ? Je suis pourtant du bon côté ?

– Oui, cependant tu n'as pas traversé le rideau de lumière. Tu as effectué un pas sur le côté, ce qui est beaucoup plus difficile.

Mathieu croyait que Camille était encore sur le palier. Il la chercha des yeux, mais elle était déjà près de lui. Débordante de fierté, elle le serra dans ses bras.

– Tu es génial, le félicita-t-elle, et je ne suis qu'une pauvre cloche d'avoir douté de toi.

Maître Duom se racla la gorge.

– J'ignore si ce test est complètement fiable, mais il est indéniable que tu possèdes le pouvoir.

Mathieu, bien que très heureux de son succès, tenait à contrôler ses émotions.

– Loin de moi l'idée de critiquer ceux qui ont mis en place cette protection, mais il me semble que si on peut pénétrer dans la Vigie avec un pas sur le côté, et qu'avec ce pas sur le côté on peut emmener qui on veut, le filtre ne sert plus à rien.

Un bref instant, le visage de l'analyste fut empreint d'un doute affreux puis il se rasséréna.

– Ton raisonnement est correct, affirma maître Duom, toutefois tu ignores l'essentiel. Il est absolument impossible d'introduire un non-dessinateur dans la Vigie. Par quelque moyen que ce soit.

Mathieu adressa un discret clin d'œil à sa sœur. Il disparut pour réapparaître près de Siam.

– C'est aussi facile en marchant, tu sais ? remarqua Camille.

– À chacun son style, rétorqua-t-il.

Il chuchota quelques mots à l'oreille de Siam qui l'écouta attentivement avant d'acquiescer d'un signe de tête. Son visage s'était éclairé en l'écoutant, mais elle paraissait un peu inquiète. Mathieu la prit par la taille. Tout à coup ils ne furent plus là.

– Ces jeunes ! râla maître Duom. À peine se sentent-ils capables de la moindre performance qu'ils exagèrent. Où diable l'a-t-il conduite ?

La voix de Mathieu retentit, provenant du haut des quelques marches qui s'élevaient derrière eux.

– Nous sommes ici. Siam rêvait de voir la Vigie.

– Mais je t'ai dit que c'était impossible ! hoqueta l'analyste.

– Chez moi, répliqua Mathieu gentiment ironique, il y a une histoire qui commence ainsi : « Ils ignoraient que c'était impossible, alors ils l'ont fait. » Super, non ?

En entendant son frère, Camille avait gravi en courant les degrés qui menaient à la Vigie. Elle ne vit donc pas le regard admiratif de maître Duom.

– Bon sang, chuchota-t-il, quelle famille…

De jour, le spectacle était encore plus éblouissant que de nuit et Camille en resta abasourdie. Mathieu ne cessait de s'extasier. Jusqu'à maître Duom qui était ému.

Mais la plus heureuse était sans aucun doute Siam. Elle contemplait les Frontières de Glace avec émerveillement, se tournait vers les plaines ou les plateaux d'Astariul avec ravissement, ne cessant de murmurer sa joie.

– Là ! s'écria-t-elle soudain. Un aigle !

Ils se tournèrent dans la direction qu'elle indiquait. Le rapace planait à une dizaine de mètres de la Vigie, les ignorant superbement.

– Bon sang qu'il est gros ! s'exclama Mathieu. Je ne savais pas qu'un animal de cette taille pouvait voler.

– Et encore, tu n'as pas vu le Héros de la Dame, rétorqua Camille.

– Le quoi ?

– Le Dragon.

– Tu m'as parlé de lui, convint Mathieu, mais j'ai du mal à y croire. C'est tellement fou que...

– Chez moi, l'interrompit maître Duom avec l'air satisfait que procure une revanche facile, il y a une histoire qui commence ainsi : « Ils ignoraient que le Dragon n'existait pas, alors ils l'ont rencontré. »

Mathieu sourit.

– Message reçu. Je vais surveiller mes paroles.

Pour utiliser les propriétés grossissantes de la Vigie, il n'était pas nécessaire de savoir dessiner. Il fut vite évident que Siam était, de loin, la meilleure observatrice du groupe.

Ses compagnons profitèrent de sa parfaite connaissance de la région pour découvrir les Marches du Nord et se délecter de la vue que le soleil radieux rendait enchanteresse.

Maître Duom s'arracha avec regret au spectacle.

– Nous sommes attendus à midi à la table du seigneur de la Citadelle, indiqua-t-il, il serait inconvenant d'arriver en retard. Redescendons.

Mathieu fit franchir le rideau lumineux à Siam par un pas sur le côté, tandis que Camille et maître Duom les rejoignaient sur le palier.

– Zut ! s'exclama alors Camille. Salim ! Je l'ai complètement oublié.

Il n'y avait plus aucune trace de lui.

– Je suis une sacrée égoïste, ragea-t-elle. Je n'ai pas pensé une seconde qu'il était resté seul de ce côté.

– Mais pourquoi n'a-t-il pas appelé ? s'étonna Mathieu.

– Parce qu'il était vraiment mal ! Salim fait toujours du bruit. C'est quand il se tait qu'il faut l'entendre.

Elle se précipita dans les escaliers.

Elle retrouva Salim assis sur une murette, dans la cour où avait eu lieu le duel. Il leva la tête en distinguant ses pas, mais resta silencieux. Elle se tint immobile devant lui, à chercher ses mots, puis se lança :

– Je suis désolée, Salim. Je me suis comportée comme la dernière des égoïstes. Je te demande pardon.

– C'est injuste, murmura-t-il.

– Je sais Salim, mais…

– Non, ce qui est injuste c'est que je ne puisse pas te sortir toutes les phrases bien acides que j'avais préparées. Je pars parce que tu m'as oublié, je boude, je rumine ma rancœur et, quand tu arrives, je n'ai plus rien à dire. Tu es là et je suis heureux. C'est tout et c'est injuste.

– Je... Tu... bafouilla-t-elle.

– Tu as raison ma vieille, conclut Salim en sautant sur ses pieds, allons manger.

Il saisit sa main pour l'entraîner et elle se laissa guider en silence. Son cœur battait à mille à l'heure.

Bien plus tard, Camille fut tirée du sommeil par un étrange sentiment. La certitude que quelque chose d'important était survenu sans qu'elle y prenne garde. Quelque chose d'essentiel. Elle se remémora sa journée, essayant de retrouver l'indice qu'elle avait raté, analysant faits et gestes jusqu'à ce que, soudain, elle trouve : Mathieu avait fait un pas sur le côté mais ce n'était pas tout. Il l'avait effectué vers un endroit qu'il ne connaissait pas !

3

On devient marchombre sur la simple proposition d'un membre de la guilde, mais l'admission n'est effective qu'après une initiation de trois ans durant laquelle nos secrets sont révélés au novice...

Ellundril Chariakin, chevaucheuse de brume

Pendant le repas, Mathieu fut le centre de l'attention générale. Altan et Élicia étant des personnages connus et estimés dans les Marches du Nord, le retour de leur fils était considéré comme un heureux événement. On parla beaucoup de son pas sur le côté qui avait permis à une non-dessinatrice de pénétrer dans la Vigie, et tous s'accordèrent à dire que, comme sa sœur, il avait hérité du talent de leurs parents. Mathieu eut beau protester qu'il n'était pas aussi doué qu'on l'imaginait, ses paroles furent mises sur le compte de la modestie. Finalement, le seigneur de la Citadelle s'adossa à sa chaise en croisant les bras.

– Et maintenant quels sont vos projets ? demanda-t-il d'une voix forte.

– Mathieu et moi devons partir au plus tôt vers le sud, expliqua Camille. Avec Salim, s'il veut toujours nous accompagner et si Ellana ne s'y oppose pas... Nous savons désormais que nos parents sont retenus prisonniers sur l'archipel des Alines. Nous devons les délivrer.

Le seigneur Til' Illan hocha la tête. Il comprenait fort bien ce type d'obligation.

– Voilà une noble mission, accorda-t-il, mais qui risque d'être très difficile. Les pirates alines sont les maîtres du Grand Océan et je discerne mal comment vous pourrez gagner l'archipel. Quant à sauver vos parents...

– Nous essaierons, affirma Mathieu.

Une nouvelle fois, le patriarche approuva.

– Bien parlé, estima-t-il. Un homme se mesure au poids de ses actes, pas à la longueur de ses phrases. J'ai contacté l'Empereur pour l'informer de l'attitude d'Éléa Ril' Morienval et de sa fuite qui paraît signer sa culpabilité. Il m'a demandé de faire tout ce qui était en mon pouvoir pour vous aider. Comptez-vous vous lancer seuls dans cette aventure, ou accepterez-vous des compagnons ?

– Il ferait beau voir qu'ils se passent de nous ! s'écria Bjorn en ponctuant ses paroles d'un coup de poing sur la table.

– J'en suis aussi ! s'exclama Maniel.

– Moi de même, lança maître Duom.

Le seigneur Til' Illan se tourna vers Edwin.

– Et toi mon fils ?

– Nous avons une dette envers Ewilan, expliqua Edwin de sa voix calme. Aujourd'hui, nous pouvons l'honorer. Cette raison serait suffisante pour que je l'accompagne, mais je me suis aussi engagé sur mon honneur auprès de sa mère. Je serai avec Ewilan jusqu'au bout.

Un poids s'envola des épaules de la jeune fille. Edwin avait toujours laissé supposer qu'il lui accorderait son aide, l'entendre l'affirmer haut et fort était autre chose. Avec lui à leurs côtés, l'avenir se parait de couleurs rassurantes.

– Mes pas vont également me conduire vers le sud, annonça alors Ellana en adressant un clin d'œil à Camille. Salim et moi serons de la partie. Nous aviserons plus tard du futur de ce vaurien.

Camille inspira profondément. La troupe se reformait, tout allait bien.

Hander Til' Illan n'en avait toutefois pas fini avec eux.

– Vous voilà, jeunes gens, entourés d'une valeureuse escorte. Cependant elle ne suffit pas. Gwendalavir est sauvé, mais les routes demeurent périlleuses. Les maraudeurs qui suivaient l'armée impériale pour se repaître de sa défaite sont encore dans la nature. Ces bandits savent que l'Empereur va bientôt s'occuper d'eux, je crains qu'ils ne se sentent acculés et ne se livrent à des actes désespérés. Je demanderai donc à deux ou trois Frontaliers de vous accompagner jusqu'à Al-Jeit.

Camille connaissait la valeur des combattants de la Citadelle. L'escorte que lui proposait le seigneur Til' Illan était un gage de sécurité presque absolue.

– J'ai mieux à proposer, s'exclama soudain Siam. Garde tes hommes, père, j'accompagnerai Ewilan et Akiro.

– Es-tu sûre d'avoir réfléchi avant de parler, ma fille ? s'emporta Hander Til' Illan en fronçant les sourcils.

– Douterais-tu que je sois aussi bonne guerrière que trois de tes hommes ? rétorqua Siam sans se démonter. Si c'est le cas, demande-leur de m'affronter, tu sais qu'ils n'ont pas l'ombre d'une chance ! J'ai pesé mes paroles, il ne sera pas dit que la fille du seigneur des Marches du Nord n'a pas contribué à payer la dette de son peuple !

Le patriarche se caressa pensivement la barbe, puis un sourire se dessina sur ses lèvres.

– Comme d'habitude, tu te débrouilles pour obtenir ce dont tu as envie en t'arrangeant pour que je ne puisse pas te le refuser. Ta parole est aussi redoutable que ton sabre. Je suis fier de toi. Tu peux te joindre à eux.

L'après-midi fut consacré aux préparatifs du départ programmé pour le lendemain matin. Edwin et Ellana s'occupèrent des chevaux et du chariot avec l'aide de Salim qui participa activement à sa révision.

Ayant décidé que le soin de prévoir la nourriture leur incombait, Bjorn et Maniel entreprirent de piller les cuisines de la Citadelle. Maître Duom dut se fâcher pour que les deux amis se montrent raisonnables et n'emportent que le nécessaire.

Siam avait conduit Mathieu et Camille jusqu'aux écuries. Camille mourait d'envie de retrouver Aquarelle. Quant à la jeune Frontalière, elle devait choisir une monture pour Mathieu.

– Mais je n'ai jamais posé mes fesses sur une selle, protesta ce dernier. Comment voulez-vous que je parcoure des centaines de kilomètres à cheval ?

– J'ai pensé comme toi quand il a fallu que je monte, le rassura Camille, mais je m'en suis bien sortie. Je crois que j'ai compris pourquoi.

– Et ?

– Notre mère a gommé tous nos souvenirs pour faciliter notre acclimatation à l'autre monde. Et pourtant, si nos cerveaux ont oublié que nous savions monter, nos corps, eux, s'en souviennent.

Siam présenta à Mathieu un jeune étalon à la robe pie.

– Il s'appelle Pinceau. C'était prédestiné, non ? Il a un caractère tranquille, je suis certaine que vous vous entendrez bien.

Mathieu paraissait en douter, mais il s'obligea à faire bonne figure. En suivant les conseils de son professeur, il sella Pinceau et se hissa sur son dos.

– Alors ? lui demanda Camille qui venait d'enfourcher Aquarelle.

– J'ai l'impression que tout est parfait, admit-il. Je me sens à l'aise. On tente une balade ?

Siam se hâta de préparer son propre cheval, puis les trois jeunes gens quittèrent la Citadelle pour une courte chevauchée.

Quand ils revinrent, Salim les attendait près des écuries. Depuis leur retour en Gwendalavir, il s'efforçait de se comporter en joyeux compagnon, mais le cœur n'y était pas. Camille passait son temps avec Mathieu, Bjorn et Maniel étaient inséparables, et Ellana n'avait pas repris sa formation de marchombre. La sœur d'Edwin avait facilement trouvé sa place dans leur groupe, alors que lui avait l'impression de perdre la sienne. Difficile de ne pas se sentir délaissé...

Siam remarqua les regards envieux qu'il leur jetait et elle s'avança à sa rencontre.

– J'aimerais que tu me rendes un service.

– Oui ?

– Il y a quelques mois, j'ai fini le dressage d'un poulain. Il est presque adulte maintenant, mais à cause de la guerre contre les Raïs, personne n'a eu le temps de le monter. Ce serait bien si tu acceptais de voyager avec lui jusqu'à Al-Jeit...

Le visage de Salim s'illumina.

– Sur son dos ?

– Ben... Je préférerais ça que le contraire, à ta place !

– Ça roule ma boule ! Euh... Je voulais dire, je suis d'accord.

Siam lui amena un jeune cheval à la robe soyeuse couleur havane, aux attaches fines et au regard intelligent. Après avoir flatté son encolure, Salim l'enfourcha avec autant d'adresse que Mathieu, mais se montra beaucoup plus exubérant.

– C'est trop génial ! hurla-t-il. Je me sens capable d'aller sur la Lune avec cet animal.

– Si tu lui cries dans les oreilles, l'avertit Siam, tu risques de visiter la Terre, si tu vois ce que je veux dire...

– Compris, chef ! s'empressa de murmurer Salim. Comment s'appelle-t-il ?

– Pour l'instant, il n'a pas vraiment de nom. Tu veux le baptiser ?

Salim n'hésita pas.

– Éclat de Soie ! Je l'appellerai Éclat de Soie.

Mathieu approuva ce choix d'un discret hochement de tête et Camille sourit. Elle était fière de son ami.

Plus tard dans la soirée, Camille et Mathieu se retrouvèrent un moment seuls sur une terrasse qui offrait une vue grandiose.

– Tu es déçue que je ne sache pas dessiner ? s'inquiéta Mathieu.

– Non, affirma-t-elle, absolument pas. Je suis heureuse que tu sois là, ça me suffit.

– Je sais que je n'ai pas le don, pourtant j'ai dessiné un bouquet en arrivant. Qu'est-ce que ça veut dire ?

– Tu n'as pas dessiné ces fleurs, indiqua-t-elle. Elles étaient réelles, j'en mettrais ma main à couper. Elles sont apparues parce que tu l'as voulu, mais je serais bien incapable d'expliquer comment tu t'y es pris. Tu possèdes un don certain, puisque tu es capable d'une chose que nul autre que toi ne peut réaliser : un pas sur le côté vers un endroit que tu ne connais pas. C'est un pouvoir énorme. Peut-être s'accompagne-t-il d'autres capacités dont nous n'avons pas encore conscience. Même maître Duom est loin de cerner toutes les potentialités de l'Art.

Mathieu haussa les épaules, signifiant ainsi qu'il n'était pas pressé de les découvrir. Il contempla le ciel qui s'obscurcissait à l'est tandis qu'à l'ouest il se parait de rouge et d'or.

– Tu penses que nous réussirons à retrouver nos parents ?

– Cela ne fait aucun doute !

Camille avait parlé avec force.

Elle montra l'horizon du doigt et ajouta :

– Ils sont là-bas, et rien ne nous empêchera de les rejoindre !

4

Il apparaît aujourd'hui comme évident que l'exil et l'emprisonnement d'Altan et Élicia Gil' Sayan étaient dus à l'action concertée des Ts'liches et d'Éléa Ril' Morienval, aidée sans doute par Holts Kil' Muirt. Si Altan et Élicia n'ont pas été tués, alors que leur mort aurait servi les desseins de la traîtresse, c'est qu'ils ont participé à leur propre séquestration, ôtant ainsi à leurs ennemis la possibilité d'y mettre fin et par là même de les atteindre.

Doume Fil' Battis, chroniqueur de l'Empire

Ils avaient quitté la Citadelle depuis trois jours lorsqu'ils découvrirent pour la première fois un champ de bataille. C'était une vaste étendue herbeuse cernée de collines arrondies couronnées de bois touffus ; un endroit paisible que l'on imaginait fréquenté par des hardes d'herbivores et quelques familles de prédateurs.

Les armées raïs et humaines s'étaient affrontées là, sans pitié et peut-être sans espoir. La terre avait été abreuvée de sang, des restes macabres étaient répandus sur une incroyable surface. Des morceaux de cuirasses, des casques, des armes brisées, mais également des corps que les oiseaux et les animaux nécrophages n'avaient pas fini de dévorer.

Le début du voyage avait pourtant été agréable. Rodé à la vie de groupe, chacun savait quelle était sa tâche lors des haltes et des bivouacs, et l'accomplissait volontiers. Mathieu et Siam s'étaient insérés sans difficulté dans cette organisation.

La sœur d'Edwin n'en était pas à sa première expédition. Depuis son plus jeune âge, elle avait suivi les guerriers de la Citadelle en campagne, aussi connaissait-elle parfaitement la région. Mathieu, plus qu'un monde, semblait découvrir un mode de vie, basé sur la camaraderie et la confiance. Il était épanoui, heureux...

... et visiblement amoureux de Siam.

Bjorn avait essayé de le taquiner à ce sujet, malgré les regards noirs de Camille. Il aimait bien le jeune homme et, vu son caractère, il lui était quasiment impossible de se taire. Mais à sa première boutade, Ellana s'était approchée nonchalamment et lui avait saisi une oreille.

– Ça s'arrache ces trucs-là ? avait-elle demandé en la lui tordant sauvagement.

Bjorn avait poussé un hurlement de douleur avant de se dégager avec difficulté. Il avait passé le reste de la matinée à se frotter l'oreille. Plus personne n'avait commenté les coups d'œil que Mathieu jetait à la jeune Frontalière.

Pour l'heure, l'atmosphère n'était pas à la plaisanterie, ni au sourire.

À plusieurs reprises, Camille ferma les yeux en passant près de corps mutilés, jusqu'à ce qu'Edwin décide de faire un détour pour éviter le centre de la plaine où avait eu lieu le plus gros de l'affrontement.

– Une guerre est toujours atroce, commenta-t-il, mais je crois que le pire, ce sont ceux-là !

Il montrait du doigt de lointaines silhouettes qui s'affairaient dans l'herbe.

– Des charognards, expliqua-t-il. Des bandes de voleurs qui n'ont d'humain que le nom. Ils suivent les armées et, après les batailles, dépouillent les morts, pillent sans vergogne. Malheur au blessé qui attire leur attention. Ils tuent pour une bague ou une pièce d'armure.

Maniel, qui avait beaucoup guerroyé au service de l'Empire, poussa un grognement.

– Et si nous les chargions ? proposa-t-il. Ils ne sont qu'une dizaine.

Bjorn acquiesça vigoureusement mais Edwin refusa tout net.

– Pas question ! Ces pillards sont plus nombreux qu'il n'y paraît, et ils peuvent être redoutables s'ils sont acculés. C'est le travail des légions impériales de nettoyer la région, pas le nôtre.

Ils continuèrent leur route, Mathieu pris d'une nausée tenace. La télévision et les journaux avaient toujours filtré les images des guerres et des massacres de son monde. Avoir sous les yeux les résultats de la folie d'êtres décidés à s'entretuer le rendait malade.

Il était également surpris par l'attitude de Siam.

La jeune fille avait regardé sans sourciller les vestiges les plus sanglants de la bataille et, quand Maniel avait proposé d'attaquer les pillards, elle avait caressé la poignée de son sabre avec un sourire carnassier...

Mathieu se demandait si sa grâce n'était pas un piège destiné à attirer les imprudents près du fil de sa lame, si elle n'était pas un fauve plutôt qu'une femme.

Comme si elle avait perçu ses pensées, Siam se tourna sur sa selle et plongea ses yeux dans les siens, ce qui, en une unique seconde, fit fondre ses craintes et ses doutes. Il donna un habile coup de talon pour se placer à sa hauteur.

Ses réflexes avaient ressurgi d'un passé plongé dans l'obscurité, démontrant que l'analyse de sa sœur était certainement exacte. Il se comportait en cavalier émérite.

Salim avait eu plus de difficultés.

Éclat de Soie était une monture docile, d'un tempérament calme, au pas régulier. Cela n'avait pas empêché Salim de ressentir rapidement d'affreuses douleurs aux fesses et aux muscles des cuisses. Après quelques heures de chevauchée, il ne savait plus quelle position prendre et, à la fin de la première journée, il aurait volontiers abandonné son cheval pour le chariot s'il n'avait craint de perdre la face.

Le premier matin avait été atroce. Ellana lui avait donné des conseils alors qu'il envisageait sérieusement de renoncer, mais c'était le rire de Bjorn qui lui avait permis de surmonter sa souffrance. Piqué au vif par les plaisanteries du chevalier, il était remonté en selle en serrant les dents. Et il avait tenu bon.

Trois jours plus tard, même s'il n'était pas encore à l'aise, il commençait à se comporter comme un véritable cavalier et ses muscles s'endurcissaient. Il soupira néanmoins de soulagement lorsque Edwin annonça la halte du soir. Il s'approcha de Camille.

– Dis, ma vieille, tu ne crois pas que tu aurais pu nous proposer un pas sur le côté jusqu'à Al-Jeit ? Histoire d'économiser la peau de mon… euh, de mes fesses.

– Je ne pense pas être capable d'un tel exploit, et je sens, au plus profond de moi, que je ne dois pas abuser du Pouvoir. C'est une question d'équilibre. Quand je dessine, je trompe la réalité. Il ne faut surtout pas que j'imagine que c'est un jeu. Je dessine lorsqu'il y a urgence, mais là, rien ne presse. Éléa Ril' Morienval poursuit ses manigances et, tant qu'elle sera libre, elle sera dangereuse, toutefois Merwyn m'a certifié que mes parents ne risquaient rien. Je lui fais confiance, alors nous nous déplaçons à cheval, comme tout le monde. Tu comprends ?

– Moi oui, admit Salim, mes fesses non.

Camille haussa les yeux au ciel, mais ne put s'empêcher d'éclater de rire.

Un peu plus tard, les compagnons se retrouvèrent autour d'un feu de camp. Bjorn avait ramassé des planches, débris d'un chariot éventré lors de la bataille, qui brûlaient haut et clair, repoussant la clarté des étoiles comme elles chassaient le froid de la nuit.

Edwin distribuait les tours de garde lorsque non loin d'eux, un cheval renâcla. Il posa la main sur la poignée de son sabre.

– Qu'est-ce que... commença Mathieu.

Déjà Siam avait sorti sa lame.

Son geste fut fulgurant. Le chuintement de l'acier glissant sur le fourreau précéda le sifflement de la flèche qui jaillit de l'obscurité. Le sabre de la jeune Frontalière fouetta l'air près du nez de Mathieu et le trait, sectionné comme par magie, tomba à ses pieds, inoffensif.

– Le feu ! hurla Edwin.

Ellana avait tiré ses deux poignards et plongé en avant. Une flèche se ficha dans le chariot, à un empan de sa tête, suivie de deux autres. Camille se glissa dans l'Imagination.

Le feu ! Il fallait éteindre le feu ! Sa lumière permettait à leurs assaillants de les ajuster sans prendre de risques. Son cœur battant la chamade, elle saisit la première image qui passait à sa portée. Après un craquement sonore, un véritable déluge tomba du ciel.

Pas une pluie, ni même une averse, non, une incroyable quantité d'eau, déversée brutalement sur le camp, comme par une invisible citerne volante.

Les flammes s'éteignirent immédiatement. Sous le choc, Camille fut jetée à terre et écrasée contre le sol soudain devenu bourbeux, ce qui lui évita sans doute de se briser les os.

Dans l'obscurité complète, des cris s'élevèrent, puis le tintement des armes d'acier qui s'entrechoquaient retentit.

Camille, à moitié sonnée, s'assit péniblement.

– Lumière, bon sang ! tempêta Edwin.

Avec une grimace, elle se prépara à réinvestir l'Imagination.

– Laisse, Ewilan, laisse... Je m'en occupe...

C'était la voix de maître Duom. Camille le situa précisément lorsque son dessin prit forme. À plat ventre dans la boue, souillé de la tête aux pieds. Cela ne l'empêcha pas de dessiner avec efficacité. La scène s'illumina. Une douzaine d'hommes les assaillaient. Ils avaient profité de l'obscurité pour s'approcher, comptant sur l'effet de surprise pour l'emporter. Raté !

Face à eux se dressaient cinq combattants trempés mais redoutables qu'aucune personne sensée n'aurait affrontés de gaieté de cœur.

Edwin menait la danse avec son effroyable sang-froid. Derrière lui, Bjorn et Maniel maniaient leurs armes comme s'ils fauchaient les blés tandis que, sur les côtés, Ellana et Siam rivalisaient d'audace meurtrière. La jeune Frontalière jouait du sabre avec la même maestria que son frère. Ceux de leurs assaillants qui l'avaient choisie pour cible en se fiant à son âge, sa taille et son sexe ne tardèrent pas à le regretter amèrement. Dès la première minute de l'affrontement, plusieurs ennemis s'effondrèrent tandis que Bjorn commençait à entonner un sauvage chant de guerre.

Derrière les combattants, deux hommes se dressèrent, des arcs à la main. Camille, les fesses toujours dans la boue, hésita, après sa mésaventure aquatique, à se relancer dans les Spires. Ce ne fut pas nécessaire.

Mathieu se matérialisa dans le dos d'un archer. Il brandissait une des lourdes planches que Bjorn avait ramassées pour le feu. Elle se brisa en deux quand il l'abattit de toutes ses forces sur le crâne du tireur, qui s'écroula. Son compagnon pivota et lâcha sa flèche, presque à bout portant, mais son trait fila au loin. Mathieu avait disparu.

L'homme n'eut pas le temps de le chercher des yeux. Une forme massive lui sauta à la gorge. Camille, ébahie, reconnut la silhouette d'un animal. Un chien ? D'où diable venait-il ?

Le combat s'achevait. Une dizaine de corps ennemis gisaient dans la boue, alors qu'aucun de ses compagnons ne paraissait blessé. Très vite, les derniers assaillants tournèrent les talons et s'enfuirent en courant.

Camille jeta un coup d'œil circulaire. Edwin et ses amis essuyaient leurs armes tandis que Mathieu aidait maître Duom à se relever. Le vieil analyste était couvert de boue, mais, fait ahurissant, il ne pestait pas. Au contraire, un grand sourire hilare barrait son visage.

– Ewilan, tu n'aurais pas un peu d'eau par hasard ? gloussa-t-il.

Camille sentit le rouge de la honte lui monter au visage. En voulant épauler ses compagnons, elle avait failli les noyer. Elle aurait aimé se glisser dans un trou de souris.

Pour se donner une contenance, elle s'avança vers la bête puissante au pelage sombre, presque noir, qui était venue à leur secours.

Un cri d'Edwin la figea sur place.

– Non, Ewilan ! Ne l'approche pas !

– Mais… protesta-t-elle. Il nous a défendus et…

En deux pas, Edwin vint se placer près d'elle. Il avait toujours son sabre à la main.

– C'est un loup, Ewilan. Un loup du Nord !

La phrase percuta Camille comme un coup de poing. Elle tourna la tête, soudain inquiète.

– Salim ! Où est Salim ?

Nulle part le garçon n'était visible, pourtant il n'avait pu s'éloigner. En un éclair de lucidité, elle admit l'inconcevable. Elle s'avança vers le loup.

– Recule ! ordonna Edwin en lui saisissant l'épaule. Cette bête n'a rien d'un chiot que tu peux caresser.

Camille secoua la tête.

– C'est Salim !

– Que dis-tu ? s'écria maître Duom.

– Je dis que ce loup est Salim !

Il y eut une série d'exclamations. Camille profita de la stupeur générale pour se dégager de la prise d'Edwin. Il jeta un bref coup d'œil à Ellana qui fila vers le chariot pour saisir son arc. Elle encocha une flèche et se tint prête.

La lumière créée par maître Duom commençait à faiblir, mais le loup était encore bien visible. Il s'agissait d'une bête assez jeune, au torse puissant et aux crocs impressionnants. Assis sur ses pattes arrière, il les observait avec curiosité, sans une once de crainte.

Camille marcha dans sa direction. Il ne lui prêta pas une attention particulière, mais, quand elle ne fut plus qu'à deux mètres de lui, il montra les dents et se mit à grogner. Elle s'immobilisa.

– Recule, répéta Edwin à mi-voix. Sans mouvements brusques.

Ellana avait tiré l'empenne de sa flèche jusqu'à sa joue. Elle contrôlait sa respiration, prête à lâcher un trait mortel.

– Recule, tu entends ? insista Edwin.

Sans tenir compte de ses paroles, Camille s'accroupit lentement, regardant le loup dans les yeux.

– Salim ? murmura-t-elle. C'est toi ?

Son intuition devenait une certitude. Son ami se trouvait là, devant elle.

– Salim, continua-t-elle, pourquoi t'es-tu transformé ? As-tu besoin d'aide ?

Le loup avait cessé de grogner. Il restait néanmoins sur la défensive, ses oreilles toujours rabattues en arrière. Pendant quelques minutes, il écouta Camille avec attention. Plus loin, les autres, immobiles, échangeaient des paroles à voix basse, croyant sans doute qu'il ne les entendait pas. Leurs phrases retentissaient toutefois à ses oreilles aussi fort que s'ils avaient hurlé. Elles ne l'intéressaient pas.

Les mots de la jeune humaine, par contre, résonnaient différemment. Ils créaient un écho en lui, évoquant une zone floue de son passé. Une période qu'il n'arrivait pas à convertir en odeurs, comme si elle ne lui appartenait pas vraiment. Durant un moment, il essaya de comprendre ce qu'elle lui disait.

Puis il se lassa.

Il n'était plus inquiet, mais la nuit l'appelait. Le besoin de chasser vibrait dans son sang, irrésistible. Il se redressa. L'humaine aux yeux violets s'était tue. Il lui jeta un dernier regard et se détourna.

– Salim !

Le loup disparut dans l'obscurité.

5

Lors de sa deuxième venue en Gwendalavir, Ewilan Gil' Sayan s'est matérialisée près d'Edwin Til' Illan. Peut-on considérer comme un hasard que deux êtres aussi exceptionnels se rencontrent ainsi ? Certains voient là une intervention de Merwyn, d'autres l'aboutissement de la volonté de la Dame, d'autres encore, dont je suis, le signe qu'il nous reste beaucoup à découvrir...

Elis Mil' Truif, maître dessinateur à l'Académie d'Al-Jeit

– Tu es certaine ? demanda Mathieu à sa sœur.

Camille secoua la tête avec agacement.

– Bien sûr ! Et de toute façon, si ce n'était pas Salim, où donc serait-il passé ? Il a disparu au moment où nous avons été assaillis par les pillards.

Mathieu ne trouva rien à répliquer et se tut, gêné. La transformation de Salim avait fait oublier l'attaque dont ils avaient été victimes. Il contempla la flèche que Siam avait tranchée avec son sabre, lui sauvant ainsi la vie.

– Je ne l'ai même pas vue arriver, s'exclama-t-il. Comment as-tu pu agir aussi vite ?

La jeune Frontalière sourit, satisfaite de l'admiration qu'elle lisait sur son visage.

– Entraînement ! lui répondit-elle. Entraînement, entraînement et entraînement ! Mais tu t'es bien débrouillé toi aussi.

– J'ai fait mon possible lorsque j'ai réussi à reprendre mes esprits. Le moins qu'on puisse dire est que je n'ai pas l'habitude de ce genre de situation. La douche de ma sœur ne m'a pas non plus aidé à réagir au mieux...

Siam la chercha des yeux.

Camille scrutait l'obscurité, un peu à l'écart du groupe, et ne répondit pas lorsque Bjorn l'invita à se joindre au repas. Le chevalier échangea un regard inquiet avec Edwin.

– Nous ne pourrions pas discerner ses traces, affirma le maître d'armes. Viens t'asseoir, Ewilan. Nous le chercherons demain.

– Je n'ai pas faim, rétorqua-t-elle sans se retourner.

Bjorn esquissa un geste mais Ellana le retint par le bras. Maniel avait pris le premier tour de garde et ils mangèrent dans un silence presque complet. Lorsqu'ils eurent fini, maître Duom se leva en grimaçant.

– J'ai passé l'âge de pique-niquer la nuit dans l'herbe mouillée, ronchonna-t-il. Mes os sont en train de rouiller !

Après l'attaque, ils avaient déplacé le camp, pour s'éloigner des corps des pillards morts ainsi que pour quitter la zone détrempée par l'averse de Camille.

L'humidité de la nuit était tombée et c'était contre elle que le vieil analyste pestait, alors qu'il ne s'en était jamais plaint jusqu'à présent. En boitillant, il s'approcha de Camille qui se tenait toujours hors du cercle de lumière dispensé par les flammes.

– Tu ne devrais pas t'inquiéter autant, Ewilan, commença-t-il en s'asseyant près d'elle.

Camille fit mine de ne pas l'avoir entendu.

– Ce qui arrive à Salim est lié à Merwyn, poursuivit-il sans se formaliser de son silence. Un prolongement inattendu de ce qui s'est passé avant que nous atteignions la Citadelle. Je suis sûr que tout va s'arranger. Je te l'ai dit, rien de mal n'est jamais survenu à cause de Merwyn.

– Je ne parviens pas à le contacter.

Camille avait parlé tout doucement, comme perdue dans ses pensées.

– Je me suis déjà adressée à lui en utilisant l'Art, continua-t-elle d'une voix plus forte. Ça a été facile. Très facile. Je le connais si bien. Mais là, je ne réussis même pas à effleurer son esprit. C'est comme s'il avait disparu pour de bon. J'ai peur qu'il ne revienne jamais !

Maître Duom toussota.

– Je crois que tu te trompes, Ewilan. Je le crois vraiment.

– Pas terrible comme argument, laissa-t-elle échapper, mais on peut toujours espérer...

Le vieil analyste ne répondit pas.

Il n'avait rien à ajouter.

La nuit se déroula sans que le loup donne signe de vie.

Dès l'aube, Edwin entreprit de repérer des traces. Il n'en trouva quasiment pas, et rapporta son échec en quelques mots :

– Vouloir pister un loup du Nord est absurde. Nous n'avons aucune chance.

– Mais on ne peut pas l'abandonner ici ! explosa Camille. Il s'agit de Salim, pas d'un loup !

Un silence éprouvant lui répondit.

– Nous ne savons pas dans quelle direction débuter nos recherches, expliqua finalement Edwin. Il peut se trouver derrière cette butte ou à cinquante kilomètres d'ici, au nord, au sud, ou ailleurs. Il se peut même...

– Peut-être... l'interrompit Mathieu.

Tous les regards se braquèrent sur lui.

– Peut-être, reprit le jeune homme en fixant sa sœur, ne l'as-tu pas appelé correctement.

– Sans vouloir te vexer, Mathieu, tu n'y connais rien ! répliqua Camille en se retenant à grand-peine de l'envoyer sur les roses. J'ai essayé plusieurs fois de le contacter et si ça avait dû marcher, j'aurais réussi.

– Tu es douée et efficace, cela ne fait aucun doute, mais je me suis mal expliqué. Je pense que si Salim s'est transformé en loup, tu dois tenter de joindre un loup, pas Salim. Tu m'as raconté comment tu avais réussi à rappeler les chevaux qui s'étaient enfuis...

Camille planta un gros baiser sur la joue de son frère.

– Tu es génial et moi, je suis une mule ! s'écria-t-elle en s'éloignant.

– Il s'agit d'une opération ardue, murmura maître Duom en réponse à la question muette de Mathieu. Elle a besoin de s'isoler pour le contacter.

– Et le contacter ne suffira pas, renchérit Edwin. La part animale en lui a pris le pas sur son humanité... S'il l'entend, c'est un loup qui reviendra.

Camille s'arrêta à une trentaine de mètres du campement. Elle s'assit dans l'herbe, les yeux perdus dans le lointain.

– Rangeons nos affaires, proposa Edwin. Quoi qu'elle obtienne, nous ne pourrons pas rester ici indéfiniment...

Ils avaient presque fini de charger le chariot lorsqu'un cri de Camille attira leur attention. Elle s'était levée et scrutait une forme sombre au loin, qui trottait dans sa direction.

– Attends, Ewilan ! s'écria Edwin.

Trop tard.

Elle courait vers le loup, rien ne pouvait plus la retenir. Edwin s'élança à sa poursuite, bien qu'il n'ait aucune chance de la rejoindre à temps. Camille avait une bonne avance sur lui et filait à toute allure.

Elle n'était qu'à une dizaine de mètres du loup lorsqu'elle buta contre une racine, battit un instant des bras avant d'effectuer un magnifique roulé-boulé qui la laissa étendue sur le dos.

Edwin poussa un juron. Derrière lui, il entendit le galop de Murmure, mais il savait qu'Ellana arriverait trop tard.

Camille se relevait quand le loup l'atteignit.

Écrasée par sa masse, elle retomba sur le dos.

Edwin tira son sabre et franchit les derniers mètres qui le séparaient d'Ewilan en hurlant pour détourner l'animal de sa proie. Cela ne servit à rien.

Ses deux pattes avant plaquant fermement les épaules de Camille au sol, le loup lui passait de grands coups de langue sur le visage pendant qu'elle se débattait en riant.

– Arrête, Salim, cria-t-elle. Tu es lourd, tu pues et ça ne se fait pas du tout de lécher la figure de ses amies !

6

La quête d'Ewilan ! Une légende qui s'est répandue à travers l'Empire, portée par la liesse de la victoire, le soulagement d'un peuple. En quelques années, cette quête est devenue l'un des piliers de notre culture, au même titre que l'épopée de Merwyn…

Doume Fil' Battis, chroniqueur de l'Empire

Le voyage se poursuivit paisiblement à travers les grandes plaines du Nord.

Les villages étaient peu nombreux, mais ils y étaient accueillis avec chaleur. Les fermiers qui vivaient dans cette région savaient qu'ils avaient échappé à l'invasion raï grâce au courage des Frontaliers et à l'intervention d'Ewilan. Ils refusaient le plus souvent un quelconque paiement pour les vivres qu'achetaient Edwin et les siens.

Seul le loup noir qui se déplaçait avec les voyageurs éveillait leur inquiétude. C'était une bête méfiante supportant difficilement qu'on l'approche, tout en elle clamait son état sauvage.

La jeune fille aux yeux violets avait toutefois réussi le tour de force de l'apprivoiser. Il lui obéissait et restait calme lorsqu'elle le lui demandait. Cela suffisait à rassurer les commerçants et les aubergistes. Cela alimenta également les histoires qu'ils se chargeaient de colporter, et c'est peut-être ainsi que naquit la légende qui parcourrait bientôt Gwendalavir...

Après dix jours d'un voyage sans obstacle, durant lequel la cohésion du groupe se renforça encore, ils atteignirent les berges du Gour. Le principal affluent du Pollimage était un cours d'eau impressionnant aux eaux tumultueuses, qui dévalait les montagnes en charriant d'énormes troncs arrachés aux forêts de l'Est.

– Nous allons bifurquer vers l'ouest, indiqua Edwin. Nous rejoindrons la piste du Nord, puis nous traverserons le Gour sur le pont de Chen.

– Mon pays ! s'enthousiasma Bjorn. Si nous passons à proximité, je vous montrerai la ferme de mes grands-parents et nous nous arrêterons pour nous approvisionner. Ma grand-mère prépare les meilleures tourtes de tout Gwendalavir.

– Je me demande pourquoi tu n'es pas encore obèse, lui lança Ellana. Tu manges tellement que tu aurais dû exploser depuis belle lurette !

Le chevalier se contenta de rire.

– Tu confonds la graisse et le muscle, jeune dame ! Un bel homme comme moi doit se nourrir correctement s'il veut conserver son charme.

Tous se surprirent à attendre la réplique qui allait fuser. Quelqu'un dut dire : « Eh bien, Salim, tu dors ? » ou alors ils imaginèrent l'entendre et les regards se tournèrent vers Camille.

Debout devant le fleuve, elle paraissait voguer sur l'océan secret de ses pensées, Aquarelle à sa gauche, le loup assis à sa droite. Elle avait vieilli pendant ce voyage, comme si la transformation de Salim avait eu des répercussions dans tout son être. Elle avait d'abord essayé de renverser le processus, maître Duom se joignant à ses efforts, en pure perte. Ni l'un ni l'autre ne sentant l'effet d'un dessin dans ce qui arrivait à Salim, ils étaient impuissants face à ce phénomène.

Incapable d'imaginer que cette métamorphose dure éternellement, Camille s'était pourtant résignée à l'idée que, pour un temps, son ami la suivrait sous une forme d'emprunt. Elle réussissait à communiquer avec lui, mais avait confié à Ellana qu'elle ne percevait rien de Salim.

C'était un loup qui marchait à ses côtés, un vrai loup sauvage sans rien d'humain, sinon l'étrange affection qui le liait à elle.

Le loup agissait comme s'il l'avait toujours connue, lui montrant beaucoup d'attachement. En revanche, il n'appréciait pas que les autres membres de la troupe l'approchent, même s'il n'avait jamais manifesté de signe d'agressivité à leur encontre.

Camille passait beaucoup de temps avec lui, elle avait donc moins souvent l'occasion de parler avec ses amis. Cette fois-ci néanmoins, elle avait suivi la conversation et se tourna vers Bjorn avec un sourire.

– Ellana a raison, affirma-t-elle. Tu deviens gras ! J'ai bien peur que ton charme soit aussi lointain que la première dent de lait de maître Duom.

Le chevalier ouvrit de grands yeux étonnés.

– Gras ? Dépourvu de charme ? Bon sang, Ewilan, on ne peut pas dire que tu mâches tes mots. Es-tu certaine d'être toujours mon amie ?

– Bien sûr, Bjorn. Si les amis ne disent pas la vérité, qui le fera à leur place ? Tu as au moins dix kilos en trop. Je te conseille de les perdre. Tu te sentiras mieux, et nous pourrons reparler de ton charme. Cela dit, même si tu devenais gros à ne plus pouvoir passer les portes, je continuerais à t'aimer. C'est ça l'amitié.

– Ne te fais pas de souci pour ma santé et pour mon charme, Ewilan. Je te promets que si, un jour, je me sens sur la mauvaise pente, je me mettrai au régime, mais, pour l'instant, il n'en est pas question !

Ellana leva les yeux au ciel.

– Abandonne, Camille, lança-t-elle. Je suis sûre qu'il a un estomac à la place du cerveau. Autant essayer de raisonner un caillou ! Ou plutôt un pâté de termites aux morilles !

Le chevalier éclata d'un rire tonitruant qui gagna peu à peu tous les membres de la troupe. Voilà des jours qu'une telle chose ne s'était produite et, lorsqu'ils repartirent, il leur semblait avoir retrouvé un peu de la joie d'antan. En son for intérieur, Camille se promit de ne plus s'enfermer dans son inquiétude pour Salim.

Le Gour marquait la limite entre deux moitiés bien distinctes de l'Empire. Au nord, une partie sauvage, peu peuplée, parsemée de villages de chasseurs et de fermiers. Au sud, de grandes exploitations agricoles, des villes parfois immenses et des fabriques de verre, d'acier ou encore de tissus.

Il leur fallut, pour arriver au pont de Chen, longer la rive du fleuve pendant presque une journée, durant laquelle ils croisèrent plus de voyageurs que depuis leur départ de la Citadelle. Al-Chen ne le cédait, en effet, qu'à Al-Jeit pour la taille et la population.

Le pont de Chen était une construction élancée qui traversait le Gour en deux arcs élégants. De l'autre côté du fleuve, la piste était large, pavée de grosses pierres plates. Ils découvrirent d'immenses champs cultivés, semés de blé ou d'orge. À cette époque de l'année, après la moisson et avant les labours, ils paraissaient toutefois un peu abandonnés. Dans des prairies soigneusement ceintes de barrières de bois, des troupeaux de siffleurs paissaient l'herbe grasse.

Le loup parut fort intéressé par ces animaux et Camille croisa les doigts pour qu'il se contienne. Tant qu'il marchait à ses côtés, les gens ne prêtaient pas vraiment attention à lui, le prenant sans doute pour un gros chien, mais s'il se mettait à lorgner le bétail, la situation risquait de devenir délicate. Lors d'une halte, elle s'ouvrit de son inquiétude à Edwin. Il écarta les bras en signe d'impuissance.

– Il n'y a pas grand-chose à faire, estima-t-il. Surveille-le de près et veille à ce qu'il mange toujours à sa faim. Pour le reste, espérons qu'il résiste à la tentation.

Le loup n'avait pas de nom.

Personne ne s'était décidé à l'appeler Salim, mais il avait été impossible à quiconque de le désigner autrement. C'était donc le loup. S'il ne s'éloignait guère de Camille, il filait parfois la nuit, pour une heure ou deux de chasse dont il revenait le museau barbouillé de sang.

– Plus facile à dire qu'à faire, soupira-t-elle. Je ne peux tout de même pas le tenir en laisse...

Maniel, qui avait assisté à l'échange, contempla les impressionnantes mâchoires de l'animal tranquillement assis près de Camille.

– Sûr qu'il incite au respect ! jugea-t-il.

Maître Duom s'approcha.

– Il faut pourtant trouver une solution. Nous entrerons demain dans Al-Chen et ses habitants ne seront pas aussi tolérants que les villageois rencontrés jusqu'à présent.

Il hésita, puis reprit d'une voix peu assurée :

– Ce loup n'a rien à faire dans la deuxième cité de l'Empire, il ne peut que nous attirer des ennuis. Pourquoi ne pas lui rendre sa liberté...

Les paroles de l'analyste jetèrent un froid, et les compagnons échangèrent des coups d'œil surpris. Un léger tic déforma le coin des lèvres de Camille.

– Ce n'est pas un loup, articula-t-elle, mais Salim ! Pour lui rendre sa liberté, nous devons l'aider à reconquérir son apparence, pas nous débarrasser de lui ! Toutefois, s'il y en a que ça gêne, nos chemins peuvent se séparer là. Que chacun suive sa route, moi je ne quitterai pas Salim. Jamais !

Elle s'était exprimée calmement, mais avait mis toute sa force dans ses mots. Mathieu passa un bras sur ses épaules, montrant ainsi qu'il la soutenait.

Elle le remercia d'un bref sourire. La réaction des autres fut similaire, et maître Duom se retrouva la cible de sept regards réprobateurs.

– Duom a certainement voulu dire... commença Edwin.

Le vieillard lui coupa la parole. Il avait l'air honteux, comme s'il prenait conscience de l'énormité de ce qu'il venait de déclarer.

– Je suis désolé, Ewilan. J'ai parlé sans réfléchir. Fais-moi le plaisir d'oublier ça, si tu le peux...

Camille hocha la tête. Elle savait que l'analyste était sincère et que ses mots avaient dépassé sa pensée.

– Oublier quoi ? lança-t-elle. Je ne me souviens déjà plus de rien !

7

Pollimage : Le Pollimage est un fleuve démesuré, mais son débit n'explique qu'en partie l'immensité du lac Chen. Un gigantesque réseau hydraulique souterrain alimente le fleuve et le lac, laissant supposer l'existence d'un véritable monde sous la surface de Gwendalavir.

Encyclopédie du Savoir et du Pouvoir

La piste grimpait régulièrement depuis le début de la matinée, au travers d'une forêt clairsemée de résineux et de chênes verts. Le temps était agréable, même si la fraîcheur du fond de l'air témoignait que l'automne s'était bel et bien installé.

Le loup trottait à côté des chevaux, s'écartant parfois dans les fourrés jusqu'à ce que Camille le rappelle. Il revenait alors rapidement vers elle, la fixant de ses yeux jaunes qui semblaient attendre quelque chose d'incompréhensible. Les montures s'étaient habituées à lui, elles ne bronchaient plus lorsqu'il surgissait d'un buisson, presque sous leurs sabots.

Ils passèrent une croisée de chemins, marquée par un empilement de pierres plates et un panneau de bois taillé en forme de flèche. Une inscription soigneusement gravée y figurait : *La Vue*. Bjorn afficha une mine satisfaite.

– *La Vue* est une des meilleures auberges de la région ! expliqua-t-il. L'heure de manger approche… Tu n'as pas faim, Mathieu ?

Un gros pansement ornait l'index gauche du jeune homme, résultat de son entraînement au sabre avec Siam.

La Frontalière avait entrepris de lui inculquer les rudiments de l'escrime. Chaque soir la voyait endosser son rôle de professeur pour une leçon. La veille, elle avait expliqué à son élève pourquoi sortir et rentrer rapidement son arme était essentiel. Mathieu, qui se rappelait l'attaque des pillards, en était convaincu. Il s'était appliqué de son mieux.

– N'oublie pas de secouer ta lame avant de la ranger, avait-elle insisté, sinon elle sera couverte de sang et collera au fourreau. Tu la fais ensuite glisser sur ton index replié pour finir de la nettoyer et tu la rengaines.

Mathieu était toujours gêné lorsque Siam parlait de sang avec aussi peu d'émotion, mais il la trouvait si merveilleuse qu'il ne pouvait s'attarder sur ce détail. Il avait donc travaillé le geste jusqu'à ce que le fil acéré du sabre morde son doigt.

La douleur avait été vive et le sang avait coulé abondamment. Le jeune homme s'entraînait avec l'arme utilisée par Camille pour son duel. Elle n'avait pas voulu la conserver. Elle était un peu courte pour lui, mais suffisamment dangereuse.

Il avait laissé échapper un cri sans émouvoir Siam qui, imperturbable, avait poursuivi sa leçon.

– Ce n'est qu'une coupure insignifiante, avait-elle décrété, sauf si elle détourne ton attention de ton adversaire, auquel cas la suivante risque fort d'être mortelle. Tiens-toi droit, reprends ta garde et finis ton geste !

Mathieu avait obéi, doutant d'être encore amoureux. Pourtant, un peu plus tard, lorsqu'elle l'avait pansé, il s'était senti fondre et avait souri largement en l'écoutant évoquer ses progrès.

– Alors, tu as faim ?

Les paroles de Bjorn eurent un effet immédiat sur son estomac. Depuis qu'il était arrivé en Gwendalavir, il mangeait comme deux, mais, au contraire du chevalier, il ne prenait pas de poids. Ses journées étaient faites de grand air, de chevauchées et d'aventures. Il n'avait jamais ressenti un tel bonheur, et toutes ces activités décuplaient son appétit. Camille, s'apercevant que son frère salivait d'impatience, appela Ellana.

– Mathieu suit la route tracée par Bjorn. Peut-être le travail imposé par Siam ne suffit-il pas. Si tu t'en occupais également ? Je ne voudrais pas qu'il se mette à ressembler à un phoque !

– Un quoi ? éructa Bjorn. Est-ce que tu sais que j'ai coupé des têtes pour moins que ça, jeune insolente ?

Ellana se tourna vers Camille, sans prêter attention à la menace.

– Désolée, j'ai déjà un élève. Il est en vacances pour l'instant, mais dès qu'il sera opérationnel, il aura droit à une série de leçons de rattrapage dont il se souviendra longtemps !

Camille lui lança un regard reconnaissant. Elle savait que la jeune marchombre, comme tous les autres, partageait sa peine. Jusqu'à maître Duom qui, la veille, pour se faire pardonner, avait offert au loup la moitié de son repas, comme il l'aurait proposée à un camarade.

– Ne te fais pas de souci pour Mathieu, intervint Siam, je surveille sa ligne…

Bjorn assena une tape affectueuse sur l'épaule du jeune homme.

– Méfie-toi Mathieu, lui conseilla-t-il. Quand tu ne peux pas combattre, il faut fuir, et je crois que pour toi, le moment est venu !

Il remarqua le coup d'œil éloquent que Mathieu portait sur Siam.

– Trop tard ! poursuivit-il sur un ton dramatique. Quelle idée stupide de tomber amoureux…

Puis ses yeux s'agrandirent et il porta les mains à ses oreilles.

– Non, Ellana, supplia-t-il, je retire ce que j'ai dit !

Et, jugeant que deux précautions valaient mieux qu'une, il s'éloigna au trot.

L'auberge était bâtie au sommet d'une colline arrondie et rase d'où le voyageur embrassait l'immensité du lac Chen. Seul un immense cèdre bleu poussait au bord de la piste, à une dizaine de mètres de l'entrée.

Mathieu tira sur les rênes de Pinceau et, impressionné, contempla le spectacle.

– Déjà l'océan ! s'exclama-t-il. Je n'y comprends rien. Il devrait être au sud, pas à l'ouest, et beaucoup plus loin...

Une fois n'est pas coutume, Maniel se chargea des explications.

– Il ne s'agit pas de l'océan, mais du lac Chen. Il est tellement grand que, même d'ici, tu ne peux en voir l'extrémité. Il paraît que des baleines y vivent. Ta sœur en a vu une lorsque nous l'avons traversé pour aller éveiller les Figés.

– Une Dame, rectifia Camille, pas une baleine ! La Dame du Dragon...

Mathieu réussit à s'arracher à la contemplation du lac puis, en compagnie de Maniel et de Camille, il rejoignit les autres à l'intérieur de l'auberge.

De nombreux voyageurs s'y étaient arrêtés ; la salle, pourtant immense, était presque pleine. Avant d'entrer, Camille se pencha sur le loup.

– Tu restes à côté de moi, lui murmura-t-elle à l'oreille. Tu ne te fais pas remarquer. D'accord ?

L'animal se contenta de l'observer placidement et la suivit dans l'auberge.

Bjorn avait déniché une table libre près du mur du fond et, quand elle prit conscience de la foule qui l'en séparait, Camille sentit son cœur accélérer. La plupart des convives les fixaient, captivés par le loup noir qui s'avançait à ses côtés. Elle prit une grande inspiration.

– On y va, chuchota-t-elle.

Elle était heureuse que Mathieu et surtout Maniel soient à ses côtés, car elle s'imaginait mal supporter seule le poids de ces regards inquisiteurs.

Ils parvenaient à la moitié de l'allée centrale lorsque Camille repéra un homme assis dans un angle de la salle, vêtu de cuir sombre, les traits maigres, presque émaciés. L'attention qu'il lui portait était beaucoup plus marquée que celle des autres clients de l'auberge. Malgré elle, Camille sursauta, et un frisson désagréable lui traversa le dos.

Un grognement sauvage la fit se retourner.

Un trappeur, attablé avec un groupe de compagnons, essayait de retenir par le collier un chien puissamment bâti, court sur pattes, aux babines retroussées, que la présence du loup, ennemi héréditaire, rendait fou de rage.

L'homme était sur le point de lâcher prise lorsque le loup daigna tourner la tête. Il planta ses yeux jaunes dans ceux du molosse, ses oreilles se couchèrent imperceptiblement, un grondement sourd sortit de sa gueule et ses crocs redoutables apparurent. L'effet fut radical.

Les clients les plus proches reculèrent précipitamment tandis que le chien s'aplatissait au sol, comme s'il avait souhaité y disparaître. Son maître se leva, un énorme coutelas à la main. Il se trouva face à Maniel.

En dehors des batailles où il combattait avec férocité, Maniel était un homme débonnaire, discret, presque timide, et l'on oubliait souvent qu'il mesurait plus de deux mètres et approchait les cent cinquante kilos... Le trappeur, pourtant solide, parut tout à coup chétif, presque fragile.

Maniel posa une main énorme sur son épaule.

– Oui ? articula-t-il, et même sa voix parut impressionnante.

– Mais... balbutia le trappeur, c'est... c'est un loup...

– Non ! affirma Maniel. Ce n'est pas un loup, c'est un ami ! Ça te pose un problème ?

La seule réponse qu'il reçut fut un borborygme peu compréhensible.

– Parfait, estima Maniel. Bon appétit.

Il accentua la pression de sa main et le trappeur, écrasé, se rassit précipitamment. Ses compagnons hésitèrent un bref instant, puis, ayant jaugé la taille et la composition du groupe qui attendait Maniel, décidèrent de tirer un trait sur l'affaire.

Le loup s'était désintéressé du chien. Camille lui caressa le flanc en soufflant de soulagement. Elle se rappela soudain l'homme en noir et tourna la tête dans sa direction. Sa place était vide.

– Venez, lança Maniel, je crains que Bjorn ne nous ait pas attendus pour tout manger.

8

L'indestructible ! Tel était le surnom d'un chevalier, compagnon de Perceval, qui passait pour un géant quasi immortel. On ne connaissait pas Maniel à cette époque et dans ce monde-là…

Merwyn Ril' Avalon

Il n'y eut pas d'autre incident, même s'ils furent l'objet de l'attention générale tant qu'ils restèrent à table. Le loup s'était couché près de la chaise de Camille, ménageant ainsi un espace confortable autour d'elle. Il ne daigna plus jeter un seul coup d'œil sur les humains qui l'entouraient. Camille faillit parler de l'homme en noir, mais se ravisa. La ressemblance qui lui avait sauté aux yeux lui paraissait beaucoup moins évidente, il était ridicule d'alarmer ses compagnons pour rien.

Ils eurent la mauvaise surprise de découvrir en sortant que le temps s'était couvert. Des nuages menaçants s'amoncelaient dans un ciel qui s'assombrissait de minute en minute. Une bise désagréable s'était levée. Ils chevauchaient depuis moins d'une demi-heure lorsque les premières gouttes s'écrasèrent autour d'eux, avant-garde d'une pluie fine qui noya le paysage sous un rideau gris et froid.

Il plut tout le reste de la journée.

Camille avait remonté la capuche de sa cape, ne laissant dépasser que le bout de son nez, mais elle frissonnait, glacée par l'humidité qui s'infiltrait dans ses vêtements. Son champ de vision était limité à quelques mètres, aussi ne se rendit-elle compte qu'ils étaient arrivés à Al-Chen qu'une fois les remparts extérieurs franchis.

La ville était immense avec de grandes avenues et des constructions rappelant celles d'Al-Jeit, en moins impressionnantes. Les rares passants qu'ils croisèrent se hâtaient vers un abri. La pluie s'était transformée en une forte averse qui semblait ne jamais vouloir cesser. Demeurer à l'extérieur devenait une idée assez stupide.

Bjorn les guida vers une auberge qu'il connaissait dans un quartier tranquille. Quand ils y parvinrent, ils étaient aussi trempés que s'ils étaient tombés à l'eau. Ils poussèrent un soupir de soulagement lorsqu'un jeune garçon leur ouvrit les portes de l'écurie, leur permettant enfin de s'abriter.

Une fois les chevaux séchés et étrillés, ils enfilèrent des vêtements secs et entrèrent dans l'auberge. Il y avait peu de clients et la patronne, une femme imposante aux cheveux d'un roux flamboyant, les accueillit chaleureusement. Puis ses yeux tombèrent sur le loup.

– Qu'est-ce que cet animal ? demanda-t-elle.

– Un chien, belle enfant, répondit Bjorn en souriant d'un air avenant, un chien bien élevé qui ne causera pas le moindre problème.

– Et moi, je suis un Ts'lich ! rétorqua la femme. Pas question de recevoir ce monstre dans mon auberge.

Ellana se pencha à l'oreille de Camille.

– Le charme n'opère pas ! Notre ami doit être rouillé…

La boutade tomba à plat. Camille ne se sentait pas le courage de repartir sous la pluie, d'autant qu'un feu réconfortant crépitait dans la cheminée et qu'une bonne odeur de ragoût flottait dans l'air. Pourtant, si Salim ne pouvait pas rester…

Maître Duom s'avança alors.

– Nous pouvons peut-être nous arranger, commença-t-il. Je paie pour le… chien, comme pour un de mes compagnons. Il demeure près de nous et s'il commet la moindre bêtise, je m'engage à vous rembourser sans discuter.

L'argument sembla intéresser la tenancière davantage que les sourires de Bjorn. Elle prit le temps de réfléchir, puis se décida.

– D'accord, mais uniquement dans la salle commune. Pas question que cet animal entre dans une de mes chambres. Il devra se contenter de l'écurie !

Maître Duom jeta un coup d'œil à Camille qui acquiesça en silence.

– Très bien, déclara-t-il, marché conclu.

Après le repas, ils se prélassèrent un moment près du feu en préparant la suite de leur voyage.

Tard dans la soirée, la conversation bascula sur Éléa Ril' Morienval. Les avis divergeaient à son sujet. Edwin pensait qu'on n'entendrait plus parler d'elle, alors que maître Duom la considérait encore comme dangereuse.

– Sa fuite ne plaide pas pour elle, expliqua-t-il, mais si Altan et Élicia ne réapparaissent pas, elle peut tout à fait retrouver sa place au sein de l'Empire. On ne peut rien lui reprocher de plus qu'aux autres Sentinelles. Elle s'est débrouillée pour que Holts Kil' Muirt porte l'entière responsabilité de la tentative d'assassinat de Camille. Si son plan avait fonctionné, elle l'aurait sacrifié à la fureur d'Edwin ou à celle, possible, de l'Empereur. Elle a tout à gagner à faire disparaître la petite. Nous n'en avons pas fini avec elle !

Camille partageait le point de vue de l'analyste, toutefois elle n'avança pas d'argument. Éléa Ril' Morienval faisait planer sur son avenir une ombre dont elle se serait volontiers passée. Elle sentait que tôt ou tard il lui faudrait l'affronter, mais refusait de s'en inquiéter prématurément.

Le premier, Mathieu s'étira.

– Je ne me souviens plus de la dernière fois où j'ai dormi dans un lit ! s'exclama-t-il. Je compte profiter du confort que nous offre cette merveilleuse auberge. Bonne nuit, les amis.

Après un clin d'œil adressé à sa sœur, il se retira. Les autres le suivirent un à un, jusqu'à ce qu'il ne reste plus que Camille, Edwin et Ellana.

– Je dors dans l'écurie pour surveiller le loup, annonça Camille.

– Je vais avec toi, répondit la marchombre du tac au tac.

– C'est gentil mais il est inutile que nous soyons deux.

– Tu es sûre ?

– Certaine !

– Je renonce volontiers à mon lit, proposa Edwin. J'ai tellement l'habitude de dormir par terre, qu'une fois de plus, une fois de moins...

– Je te remercie, affirma Camille, ce ne sera pas nécessaire.

Comme pour montrer sa résolution, elle se leva. Le loup qui sommeillait depuis une heure devant la cheminée ouvrit un œil, s'étira puis se glissa à ses côtés.

– Allez viens, gros bêta, lui lança-t-elle. Je te promets que lorsque tu auras retrouvé ton apparence, tu me paieras ça !

Il faisait plus frais dans l'écurie que dans la pièce commune, cependant, quand elle se fut nichée dans la paille, le loup la réchauffant de sa masse, elle se sentit presque aussi bien que dans un lit.

– Bonne nuit, mon vieux, chuchota-t-elle. J'espère que ce n'est pas pour dormir avec moi que tu fais tout ce cinéma, parce que sinon...

Cette menace voilée lui tira un sourire. Le cœur serein, elle ne tarda pas à s'endormir.

Bien plus tard, elle ouvrit les yeux.

La nuit était parfaitement calme. La pluie avait cessé. Seule la respiration des chevaux troublait le silence. Un frisson la parcourut, elle comprit que le froid l'avait réveillée. Elle tendit le bras, toucha la paille autour d'elle.

Le loup avait disparu !

9

Deux dangers menacent encore l'Empire : les Alines et les mercenaires du Chaos. Moins puissants que les Ts'liches, les combattre représentera pourtant une tâche ardue ; ce sont des hommes !

Sil' Afian, Allocution lors d'un conseil d'Empire

Camille s'assit dans la paille.

Elle s'enveloppa dans sa cape et observa autour d'elle. La porte de l'écurie était entrebâillée. Elle pesta intérieurement en comprenant que le loup avait fort bien pu sortir. Elle se leva et, par acquit de conscience, vérifia qu'il ne se cachait pas dans un recoin. Elle dut dessiner une flamme qui éclaira suffisamment l'écurie pour que le doute ne soit plus possible. Le loup était dehors.

Camille maugréa. Elle n'avait pas la moindre envie de passer la nuit à sa recherche dans les rues d'Al-Chen, mais il risquait de faire ou plutôt d'être une mauvaise rencontre.

Elle se rasséréna en réalisant qu'elle pouvait le contacter et lui ordonner de revenir. Immédiatement !

Elle se glissa dans l'Imagination, et se concentra sur l'esprit du loup. Elle le joignit en une fraction de seconde, mais sursauta en recevant le flot de sensations qu'il émettait. Il était blessé. Il souffrait.

Sous le choc, elle faillit rompre le contact. Communiquer avec le loup constituait une tâche complexe. De nombreux paramètres, les odeurs, les bruits, essentiels pour lui, restaient inaccessibles à Camille. Et la douleur rendait les pensées de l'animal encore plus difficiles à lire.

Elle tenta désespérément de faire le tri dans le tumulte qui agitait l'esprit du loup et, peu à peu, une image gagna en netteté. Il n'était pas loin, moins de cent mètres, mais il ne pouvait pas bouger.

Elle se concentra davantage, puis soupira de soulagement. Il se trouvait dans une remise, à proximité, il était tombé dans une fosse. Il avait dû se blesser légèrement dans sa chute. C'était son angoisse d'être privé de liberté qui transparaissait dans le contact qu'elle avait avec lui plutôt qu'une douleur liée à une blessure grave. Camille poussa la porte de l'écurie.

– J'arrive, murmura-t-elle, j'arrive.

La nuit était fraîche, les étoiles brillaient dans un ciel débarrassé de ses nuages. Le sol était boueux, de nombreuses flaques scintillaient sous la lumière de la lune. Elle découvrit facilement la remise que le loup avait décidé d'explorer, au fond d'une ruelle plus sombre encore que le reste de la ville.

Camille dessina sa flamme personnelle pour avancer jusqu'à la porte. Comme celle de l'écurie, elle était entrebâillée. Elle passa la tête et appela à mi-voix :

– Tu es là ?

Un grognement lui répondit.

– Ah c'est malin, commenta Camille. Dans quel pétrin t'es-tu encore fourré ? Tu n'es guère plus futé comme loup que comme garçon !

Elle poussa le battant de bois et pénétra dans la remise.

À sa grande surprise, la lumière qui dansait au bout de ses doigts s'éteignit, comme mouchée par une main invisible. Elle sursauta, puis tenta de dessiner une nouvelle flamme. Impossible. L'accès aux Spires lui était interdit !

En un éclair, elle se rappela la seule fois où elle avait éprouvé cette sensation. Un gommeur avait bloqué son don ! L'image de l'homme en noir qui l'avait observée dans l'auberge s'associa à celle de l'animal mi-crapaud mi-limace. Tout devint évident. Un mercenaire du Chaos se dissimulait là !

Une main se referma comme un étau sur son épaule alors qu'elle bondissait vers la sortie. Elle ne put retenir un cri tandis que, dans sa fosse, le loup poussait un hurlement de rage. Elle se débattit de toutes ses forces, consciente que cela ne servait à rien. Celui qui la tenait était bien trop fort. Elle contracta ses muscles, s'attendant à recevoir un coup qui ne vint pas. Elle fut, en revanche, traînée sans ménagement sur quelques mètres.

Il y eut un bruit de chaînes, puis des maillons d'acier froid se refermèrent autour de son poignet. Le mercenaire qui l'avait attaquée ne semblait pas avoir besoin de lumière pour se déplacer dans l'obscurité ; pourtant, lorsqu'il la lâcha, elle l'entendit battre un briquet. Une flamme jaillit, toute proche.

Elle était entravée à un poteau de bois par une chaîne métallique fermée d'un cadenas. Devant elle s'ouvrait une fosse au fond de laquelle le loup tournait en rond. Cette vision la soulagea, mais très rapidement son attention se focalisa sur l'homme qui lui faisait face.

C'était bien l'inconnu qui l'avait épiée la veille. Dans ses yeux brillait la même haine froide que dans ceux des deux mercenaires qui avaient déjà tenté de l'assassiner. Il portait, derrière l'épaule gauche, un sabre dont la lame, elle le savait, était sinueuse comme la langue d'un serpent. Son gommeur demeurait invisible, mais il ne devait pas être loin car l'accès aux Spires lui était toujours impossible. Le mercenaire glissa la torche qu'il venait d'allumer dans un anneau fixé au mur.

– Ainsi c'est toi, l'insecte qui a tué Arkamentaï !

Sa voix était aussi glacée et tranchante que le fil d'un poignard et Camille frissonna.

– Tu vois, continua-t-il, je t'aurais éliminée même si on ne m'avait pas payé pour t'assassiner. Mais le hasard fait bien les choses. Ta mort aura joint l'utile à l'agréable. L'argent à la vengeance !

Il fit lentement craquer les articulations de ses doigts avant de poursuivre.

– Les gommeurs interdisent l'Imagination à tous, y compris à leurs maîtres. C'est leur seul défaut. La personne qui souhaite tant te voir morte m'a demandé de la contacter lorsque tu serais à ma merci. Je t'abandonne donc, le temps de la prévenir, mais ne t'inquiète pas, je reviens vite m'occuper de toi. L'aube n'est pas loin, car il m'a fallu ruser longtemps pour attirer ton loup ici. Je ne pourrai pas m'amuser avec toi. Ta mort sera plus rapide que je ne l'aurais souhaité. À tout de suite...

Le mercenaire sortit.

En évoquant le gommeur, il avait sans le vouloir indiqué du menton un recoin sombre de la remise. Camille tendit le cou vers la fosse. Malgré le froid de la nuit, un filet de sueur perlait sur son front.

– Salim ! appela-t-elle. Salim !

Le loup s'immobilisa et ses oreilles se dressèrent.

– Salim, implora Camille, il faut que tu reviennes. Nous sommes en danger !

Le loup l'écoutait avec attention.

– Salim, continua-t-elle, c'est un mercenaire. Il va nous tuer. Si tu ne réapparais pas, Salim, je vais mourir !

Elle avait mis dans ses phrases toute l'angoisse qu'elle éprouvait et les yeux du loup brillèrent d'une compréhension nouvelle.

Mais cela ne suffisait pas.

Camille s'abandonna. Descendit tout au fond d'elle-même...

Quand elle émergea de son voyage intérieur, elle avait ajouté un sentiment aux mots qu'elle s'apprêtait à prononcer. Un sentiment qui n'avait rien à voir avec la peur, un sentiment qu'elle tenait secret en attendant l'heure qu'il éclose. Ce fut sans doute ce sentiment qui fit la différence.

– J'ai besoin de toi, Salim. Reviens...

Elle avait murmuré, mais ses paroles filèrent comme une flèche pour se planter dans l'âme du loup.

Dans le cœur de Salim.

L'animal se mit à trembler, comme s'il refusait la réalité de ce qui lui arrivait et, soudain, il ne fut plus là. À sa place, Salim se tenait accroupi au fond de la fosse. Il leva les yeux vers elle.

– Salut, ma vieille, dit-il d'une voix rauque.

Des larmes coulaient sur le visage de Camille, elle ne s'en souciait pas.

– Dépêche-toi, espèce de mollusque décérébré, chuchota-t-elle, le mercenaire sera là d'une minute à l'autre.

Avec une grimace, Salim se redressa et se hissa à l'extérieur de la fosse.

Il se précipita vers Camille.

– Si tu savais ce dont j'ai rêvé, commença-t-il en se bagarrant avec le cadenas et la chaîne.

– Plus tard, Salim, plus tard !

Il fut vite évident que, sans un outillage adéquat, forcer les liens lui était impossible.

– N'insiste pas, l'arrêta Camille. Il faut que tu trouves le gommeur. Liquide-le, je m'occuperai du reste. Il doit être dans ce coin.

Elle montrait du menton l'endroit sombre que le mercenaire avait indiqué. Salim attrapa la torche et commença à fouiller.

– Vite, le supplia Camille, il va rev…

La porte de la remise s'ouvrit sur le mercenaire.

Il sursauta en découvrant Salim, et sa main monta jusqu'à la poignée de son sabre.

– Qu'est-ce que tu fiches là, toi ?

Rassuré par l'apparence de Salim, il avait pris le temps d'interroger avant de frapper. La suite le laissa sans voix.

Et sans vie.

L'image du garçon se brouilla et un grand loup noir franchit d'un bond la distance qui les séparait. Des crocs puissants brillèrent une fraction de seconde avant que l'animal ne referme ses mâchoires sur sa gorge.

Le mercenaire mourut sans comprendre.

L'assaut n'avait duré qu'un bref instant. Camille avait fermé les yeux. Lorsqu'elle les rouvrit, le loup se tenait assis près d'elle, la tête penchée sur le côté, le regard malicieux. Il aurait presque été comique, n'eût été le filet de sang coulant le long de ses babines.

– Salim ?

Le loup ne bougea pas. Les yeux de Camille se teintèrent d'un éclat de mauvais augure.

– Salim, menaça-t-elle d'un ton dur, je compte jusqu'à trois. Un... Deux... Tr...

L'image de l'animal vacilla et Salim fut là, accroupi à la place où s'était tenu le loup.

– Tu as perdu le sens de l'humour, ma vieille ?

Camille réussit à se contrôler, au prix d'un effort considérable.

– Est-ce que tu peux, s'il te plaît, trouver ce gommeur ?

Elle avait parlé doucement, mais Salim, sentant la menace, se remit à chercher. Il découvrit la répugnante bestiole dissimulée derrière un vieux cageot. Une grosse brique la réduisit à l'état de bouillie, et l'Imagination s'ouvrit.

Les liens de Camille tombèrent au sol, elle respira plus librement.

– J'ai un million de choses à te raconter, commença Salim. Si tu savais ce que j'ai vécu...

– Ça peut attendre, Salim.

– Comment ça, ça peut attendre ?

– Eh bien, tu as peut-être des choses plus urgentes à faire.

– Tu plaisantes ! Imagine que je…

– J'insiste, Salim. Je crois que tu as mieux à faire pour l'instant.

– Quoi ?

Camille regarda son ami avec un air extrêmement sérieux.

– T'habiller, par exemple.

Salim baissa les yeux sans pouvoir retenir un cri horrifié.

Il était nu comme un ver.

10

Éléa Ril' Morienval était une dessinatrice d'une rare intelligence, mais son insatiable ambition mina son sens de la réflexion. Comment expliquer sinon qu'elle se soit fourvoyée avec les Ts'liches qui visaient l'extermination des humains, et avec les mercenaires du Chaos dont les desseins étaient encore plus sombres ? Elle voulait les manipuler, elle ne fut qu'un pion pour eux...

Doume Fil' Battis, chroniqueur de l'Empire

Les retrouvailles se teintèrent d'une rare allégresse. Dès leur retour à l'auberge, Salim vêtu d'une simple couverture nouée autour des reins, Camille réveilla toute la compagnie.

La tenancière, qui s'était levée pour connaître l'origine de ce vacarme, fut sommée par maître Duom de préparer un petit déjeuner de fête auquel Bjorn et Maniel lui demandèrent d'ajouter de la bière, de la viande et de la charcuterie. Éberluée, elle obtempéra sans protester, et ils se retrouvèrent bientôt attablés dans la grande salle commune, devant un plantureux repas. Salim, qui avait pris le temps de passer des vêtements, était au centre des réjouissances. Il parla longuement de sa mésaventure, même si la plupart de ses souvenirs étaient flous, comme provenant d'un rêve. Sa part d'humanité, engloutie par un flot de sensations animales, avait été incapable de résister à la transformation. Elle s'était dissoute dans l'esprit du loup. Il n'avait pas assisté à ses aventures comme un spectateur impuissant, il les avait vécues intégralement et tenta de les raconter avec des mots qui n'étaient pas faits pour cela.

– C'est difficile à exprimer, conclut-il. J'étais moi, sans être moi, tout en étant un loup qui était un humain. Vous comprenez ?

Bjorn posa la chope de bière qu'il venait de vider d'un trait.

– Bien sûr ! énonça-t-il simplement.

Salim le regarda, stupéfait.

– Tu comprends ? Tu comprends ce que j'ai pu ressentir ?

Le chevalier ouvrit de grands yeux ronds.

– Pas du tout, rectifia-t-il. Cette histoire me dépasse.

– Mais tu as dit bien sûr !

– Une simple manière de parler, rien d'autre, le renseigna Bjorn surpris par sa véhémence.

– Je vois… D'un côté, ça me rassure. J'ai eu peur qu'on t'ait métamorphosé durant mon… absence.

Salim éclata de rire, mais Ellana, qui l'observait depuis son retour, comprit que l'expérience l'avait profondément marqué. Il avait changé, son esprit désormais indissociablement lié à celui du loup. Il répondit aux questions de maître Duom dévoré par la curiosité. Oui, il pouvait se transformer à volonté, non, il ne ferait pas de démonstration. Devenir un loup était une expérience trop forte pour la renouveler sans raison.

La conversation bascula ensuite sur les événements de la nuit et les compagnons redevinrent graves.

– Pourquoi l'Empereur ne liquide-t-il pas une bonne fois pour toutes ces maudits mercenaires ? s'insurgea Mathieu en tapant du poing sur la table.

– Parce que nous ne savons où frapper, expliqua Edwin. Il se peut qu'ils soient disséminés au travers de l'Empire comme une guilde, ou qu'ils aient leur propre cité, en Gwendalavir ou ailleurs. Nul ne sait rien sur eux, mais s'il le pouvait, Sil' Afian s'empresserait de se débarrasser de ce fléau, crois-moi !

Ellana interpella Camille.

– Et tu dis que ce mercenaire a été envoyé par quelqu'un qui veut te tuer ?

– C'est ce qu'il a laissé entendre, confirma Camille.

– Éléa Ril' Morienval ! s'exclama maître Duom. Ce ne peut être qu'elle !

Salim regarda l'analyste en penchant légèrement la tête sur le côté et, tout à coup, Camille lui trouva une extraordinaire ressemblance avec le loup qui l'avait suivie pendant presque quinze jours.

– Bien entendu, lança-t-il. Nous savons depuis longtemps qu'elle est dangereuse. Il faut lui régler son compte. Définitivement !

Il avait articulé ces mots avec force, et Camille sursauta. Pendant une fraction de seconde, elle avait vu briller des crocs dans la bouche de son ami...

L'ÎLE DU DESTIN

1

De quand date la séparation entre les Alines et les Alaviriens ?
Ou plutôt ont-ils un jour formé un seul et unique peuple ?
Maître Carboist, *Mémoires du septième cercle*

Ils chevauchèrent durant une semaine avant d'atteindre Al-Jeit.

L'automne s'était installé dans le Sud de l'Empire et, s'il offrait de merveilleuses couleurs aux voyageurs, ceux-ci furent plus d'une fois trempés par une pluie froide et fort désagréable.

Le retour de Salim avait toutefois insufflé à la troupe un optimisme que les rudes averses ne parvinrent pas à entamer. Le périple se déroula dans une bonne humeur émaillée par les sempiternelles joutes orales entre Bjorn et Salim, que Maniel arbitrait, impartial. Ou presque...

Salim avait retrouvé Éclat de Soie. Il ne souffrait plus en le montant et se transforma au fil des jours en un cavalier plein de prestance. Il reprit ses leçons avec Ellana qui, comme promis, lui mena la vie dure.

Mathieu, lui, poursuivit son apprentissage de l'art du sabre sous la direction sévère de Siam. Il commençait à perdre les attitudes d'un débutant. Ses mouvements devinrent plus fluides, plus rapides et plus précis. En le voyant vêtu de cuir, le teint hâlé, tenant une lame d'un geste sûr, ses anciens amis des Beaux-Arts ne l'auraient pas reconnu.

Lorsque la piste du Nord, au sommet d'un col, révéla la capitale, Mathieu poussa un cri. Il avait arrêté son cheval et se tenait droit, comme pétrifié, la bouche à moitié ouverte, les yeux écarquillés. Camille, qui avait attendu cet instant avec impatience, se délecta de sa surprise.

La porte d'Améthyste s'ouvrait à quelques centaines de mètres d'eux, et la cascade qui ruisselait devant elle nimbait les environs d'une lumière violette féerique. L'eau tombait sans discontinuer du plateau où était bâtie la cité jusque dans la rivière qui en faisait le tour en une boucle parfaite, se moquant ainsi des lois de la physique.

Derrière les remparts, les tours d'Al-Jeit s'élevaient à des hauteurs vertigineuses, se découpant sur le ciel en une merveilleuse dentelle de pierre et de magie, tandis que des dômes étincelants rivalisaient en éclat avec le soleil. Il fallut longtemps à Mathieu pour recouvrer ses esprits et Camille se demanda si le même air d'admiration béate s'était peint sur son visage lorsqu'elle avait découvert la capitale.

Ils se mêlèrent à la foule des voyageurs qui entraient dans la cité. Mathieu ne parvint à dominer sa stupéfaction qu'en atteignant le palais impérial. Un serviteur leur apporta une collation et, peu de temps après, un aide de camp leur annonça que Sil' Afian allait les recevoir.

Le plus haut personnage de Gwendalavir vint à leur rencontre alors qu'ils pénétraient dans la salle d'audience. Il fit signe de se relever à ceux qui s'inclinaient trop bas avant de prendre Edwin dans ses bras.

– Tu as réussi, vieux frère ! s'écria-t-il. Tu as réussi ! Nous avons gagné la guerre !

L'Empereur recula d'un pas, les regardant à tour de rôle, puis poursuivit :

– Merci mes amis ! Merci d'avoir sauvé l'Empire ! Mes mots sont bien peu de choses face à vos actions, mais laissez-moi vous dire ma reconnaissance et ma fierté. Nous avons une dette envers vous et je n'aurai de cesse que nous ne vous l'ayons payée.

Camille se tenait près de Salim.

Elle appréciait à leur juste valeur les compliments de l'Empereur. En revanche, l'attitude de son ami l'inquiétait. Elle savait qu'arrivé à ce point du discours, il devait avoir beaucoup de mal à se taire. Elle lui jeta un rapide coup d'œil et se mordit les lèvres. Une petite flamme familière dansait dans ses yeux, annonciatrice d'une prise de parole intempestive, et certainement outrageante. Il fallait le contraindre au silence.

Alors que Sil' Afian dressait un tableau héroïque de leurs exploits, elle aplatit sauvagement les orteils de Salim, tout en lui faisant les gros yeux.

Hélas, Ellana, qui le surveillait aussi, était arrivée à une conclusion similaire et, au même instant, lui écrasa l'autre pied. Le garçon aurait réussi à faire bonne figure si, derrière lui, Bjorn et Maniel, sans se concerter, n'avaient pincé son cou tandis que maître Duom se retournait à moitié pour lui planter un index agressif dans l'estomac.

– ... succès est dû à l'entente parfaite qui a soudé tous les membres de votre groupe dans...

Salim poussa soudain un effroyable cri de douleur et bondit au plafond, en essayant simultanément d'attraper ses deux pieds, de se masser le cou et de se protéger le ventre.

– ... une merveilleuse amitié ! conclut l'Empereur.

– C'est votre faute, se plaignit Salim. Quelle idée de me sauter dessus... On aurait dit cinq sauvages !

Ils se trouvaient dans les appartements que Sil' Afian avait mis à leur disposition.

Bjorn et Maniel occupaient toute la largeur d'un canapé conçu pour accueillir quatre personnes. Siam avait passé, à son habitude, les jambes par-dessus l'accoudoir d'un fauteuil. Les autres, assis autour d'une table, consultaient une carte représentant le Sud de Gwendalavir.

L'Empereur avait pris avec le sourire l'interruption de son discours. Peu de temps après, il les avait entraînés vers un salon confortable où ils avaient partagé un savoureux repas en compagnie d'une dizaine de personnages parmi les plus importants de l'Empire. C'était maintenant le soir, et Salim tentait de se justifier. Camille le fusilla du regard.

– Prétends-tu que tu ne t'apprêtais pas à interrompre l'Empereur ?

– Non, mais…
– Pour dire quelque chose d'intelligent ?
– Ben…
– Alors l'incident est clos. Tu as coupé la parole à Sil' Afian, mais au moins tu sais pourquoi !
Salim s'approcha de la table, désireux de changer de sujet.
– Pourquoi les îles Alines sont-elles si floues ? demanda-t-il en désignant le Grand Océan du Sud.
– Parce que personne n'en est jamais revenu pour les cartographier, expliqua Edwin, laconique.
– Et on se rend là-bas… à la nage ?
Camille lui donna une tape sur la main.
– Toi peut-être. Surtout si tu continues à te montrer aussi pénible. Nous, on prend le navire que nous prête l'Empereur.
– Un navire ? releva le garçon. Je crains le pire. Je croyais qu'il y avait plein de pirates autour de ces îles d'où personne ne revient. Les deux faits sont sans doute liés, maintenant que j'y pense…
– Salim, tu es impossible ! s'emporta Camille. Nous connaissons la situation approximative des îles et nous devrons les atteindre le plus discrètement possible. Voilà tout. Tu as d'autres questions ?
– Ne te fâche pas, je plaisantais. Le départ est prévu pour quand ?
– Nous partons demain en direction du sud-ouest, répondit Edwin en glissant la carte dans un étui de cuir. Il nous faudra trois jours pour gagner la côte, ce qui me donne largement le temps de m'occuper de toi si, par hasard, tu décidais de ne pas te calmer…

2

Les rares navigateurs qui ont croisé au large de l'archipel ont rapporté la présence de terres cultivées. Les Alines compteraient donc des agriculteurs et peut-être des éleveurs dans leurs rangs. Cela fait d'eux un peuple et non une simple horde de pirates avides de pillages. Nous ne pouvions imaginer un scénario plus défavorable pour l'Empire…

Seigneur Saï Hil' Muran, courrier à l'Empereur

– Tu sais quoi, ma vieille ?

– Non, Salim, mais quelque chose me souffle que je ne vais pas tarder à savoir…

Le garçon, pour une fois, ne se formalisa pas de la réponse ironique de son amie. Ils étaient assis sur un rocher battu par le vent. À leur droite, bâtie à flanc de colline, une cité de taille modeste aux murs blancs, Faranji. À leurs pieds, un port aux quais de pierre, usés par le passage de générations de marins. Des dizaines de légères embarcations colorées y étaient amarrées, tandis que trois navires mouillaient plus au large.

Une foule bigarrée allait et venait le long d'étals montés dos aux maisons, achetant les produits de la pêche locale et ceux proposés par des marchands itinérants. Salim ne regardait ni les bateaux ni le marché. Il avait les yeux fixés sur l'océan qui s'étendait devant lui, à perte de vue.

– Je n'avais jamais vu la mer.

Il avait parlé simplement mais sa voix, qui trahissait une profonde émotion, dissuada Camille de répondre. Elle lui offrit un sourire qui fit scintiller le violet de ses yeux, avant de lui prendre la main. Ils restèrent ainsi, silencieux, jusqu'à ce que Bjorn les tire de leur contemplation.

– Camille ! Salim ! Venez visiter vos nouveaux appartements !

Le chevalier se tenait au pied de la barre rocheuse qu'ils avaient escaladée pour bénéficier d'une plus belle vue, et leur faisait signe de descendre. Avec un soupir de regret, ils obtempérèrent.

– Edwin a repéré notre bateau ? s'enquit Salim.

– Oui, il est ancré là-bas. Celui avec les deux voiles blanches à moitié ferlées : l'*Algus Oyo*. Le capitaine Hal Nil' Bround était à terre et nous avons dû le chercher un bon moment avant de le trouver, mais tout est réglé maintenant. Les bagages sont chargés et les matelots à bord. Nous prenons la mer demain matin.

– Edwin n'a pas changé d'avis pour les chevaux ? l'interrogea Camille.

– Non. Ils restent à l'écurie. Il nous faudra être discrets sur l'île, nous nous déplacerons à pied.

Le navire, qu'ils gagnèrent à l'aide d'un canot, était à moitié plus petit que la *Perle de Chen*. Quatre hommes suffisaient à le manœuvrer. L'Empire possédait peu de bateaux, et les pêcheurs ne se risquaient que très rarement en haute mer, de crainte de subir les attaques des pirates alines. Leurs embarcations étaient donc adaptées à une activité côtière et non au grand large. Quant aux commerçants, ils avaient renoncé depuis longtemps à transporter leurs marchandises par la mer, abandonnant aux pirates la suprématie absolue sur le Grand Océan du Sud.

Avant que les Ts'liches ne verrouillent l'accès aux Spires, les villages côtiers étaient protégés par des garnisons de gardes impériaux appuyés par des dessinateurs qui tenaient les flibustiers au loin. Les Alines tirant profit de la trahison des Sentinelles, leurs raids s'étaient intensifiés depuis quelques années. Ils n'hésitaient pas à lancer de profondes incursions à l'intérieur des terres, pillant tout sur leur passage, semant la destruction et la mort. Le retour des Sentinelles allait permettre à Sil' Afian de reprendre les choses en main, mais il ne se faisait pas d'illusion : la tâche serait longue et difficile.

– Pourquoi les dessinateurs de l'Empire ne réussissent-ils pas à régler le problème des pirates ? souffla Camille à maître Duom.

Le vieil analyste, debout sur le pont de l'*Algus Oyo*, se tenait prudemment au bastingage. Personne n'avait pu le convaincre de rester à Al-Jeit, et quand Edwin avait, malgré tout, insisté une dernière fois, le palais avait vibré sous les éclats d'un monumental accès de colère. L'irascible vieillard avait exigé de vivre l'aventure jusqu'au bout et personne n'avait réussi à lui tenir tête. Il avait donc embarqué avec les autres.

– Les pirates ont leurs propres dessinateurs, répondit-il à Camille, certains sont même très forts. Ils ont pour eux la connaissance de la mer et la puissance des navires. Ils disposent d'un avantage sur nous depuis des siècles.

– Notre traversée sera périlleuse, pas vrai ?

Maître Duom haussa les épaules.

– Disons qu'elle ne sera pas de tout repos...

Le navire comportait, outre la cale où dormaient les matelots, deux cabines dont une réservée au capitaine.

– Nous prenons la cabine libre, Siam, Camille et moi, décida Ellana.

– Mais... commença Bjorn.

– Mais rien du tout ! l'arrêta la marchombre. En tant que seules représentantes du sexe féminin, nous avons droit à des égards. Tu n'es pas d'accord ?

– J'accorderais volontiers un régime de faveur à une faible femme, mais ce n'est pas ton cas. Tu as montré, ces dernières semaines, combien tu étais redoutable...

Ellana lui dédia un sourire carnassier.

– Tu t'obstines pourtant à me contrarier !

Bjorn resta silencieux un instant, jaugeant la musculature fine de la jeune femme et calculant jusqu'où elle serait capable d'aller. Ne trouvant pas de réponse à cette question essentielle, il choisit la voie de la sagesse.

– La cale me paraît agréable, affirma-t-il. Je vais y descendre mes affaires. À tout à l'heure !

Il attrapa son baluchon et emprunta l'échelle qui s'enfonçait dans les entrailles du bateau. Lorsqu'il eut disparu, Camille se tourna vers Ellana.

– Tu ne crois pas que tu exagères ?

– Ne te fais pas de soucis ! s'exclama la marchombre en éclatant de rire. Il sait que je suis son amie.

– Mais tu es vraiment dure avec lui !

Ellana redevint sérieuse, fixant ses yeux dans ceux de Camille.

– Bjorn est un soldat, expliqua-t-elle. Avec des habitudes de soldat, un comportement de soldat, comme Maniel. Si je ne leur montre pas que je suis forte, ils vont penser que j'ai besoin d'être protégée, surveillée, dirigée. Ma liberté est en jeu, Ewilan. Je ne laisserai pas de gros lourdauds la piétiner sous prétexte qu'ils débordent de bonnes intentions...

Ellana lui avait parlé comme à une adulte. Camille en fut touchée. Elle avait cependant besoin d'un autre avis et interrogea Siam du regard. La jeune Frontalière entra volontiers dans la conversation.

– Depuis que j'ai ton âge, je passe mon temps à cogner sur des garçons convaincus de savoir mieux que moi ce qu'il me faut, sous prétexte que je suis une fille, exposa-t-elle. J'ai plusieurs fois été obligée de faire couler le sang de bons copains qui n'avaient pas compris que je décide seule de ma vie. Je suis d'accord avec Ellana. Nous devons rester libres et, pour cela, nous sommes obligées d'être fortes. D'être dures !

En se dirigeant vers la cabine que la combativité

d'Ellana venait de lui offrir, Camille réfléchit longuement aux paroles de ses deux amies. Elle n'adhérait pas complètement à leur point de vue, mais sentait qu'il y avait là un sujet sérieux qu'elle devait étudier à fond si elle ne voulait pas faire fausse route plus tard.

Le lendemain, très tôt, elle fut tirée de son sommeil par une série de craquements dans la structure du navire. Elle ouvrit les yeux et se leva.

La houle qui avait bercé son sommeil durant la nuit s'était accentuée et il lui fallut se cramponner à la table pour ne pas perdre l'équilibre. Elle se tourna vers les couchettes de Siam et Ellana. La marchombre avait quitté la cabine, mais la jeune Frontalière était encore blottie sous sa couverture.

– Nous avons levé l'ancre ! lui cria Camille

– M'en fiche… grommela son amie. Je dors.

Camille résista à l'envie de lui sauter sur le ventre et, après s'être habillée en quatrième vitesse, se précipita à l'extérieur. Le ciel, à l'est, se teintait d'un orangé annonciateur d'un lever de soleil majestueux. La terre était déjà loin, de grosses vagues d'un bleu profond s'écrasaient sur les flancs de l'*Algus Oyo* en faisant jaillir des gerbes d'écume. Le capitaine Nil' Bround avait déployé les deux voiles blanches qui claquaient dans le vent. Les matelots s'affairaient dans la mâture. Des voyageurs, seuls Edwin et Ellana étaient sur le pont. Les autres devaient dormir.

– C'est géant, non ? cria Camille avant qu'un paquet d'embruns ne l'éclabousse copieusement.

L'*Algus Oyo* filait plein sud, à bonne allure. L'air possédait une saveur piquante qu'elle n'avait encore jamais goûtée. Elle s'assit à la proue du navire, sur le bastingage, les pieds dans le vide, face à l'immensité. Elle se sentait parfaitement libre et heureuse, détendue malgré la fraîcheur du matin accentuée par ses vêtements mouillés.

Le reste de la troupe arriva peu de temps après que les côtes de Gwendalavir eurent disparu dans les brumes de l'horizon. Camille comprit à leur mine défaite que demeurer allongé au fond d'un bateau en mouvement ne devait pas être une expérience très agréable pour les novices. Salim fut le dernier à monter sur le pont, avec l'air grognon de celui qui a mal dormi.

Quand il vit Camille perchée à la proue de l'*Algus Oyo* au-dessus de l'eau sombre, il bondit vers elle.

– Descends de là ! hurla-t-il. Tu vas tomber !

Elle sauta au sol et le contempla un instant avant de lui offrir un large sourire.

– Cool, mon vieux. Je sais ce que je fais et...

– Non, tu ne sais pas ! Tu es inconsciente de te pencher comme ça. Il suffirait que le bateau heurte une grosse vague pour que tu plonges. N'essaie pas de me faire croire que tu réfléchis quand tu fais une idiotie pareille. Je sais où est le danger !

Les autres, attirés par les éclats de voix, s'étaient approchés et Camille les regarda, stupéfaite. Ses yeux croisèrent ceux d'Ellana puis ceux de Siam. Salim était hors de lui, et la présence de spectateurs semblait attiser sa fureur.

– Quand on ne sait pas, on ne fait pas ! Tu entends ?

Il ne lui avait jamais adressé la parole sur ce ton. Camille se demanda brièvement si, seul face à elle, il se serait comporté de cette manière, mais le moment n'était plus à la réflexion. Le discours d'Ellana et de Siam prenait sens tout à coup.

Elle pivota sur ses hanches en serrant le poing droit et le balança dans la mâchoire de Salim.

Le coup le prit au dépourvu. Sous l'impact, il partit en arrière et s'affala sur le pont. Camille s'était fait mal à la main, mais il était hors de question qu'elle laisse quelqu'un s'en apercevoir. Elle s'approcha de Salim, étendu sur le dos, qui la regardait avec des yeux stupéfaits.

– Je fais ce que je veux ! aboya-t-elle. Où je veux, comme je veux et quand je veux ! Compris ?

Sans attendre de réponse, elle lui tourna le dos et, avec un sourire satisfait, traversa le bateau jusqu'à la poupe. Bjorn jeta un regard suspicieux à Ellana.

– Qu'est-ce que tu es allée raconter à la petite ?

Un air de naïve sincérité se peignit sur le visage de la marchombre.

– Je ne vois pas de quoi tu veux parler.

Bjorn se pencha vers Salim.

– Viens, mon ami, lui lança-t-il en l'aidant à se relever. Il va falloir que je t'explique certaines vérités sur les femmes…

Il s'éloigna en soutenant le garçon qui jetait de fréquents coups d'œil à Camille. Elle s'était à nouveau perchée sur le bastingage, d'où elle essayait de percer les secrets des fonds marins. Elle ne lui accorda pas la moindre attention.

En milieu de journée, les compagnons se retrouvèrent dans le carré pour prendre un repas. Chacun fit mine d'avoir oublié l'incident. Salim se frottait parfois la mâchoire pensivement, ce qui tira de discrets sourires à Siam et Ellana.

Le capitaine Hal Nil' Bround mangeait avec eux et répondit cordialement à leurs questions.

– Tout le monde connaît l'emplacement des îles Alines, exposa-t-il. Droit au sud ! Je les ai même aperçues une fois ou deux, mais, pour les approcher, c'est une autre affaire. Les pirates sont de sacrés marins et ils barrent des navires avec lesquels l'*Algus Oyo* peine à rivaliser. Il vaut mieux se tenir loin d'eux si on ne veut pas aller nourrir les poissons au fond de l'océan.

– Mais alors, s'inquiéta Mathieu, comment comptez-vous agir ?

Le capitaine eut un geste rassurant.

– L'archipel devrait être visible demain en fin de journée. Nous aborderons la Grande Île qui est votre destination dans la nuit, tous feux éteints, vous débarquez et moi je file avec mes hommes et l'*Algus Oyo*.

– Vous filez ? releva le jeune homme.

Maître Duom se racla la gorge.

– Euh... J'en ai longuement parlé avec l'Empereur... Nous ne pouvons pas demander au capitaine Nil' Bround de nous attendre. Il courrait un risque bien trop important...

– Comment allons-nous faire pour revenir ?

– Un pas sur le côté, Akiro ! Vous êtes déjà deux à pouvoir l'effectuer. Si nous retrouvons Altan et Élicia, vous serez quatre. Un véritable jeu d'enfant !

Mathieu n'eut pas l'air convaincu, mais n'osa pas contrarier l'analyste.

Le capitaine leur révéla ensuite tout ce qu'il avait appris sur les îles Alines au cours de ses années de navigation. Peu de choses ! Le bruit courait que la Grande Île abritait une cité, rien toutefois ne prouvait que ce ne fût pas une simple légende. Il y avait certainement un endroit où les pirates entassaient ce qu'ils pillaient, où ils fabriquaient et réparaient leurs bateaux, mais, si un tel lieu existait, personne n'avait jamais réussi à le localiser.

Lorsque le repas prit fin, les compagnons n'en savaient guère plus, mais leur inquiétude avait monté d'un cran. Ils passèrent l'après-midi sur le pont à se reposer ou à contempler l'océan. Le vent était toujours propice et l'*Algus Oyo* filait à bonne allure.

L'unique surprise de la journée du lendemain fut causée par un poisson volant qui atterrit sur l'estomac de Bjorn alors qu'il faisait la sieste sur le pont. Au contact du corps frétillant de l'intrus, le chevalier poussa un cri strident qui déclencha l'hilarité des spectateurs. L'air offusqué, Bjorn attrapa le poisson et le rejeta à la mer d'un geste rageur, amplifiant les rires auxquels il finit par se joindre.

Le jour touchait à sa fin, lorsque Hal Nil' Bround tendit le bras en criant :

– La Grande Île ! Droit devant !

Un rivage se découpait au loin, encore impossible à détailler. Le capitaine se détendit. Au fil des heures son anxiété avait crû. Mais maintenant que sa mission s'achevait, il se rassérénait.

Le cri d'un matelot perché dans le gréement lui ôta brutalement le sourire.

– Pirates à tribord !

3

Il est fort probable que la Dame et le Dragon soient immortels, et il est certain qu'ils se portent un amour qui dépasse notre imagination...

Maître Carboist, *Mémoires du septième cercle*

Pendant un moment, le capitaine Nil' Bround estima qu'il allait distancer ses poursuivants. L'*Algus Oyo*, profitant du vent arrière, volait sur les vagues, et l'écart avec les pirates crût peu à peu. Puis, alors que le soleil frôlait l'horizon, il cessa d'augmenter. Un des navires ennemis commença à se rapprocher inexorablement. Le capitaine poussa un chapelet de jurons.

– Celui-ci nous rattrapera avant la nuit ! ragea-t-il. Il a plus de toile que nous... Quel malheur, nous aurions réussi à semer les deux autres !

– Je peux essayer de le ralentir, proposa Camille.

Hal Nil' Bround la regarda à peine.

– Toi ? Et comment comptes-tu t'y prendre ?

Maître Duom, qui avait compris, approuva.

– Vas-y Ewilan. Fais-le. J'explique au capitaine de quoi il s'agit.

Camille se lança dans les Spires sans savoir ce qu'elle allait tenter. Il était hors de question qu'elle coule le bateau des pirates. À sa place, ils n'auraient pas hésité, mais tuer des hommes alors qu'elle n'était pas menacée directement lui paraissait inconcevable. Le vent ! Il lui fallait agir sur le vent !

Elle se rendit vite compte qu'il s'agissait d'un exercice très complexe. Elle devait dessiner avec délicatesse une masse d'air en mouvement sans que celle-ci perturbe leur propre avancée. En procédant par touches successives, elle créa un vent suffisamment puissant pour s'opposer à celui qui poussait le navire ennemi, et le lança de toute la force de sa volonté.

Le cri de joie de ses amis lui apprit qu'elle avait réussi. Le bateau des pirates avait ralenti, s'arrêtant presque. Camille quittait les Spires lorsqu'elle sentit naître un dessin puissant. Le temps qu'elle comprenne que celui qui le générait se trouvait sur le navire de leurs poursuivants, sa propre création volait en éclats. En pestant, elle essaya de la reproduire, mais échoua. Un dessinateur la contrait et, s'il était de moindre talent, sa connaissance supérieure de la mer et du vent ne lui laissait aucune chance.

– Je n'y parviens pas, s'énerva-t-elle.

– Alors ils vont nous éperonner et nous couler, annonça le capitaine. Nous n'aurons même pas la possibilité de défendre notre peau. J'ai bien peur que nous ne soyons en train de vivre nos derniers instants...

– Bon sang, ragea Edwin, si seulement tu pouvais m'expédier là-bas, Ewilan, je leur enlèverais l'envie de s'en prendre à nous !

Camille écarta les bras, désolée.

– Je ne peux pas faire un pas sur le côté vers un endroit que je ne connais pas, expliqua-t-elle, je suis...

Elle s'interrompit soudain pour interpeller son frère.

– Mathieu ! cria-t-elle. Toi tu peux !

– Mais, objecta le jeune homme, je ne sais...

– Arrête, lui ordonna-t-elle. Tu dois réussir ! Emporte Edwin sur le bateau pirate puis reviens chercher les autres ! C'est notre seule chance.

– Bien, accorda-t-il, en inspirant profondément. On peut toujours essayer...

Il saisit Edwin par le bras et se concentra. Une lueur d'étonnement éclaira son regard juste avant qu'ils ne disparaissent.

– Ça a marché ! hurla Bjorn. J'en connais qui vont avoir une sacrée surprise ! Qui est le prochain ?

– Moi ! dirent ensemble Ellana et Siam.

Elles échangèrent un sourire, avant de se tourner vers Camille.

– Tu crois qu'il peut nous emmener toutes les deux ? demanda la marchombre.

– Impossible ! trancha maître Duom.

– Bien sûr ! le contredit Camille.

Avant que l'analyste n'ait eu le temps de répliquer, Mathieu se matérialisa devant eux, les yeux écarquillés.

– Ils sont beaucoup, là-bas, haleta-t-il. Au moins trente, peut-être plus !

– Alors dépêche-toi de nous y transporter ! ordonna Siam.

Mathieu ne posa pas de question lorsque Ellana et la jeune Frontalière lui prirent chacune une main et, une seconde plus tard, ils étaient sur le bateau pirate.

Edwin se trouvait au cœur d'une mêlée confuse, son sabre tourbillonnant si vite qu'il en devenait presque invisible. Une dizaine d'hommes barbus, leurs torses nus couverts de tatouages, l'attaquaient avec une sauvagerie animale. Trois autres gisaient sur le pont, mais Edwin était en mauvaise posture. Les coups de hache et d'épée pleuvaient sur lui, sans avoir pour l'instant réussi à percer sa garde.

Mathieu aurait dû repartir chercher Bjorn ou Maniel, mais il ne parvenait pas à abandonner Siam. Paralysé par le danger qu'elle courait, il la regarda se jeter dans le combat.

Ellana avait bondi la première. Son arrivée n'était pas passée inaperçue ; un énorme pirate fonça sur elle, une gigantesque hache de combat à la main. La marchombre plongea au sol, passant sous la lame de son ennemi, fit un roulé-boulé et se releva pressée contre son torse velu.

Le pirate voulut faire un pas en arrière pour dégager son arme, mais les deux poignards d'Ellana avaient frappé. Le colosse s'effondra dans un gargouillement d'agonie.

Les deux comparses qui se précipitaient à sa rescousse se retrouvèrent face à Siam. Ils eurent un instant d'hésitation en découvrant sa tresse blonde, sa petite taille et sa silhouette menue. Cela leur fut fatal.

Le sabre de Siam siffla, ouvrant une vilaine blessure dans le ventre d'un des pirates, tandis que son talon gauche fouettait l'air et enfonçait la gorge du second.

Une dizaine d'Alines qui attendaient l'opportunité de se jeter sur Edwin les attaquèrent alors, mais elles étaient insaisissables.

Ellana virevoltait, rebondissait, plongeait pardessus ses ennemis ou par-dessous, ne levant ses armes que pour infliger de sanglantes estafilades avant de se mettre hors d'atteinte par une acrobatie. Siam maniait son sabre avec une efficacité diabolique. Chacun de ses gestes était empreint d'une grâce sauvage, elle paraissait glisser sur le pont, parant avec élégance les attaques de ses massifs adversaires, laissant derrière elle un sillage de mort.

Mathieu était sidéré. La chorégraphie des deux amies lui faisait presque oublier le sang qui jaillissait un peu partout.

La « voix » de Camille le fit sursauter.

– *Mathieu, que se passe-t-il ?*

Elle ne lui avait encore jamais parlé ainsi, mais il comprit instinctivement comment cela fonctionnait.

– *Tout va bien. J'arrive.*

Il se hâta de faire un pas sur le côté et se retrouva sur le pont de l'*Algus Oyo* où Maniel et Bjorn l'attendaient, leurs armes à la main.

Plus aucune trace de sourire ou de gentillesse ne se lisait sur le visage des deux soldats. Ils se préparaient à livrer un combat, et savaient qu'ils jouaient leur vie. Une bataille est toujours mortellement sérieuse.

Sans attendre, Mathieu saisit le bras de Bjorn puis disparut avec lui. Il revint presque aussitôt et attrapa Maniel par la main.

– Ne m'oublie pas, lui lança Camille avant qu'il ne reparte.

Le jeune homme acquiesça. Un instant plus tard, Camille rejoignit à son tour le bateau pirate. Salim, qui avait empoigné le ceinturon de Mathieu au moment où ils disparaissaient, était à côté d'elle. Le combat touchait à son paroxysme.

Maniel et Bjorn s'étaient campés sur le pont à côté d'Edwin. Ils mettaient à profit leur masse et leur science des armes pour faire place nette autour d'eux. Le choc des lames d'acier retentissait d'un fracas que Camille jugea effrayant, mais sans commune mesure avec les hurlements furieux que poussaient les pirates alines. Pour la première fois, des ennemis portaient la guerre sur un de leurs navires ! L'affront mortel ne pouvait être lavé que dans le sang, leur vie n'avait aucune importance.

Mathieu tira son sabre et se jeta dans la bataille, sans tenir compte de l'avertissement crié par sa sœur. Il se trouva immédiatement aux prises avec un Aline qui maniait un cimeterre. Il para de justesse la première série de coups. Son sang se mit à bouillir dans ses veines. Utilisant toutes les finesses de l'enseignement de Siam, il répliqua avec une fougue qui fit reculer le pirate pourtant bien plus lourd que lui.

Camille s'obligea à détourner les yeux de l'affrontement pour se concentrer sur sa tâche. Un dessinateur se cachait sur ce navire, il lui appartenait de veiller à ce qu'il ne nuise pas à ses amis. Elle le localisa dès qu'il entra dans les Spires.

C'était un homme barbu, torse nu comme les autres Alines, au corps couvert des mêmes tatouages bleutés, qui se tenait sur le gaillard d'avant. Le combat était encore confus, il hésitait à utiliser son Art de peur de blesser les siens.

Son premier dessin, une énorme boule de fonte, se matérialisa juste au-dessus de Maniel. Il fallait bien ça pour terrasser le colosse qui semblait aussi indestructible qu'une falaise. Le dessin n'était pas merveilleux, mais la chute de la boule serait mortelle.

Elle ne tomba pas.

Camille la lia à la vergue de la grand-voile par une solide chaîne d'acier. Le dessinateur aline perdit de précieuses secondes à regarder stupidement son œuvre osciller au-dessus du pont, Camille sut les mettre à profit.

Le balancement de la boule de fonte s'amplifia soudain, et elle partit droit vers son créateur, comme un gigantesque pendule. Le pirate se jouait des vents et de l'océan mais dévier la trajectoire d'un bloc de cinq cents kilos de métal dépassait ses compétences. Il fut cueilli au niveau de l'estomac et, dans un écœurant craquement d'os, passa par-dessus bord.

Camille regagna la réalité. Un bruit d'affrontement, tout proche, la fit sursauter. Un pirate s'était approché d'elle pendant qu'elle évoluait dans l'Imagination. Il était aux prises avec un loup noir, décidé à le tuer. L'homme et l'animal étaient enchevêtrés au sol dans une mêlée au premier abord confuse, mais Camille devinait que le loup prenait l'avantage et qu'il égorgerait bientôt son adversaire. Elle détourna les yeux. Cela lui sauva la vie.

Le dessin était fin. Très fin !

Elle ne l'avait pas senti basculer dans la réalité et, si elle n'avait pas aperçu du coin de l'œil l'énorme faux argentée fendre l'air dans sa direction, elle aurait été sectionnée en deux.

Elle plongea au sol et la lame, que personne ne tenait, passa au ras de sa tête, emportant la plus folle de ses mèches. Camille roula vivement sur le côté. Lorsqu'elle se releva, elle la vit.

Debout, là où s'était tenu le dessinateur aline.

Éléa Ril' Morienval !

Au même instant, la faux revint dans un deuxième arc de cercle meurtrier, mais Camille était prête. La lame d'acier étincelant s'arracha à sa trajectoire et tourbillonna vers la Sentinelle félonne. Un air de totale stupéfaction peint sur ses traits, elle n'eut que le temps de faire disparaître sa création avant qu'elle ne la décapite.

Elle se reprit rapidement, et projeta sur Camille une série de billes lumineuses, brillant d'une lumière verte malsaine. Camille, ignorant de quoi il s'agissait, se contenta d'infléchir l'élan qui leur avait été donné. Les billes se perdirent en mer.

Alors une formidable colère la submergea.

– Traîtresse ! hurla-t-elle.

En écho à son cri, il y eut un craquement énorme. Le mât de misaine se rompit à sa base et bascula droit sur Éléa Ril' Morienval.

La Sentinelle dessina un étai, et le mât s'arrêta à moins d'un mètre de son visage. Elle inspira longuement comme pour regrouper ses forces, mais un deuxième craquement, encore plus violent que le premier, annonça la chute du grand mât.

Soigneusement guidé par Camille, il s'abattit au même endroit que le premier.

Une lueur de peur traversa le regard de la femme. Juste avant d'être écrasée, elle disparut. Camille quitta les Spires à regret. Éléa Ril' Morienval avait fait un pas sur le côté, mais elle ne perdait rien pour attendre...

Près d'elle, le loup avait fini son œuvre de mort et se tenait à ses pieds, vigilant. La bataille s'achevait. Le dernier pirate, voulant échapper à la hache de Bjorn, succomba sous le sabre d'Edwin.

Un profond silence s'installa.

Le pont du navire était maculé de taches sanglantes, tandis que les mâts abattus dans leur enchevêtrement de voiles déchirées donnaient à la scène des airs d'apocalypse.

Mathieu, surpris d'être encore en vie, avait du mal à quitter des yeux le corps du pirate qu'il avait combattu. Aucun des compagnons n'était grièvement touché, mais seules les deux jeunes femmes étaient indemnes. Comme si cet affrontement avait définitivement scellé leur amitié, elles tombèrent dans les bras l'une de l'autre.

La voix de Mathieu les tira de leur allégresse.

– Les autres bateaux arrivent. Qu'est-ce qu'on fait ?

Ils se précipitèrent à la poupe.

Les deux navires pirates se trouvaient à quelques centaines de mètres.

– Mathieu, appela Bjorn, il faut que tu nous ramènes sur l'*Algus Oyo* ! Vite !

– Ça servirait à quoi ? intervint Edwin. Ils ont comblé leur retard et sont bien plus rapides que nous !

– Tu veux que nous combattions ? s'étonna le chevalier.

– Tu as une autre idée ?

Ellana essuya ses poignards sur une voile déchirée.

– Alors, que les plus jeunes partent, jeta-t-elle d'une voix dure. Parce que nous n'avons aucune chance dans ce combat-là !

Les deux bateaux avançaient presque bord à bord. Ils avaient réduit leur voilure pour se préparer à l'abordage. Un nombre ahurissant de silhouettes s'agitaient sur leurs ponts.

Camille ne put s'empêcher de les trouver beaux.

– *Crois-moi, il existe en ce monde des choses beaucoup plus impressionnantes.*

Les mots avaient résonné à l'intérieur de sa tête et elle sursauta.

– Qui est là ? lança-t-elle à voix haute.

Des regards surpris se tournèrent vers elle, mais déjà la réponse retentissait.

– *Qui veux-tu que ce soit ? Moi, bien entendu !*

Pendant une seconde Camille ne comprit pas, puis la lumière se fit dans son esprit.

– La Dame ! s'écria-t-elle. La Dame arrive !

Personne n'eut le temps de demander des explications. La mer se souleva comme si un volcan entrait en éruption et la Dame surgit.

Forme grise, luisante et profilée, elle était plus longue que dix navires mis bout à bout. Elle se dressa au-dessus des hautes vagues créées par sa venue, ruisselante d'un millier de cataractes, véritable déesse des océans. Un instant elle se tint droite au-dessus des pirates, aussi haute et majestueuse que la plus grande des tours d'Al-Jeit, puis elle se laissa retomber dans un fracas titanesque.

Une onde de choc phénoménale, pareille à une tempête, secoua le bateau où se tenaient les compagnons, et ils durent se cramponner pour ne pas basculer par-dessus bord.

– *À bientôt, Ewilan. Tous mes vœux t'accompagnent dans ta quête.*

L'océan s'agita un long moment, mais quand enfin il se calma, la Dame avait disparu.

Aucune trace des Alines ne subsistait.

4

Veillez à toujours utiliser votre don avec sagesse ! Dessiner signifie interférer avec la réalité et ne peut donc se concevoir que si votre acte créatif est empreint de respect. Respect pour la nature, respect pour les autres, respect pour vous-même...

Elis Mil' Truif, maître dessinateur à l'Académie d'Al-Jeit

La température de la nuit était clémente et la lumière de la pleine lune suffisante pour qu'ils se déplacent facilement. Le capitaine Nil' Bround les avait débarqués sur une plage déserte avant de regagner l'*Algus Oyo*.

– J'apprécie votre compagnie, avait-il précisé, surtout après ce que vous avez fait, mais je tiens à mon navire par-dessus tout. Trop de gens ici aimeraient l'envoyer par le fond ! Je vous souhaite bon courage pour la suite de votre quête et pour votre retour. Puisse la Dame continuer à veiller sur vous.

Son canot s'était éloigné avant de se perdre dans l'obscurité.

– Est-ce que quelqu'un a une idée de la direction à prendre ? demanda Ellana.

– Pas vraiment, avoua Camille. Merwyn a mentionné cette île et le pic du Destin, mais je n'en sais pas plus.

– Le pic du Destin ne peut être qu'une montagne, intervint Edwin. Nous ne la trouverons pas ici. En route.

Ils longèrent l'océan pendant une heure puis la côte devint rocheuse et ils débutèrent l'ascension d'un plateau qui surplombait les flots. La végétation ressemblait fort à celle de l'Extrême-Sud de Gwendalavir ; de rares arbres aux feuilles étroites et piquantes, des buissons odorants et touffus. Ils ne décelèrent aucune activité humaine, à peine quelques traces de petits animaux.

En arrivant au terme de leur ascension, ils furent donc surpris de découvrir en contrebas une baie s'enfonçant profondément dans les terres, autour de laquelle s'étalait une cité de taille respectable. Malgré l'heure tardive, de nombreuses maisons étaient éclairées et les rues semblaient connaître une activité importante.

Edwin poussa un sifflement.

– Il pourrait s'agir de la mythique capitale aline ! s'exclama-t-il. De nombreux récits l'évoquent, mais elle n'a jamais été localisée. C'est une information que Sil' Afian sera heureux de posséder.

Un nombre impressionnant de navires mouillaient dans le port. En les découvrant, Camille se dit que l'Empereur avait intérêt à faire construire une flotte digne de ce nom s'il voulait pacifier le Grand Océan du Sud.

Ellana désigna du menton une demeure isolée sur les hauteurs.

– Avec un nom pareil, le pic du Destin doit être connu chez les Alines. Si nous allions demander notre chemin à ceux qui habitent là ?

– Tu plaisantes ? s'étonna Bjorn.

– Pas du tout. Nous n'allons pas escalader toutes les montagnes de l'île. Nous ne pouvons pas non plus attendre qu'on ait la gentillesse de nous apporter le renseignement. Je me fais fort de l'obtenir si quelqu'un le possède dans cette maison.

Personne n'osa mettre sa parole en doute et ils s'approchèrent le plus silencieusement possible de la demeure constituée de deux bâtiments bas et d'une tour carrée. Cette dernière était éclairée. Ellana indiqua une fenêtre ouverte, à une dizaine de mètres du sol.

– Voici ma porte d'entrée.

La maison était ceinte d'une grille métallique, mais la franchir fut un jeu d'enfant pour la marchombre. Elle s'enfonça entre les buissons pendant que les autres l'attendaient à l'extérieur, dissimulés sous les frondaisons basses d'un arbre solitaire.

– Comment va-t-elle s'y prendre ? s'inquiéta Camille.

– Les marchombres détiennent d'étranges pouvoirs, lui expliqua Edwin. Ils peuvent, tu le sais, immobiliser les gens par leur chant. Ce n'est pas tout. J'ai entendu dire que les plus doués d'entre eux étaient capables d'hypnotiser leurs victimes et de leur soutirer les renseignements qu'ils recherchaient. Je ne doute pas qu'Ellana fasse partie de ceux-là...

Une longue attente débuta, seulement troublée par le cri des oiseaux nocturnes et les rares chuchotements des compagnons.

Edwin et Siam observaient la bâtisse avec attention, prêts, à la moindre alerte, à se précipiter au secours d'Ellana.

Camille remarqua la main de Bjorn sur sa hache, les muscles contractés de Maniel, l'air décidé de Mathieu et de Salim. En cas de danger, ils fonceraient tous pour aider la marchombre !

Il y eut un bruissement d'herbes et Ellana se dressa soudain au milieu d'eux.

– Et voilà ! annonça-t-elle en se délectant de leur surprise.

– Et voilà quoi ? la questionna maître Duom.

– La réponse, bien sûr. Le pic du Destin est une aiguille rocheuse qui se dresse dans une zone désertique à moins d'un jour de marche au sud. L'endroit est célèbre, car, depuis sept ans, une protection invisible empêche quiconque de s'en approcher...

Sa tirade laissa tous les autres stupéfaits.

– Mais comment as-tu fait ? s'étonna Bjorn.

– Sans vouloir te vexer, je ne crois pas que tu puisses comprendre, lui répondit avec gentillesse Ellana. Il n'y a pas eu de sang, ni de douleur, je n'ai tué personne, pas enfoncé de portes ou démoli de gardiens. J'ai simplement récupéré l'information en utilisant le moyen adapté.

– Mais... balbutia le chevalier.

– La finesse, Bjorn. La finesse. Ne t'inquiète pas outre mesure, elle fait défaut à de nombreux hommes, surtout aux guerriers trop musclés...

– Tu es géniale ! s'exclama Camille.

– C'est vrai, répliqua la marchombre sans modestie, mais maintenant, il faut nous mettre en route. Quelqu'un, là-haut, risque en reprenant conscience de ne pas être d'excellente humeur…

Ils marchèrent une bonne partie de la nuit, s'enfonçant dans un paysage à la végétation aride, parsemée de blocs de pierre blanche et d'éboulis. Finalement, Edwin ordonna une halte.

– D'après la découverte d'Ellana, le pic du Destin ne devrait plus être très loin. Reposons-nous, nous aurons besoin d'être en forme demain.

Ils partagèrent rapidement un repas froid, puis Edwin prit la première garde. Camille comprit qu'il n'avait pas l'intention de dormir, mais ne s'en alarma pas. Edwin n'avait jamais montré la moindre trace de lassitude ou d'essoufflement. À croire qu'il était insensible à la fatigue ! Elle se blottit sous un buisson non loin d'un gros rocher à la forme arrondie et ferma les yeux. Dans quelques heures, elle allait retrouver ses parents.

Un rayon de soleil importun la tira d'un sommeil sans rêve. Elle s'assit et observa autour d'elle. Le jour était jeune encore, mais suffisait à donner un aspect nouveau à l'île, plus sauvage, rocailleuse, inhospitalière.

Un à un, les autres s'éveillèrent sous le regard légèrement moqueur d'Edwin qui les dominait, juché sur un énorme bloc de calcaire blanc.

– Monte jusqu'ici, lança-t-il à Camille. Il y a une surprise pour toi.

Elle prit le temps de s'étirer et se hissa sur le rocher. Elle suivit des yeux la direction indiquée par Edwin et découvrit le sommet d'une aiguille rocheuse que la lumière matinale teintait d'une couleur orangée saisissante. Elle s'élevait à moins de dix kilomètres de l'endroit où ils avaient dormi.

– Le pic du Destin ? s'enquit Camille.

– Ça m'en a tout l'air, répondit Edwin.

– Viens voir, Mathieu !

Camille hélait son frère qui, se réveillant à peine, se frottait les yeux. Il s'empressa de grimper jusqu'à eux.

– Nous y sommes ! lui révéla-t-elle.

– Tu crois qu'il y aura des gardes ? demanda Mathieu.

Le maître d'armes haussa les épaules.

– Pourquoi y en aurait-il ? Si Altan et Élicia sont là, ce n'est pas à cause des Alines. Ils n'ont aucune raison de surveiller un rocher, depuis sept ans.

– Tu oublies, lui rappela Camille, qu'hier Éléa Ril' Morienval se trouvait sur un navire pirate !

– Exact, admit Edwin. Approcher le pic du Destin risque de ne pas être aussi facile que je le pensais, mais nous n'avons qu'une manière de nous en assurer...

Mathieu se tenait immobile. L'aiguille, dressée comme une promesse, finissait de le convaincre que ce qu'il vivait était bien réel.

5

Éléa Ril' Morienval est entrée dans la légende sous les traits de la traîtresse. Elle était fourbe, ambitieuse et sans scrupules, mais elle n'en est pas moins la première à avoir établi des relations avec les Alines...

Doume Fil' Battis, chroniqueur de l'Empire

Ils prirent un copieux petit déjeuner bien qu'ils aient jugé prudent, d'un commun accord, de ne pas allumer de feu, puis levèrent le camp. La progression à travers l'île s'avéra moins difficile que prévu. Des sentiers, certainement tracés par des siffleurs sauvages, permettaient de franchir les barres rocheuses. Quant aux éboulis, ils étaient plus spectaculaires de loin que de près. La matinée touchait à sa fin lorsqu'ils découvrirent la dépression.

C'était une immense cuvette entièrement constituée de sable allant du jaune soutenu à l'orange presque rouge, ravinée de milliers de sillons dus à l'écoulement des eaux de pluie.

En son centre, distant d'une centaine de mètres, s'élevait une impressionnante aiguille rocheuse à la forme tourmentée, au sommet de laquelle se détachait l'ouverture sombre d'une grotte. Camille sentit son souffle s'accélérer.

Elle se préparait à parler, lorsqu'une forme se matérialisa devant ses pieds et se mit à couiner.

– Le chuchoteur ! s'exclama-t-elle. Il est revenu !

Elle se pencha pour attraper la boule de fourrure grise qui commença à ronronner.

– Tu es là pour m'apporter un message ou pour me souhaiter la bienvenue ? lui demanda-t-elle.

Ses amis avaient déjà entendu parler de la bestiole, ils se rapprochèrent pour l'observer. Alors, comme s'il avait attendu que l'auditoire soit au complet, le chuchoteur dessina. Même ceux qui n'avaient pas le don perçurent ce qui se déroulait.

– C'est ma mère, murmura Camille.

Les mots que le chuchoteur transportait étaient sur le point de basculer dans la réalité, lorsqu'il émit un cri aigu. Ses membres se tendirent, il se contorsionna dans les mains de Camille tandis qu'une goutte écarlate perlait au coin de sa bouche. Il s'immobilisa enfin, les membres raidis par une courte mais affreuse agonie.

Camille le contempla fixement un instant puis leva des yeux embués de larmes vers ses compagnons.

– Que s'est-il passé ? balbutia-t-elle.

Ellana lui ôta le chuchoteur mort des mains, alors que maître Duom prenait la parole d'une voix empreinte d'inquiétude.

– J'ai senti un autre dessin. Juste avant que le chuchoteur ne périsse. J'ai peur de ce que cela peut signifier…

D'un même geste, Edwin et Siam tirèrent leur sabre et firent décrire à leur pointe un tour complet d'horizon. Le paysage était parfaitement désert, le silence troublé seulement par des chants d'oiseaux.

– Un dessinateur a tué le chuchoteur ? s'inquiéta Mathieu. Vous pensez à Morienval ?

– Je ne peux l'affirmer, répondit l'analyste, mais c'est probable…

– Je ne vois rien, annonça Edwin, toutefois une armée pourrait se cacher derrière ces rochers sans qu'on en ait conscience. Reprenons la route.

Devenus graves, ils entamèrent leur descente dans la cuvette. Ils glissaient dans le sable et furent rapidement couverts de poussière ocre. Redoutant d'être assaillis, Siam et Edwin n'avaient pas rengainé leurs armes, Maniel et Bjorn avaient sorti les leurs. Ils atteignirent pourtant sans encombre le pied de l'aiguille rocheuse.

– Eh bien voilà, lança Salim en tendant la main.

Juste avant d'effleurer la pierre, il fut arrêté par un écran invisible semblable à celui qui fermait la Vigie.

– Ce doit être la protection dont je vous ai parlé, expliqua Ellana en échouant elle aussi à approcher la pierre. Nous touchons au but.

– Vous touchez surtout à votre fin !

La voix avait résonné, amplifiée à l'extrême, et ils sursautèrent violemment avant de scruter les alentours.

Tout d'abord, personne ne se manifesta, puis une silhouette apparut au sommet de l'escarpement qu'ils venaient de descendre.

– Morienval ! cracha Camille. Je reconnaîtrais son allure de serpent à des kilomètres !

– Gagné ! répondit la Sentinelle.

Elle était loin de l'aiguille, mais sa voix arrivait sans peine jusqu'à eux, et elle les entendait sans difficulté. La rage envahit Camille qui se lança dans les Spires...

... pour en être immédiatement expulsée !

– Leçon numéro un, railla Éléa Ril' Morienval. L'arrivée de tes parents ici résulte d'un mélange assez étonnant du pouvoir ts'lich, de leurs propres volontés et d'un coup de pouce personnel. Les Spires en ont été pas mal contrariées et dessiner ici est devenu impossible.

Pendant un instant, Camille essaya de se frayer un passage vers l'Imagination, mais dut rapidement renoncer. La Sentinelle disait vrai.

Comme si elle avait attendu qu'elle ait admis cette vérité, Éléa Ril' Morienval reprit :

– Leçon numéro deux. Là où je me trouve, l'utilisation du pouvoir reste possible. Votre aventure est bientôt terminée, mais pour l'un d'entre vous, elle s'achève tout de suite !

Elle fit un geste de la main et une flèche apparut à moins de cinq mètres de la poitrine d'Edwin. Elle filait à une vitesse hallucinante, totalement imparable. Edwin n'eut que le temps de battre des paupières, mais Ellana fut plus rapide que le trait meurtrier. Elle bondit si vite que son geste parut presque flou aux yeux de Camille.

Elle réussit à se placer devant Edwin, et eut un hoquet lorsque la flèche s'enfonça dans sa poitrine. Sous l'impact, elle fut projetée en arrière et bascula dans les bras du maître d'armes, qui la retint le plus délicatement possible avant de l'allonger sur le sol.

Le rire d'Éléa Ril' Morienval retentit, sauvage et méprisant.

– J'avais un compte à régler avec toi, Frontalier... mais le hasard arrange bien les choses. Je suis sûre que tu souffres davantage que si tu avais reçu toi-même cette flèche !

Edwin ne l'écoutait pas. Il était penché sur Ellana qui respirait avec difficulté. Elle avait les traits tirés par la douleur, une écume rosée pointait aux coins de ses lèvres.

– Ça fait trois fois, articula-t-elle avec peine. Je t'ai sauvé trois fois la vie. Je tiens toujours parole...

– Chut, ne parle pas... murmura Edwin.

Ellana leva une main tremblante jusqu'à son visage, qu'elle caressa doucement.

– Si je ne parle pas maintenant, tu n'es pas prêt de m'entendre à nouveau, chuchota-t-elle en grimaçant. Viens plus près, que je te dise la suite.

Edwin serra les dents si fort que les muscles de ses mâchoires saillirent. Il se pencha et approcha son oreille de la bouche de la jeune femme.

Nul autre n'entendit ce qu'elle lui confia, mais lorsqu'il se redressa, son regard brillait.

– Moi aussi, énonça-t-il simplement. Moi aussi.

Ellana eut un sourire qui illumina son visage, et elle ferma doucement les yeux.

– Non ! Non ! Espèce de monstre ! vociféra Bjorn. Tu vas payer !

Il se précipita vers Éléa Ril' Morienval en faisant tournoyer sa hache.

– Attends ! lui cria Siam.

Mais le chevalier n'était pas décidé à écouter quiconque. Aveuglé par la rage, il n'avait qu'un désir : tuer la Sentinelle. Il avait parcouru la moitié de la distance lorsque des dizaines de silhouettes armées se dressèrent près d'elle.

– Leçon numéro trois, lança la dessinatrice. Les ennemis de mes ennemis sont mes amis. Les Alines n'ont pas apprécié que vous détruisiez trois de leurs navires. Ils meurent d'envie de vous le faire payer.

En poussant des hurlements, les guerriers barbus dégringolèrent la pente en direction de Bjorn.

– Par le sang des Figés ! jeta Maniel avant de s'élancer pour prêter main-forte à son ami.

Il n'eut pas le temps d'arriver jusqu'à lui.

Un mouvement d'air impressionnant souleva soudain des nuages de sable et une masse incroyable, aussi haute qu'une maison, atterrit à côté de Bjorn.

– Le héros de la Dame ! hurla Camille. Le Dragon !

La créature se tenait accroupie au milieu de la cuvette, ses ailes repliées contre son corps titanesque, son long cou reptilien pointé en direction des pirates alines.

Ceux-ci arrêtèrent leur course dans une série de dérapages catastrophés. Des cris de terreur incrédule s'élevèrent, et les sauvages guerriers firent demi-tour dans une panique qui frôlait l'hystérie.

Avec un grognement assourdissant, le Dragon ouvrit une gueule aussi large que la porte d'une grange. Un jet de flammes long de vingt mètres en jaillit. Il frôla la tête des fuyards, accélérant encore leur débandade. En quelques secondes, les pirates disparurent derrière la crête, entraînant Éléa Ril' Morienval avec eux.

Le Dragon baissa son regard vers Bjorn.

Le chevalier paraissait minuscule sous la masse écrasante qui le surplombait et, malgré son courage, il se sentit aussi insignifiant qu'un moucheron devant un tigre. Il avala sa salive avec difficulté.

Les yeux immenses et mordorés qui le fixaient le clouaient sur place, l'empêchant de prendre la fuite, ce qu'il aurait souhaité par-dessus tout. La voix qui résonna à l'intérieur de son crâne le fit sursauter.

– *Voilà deux fois que mon feu te sauve la vie, petit bonhomme !*

Depuis qu'il était sorti de l'enfance, jamais personne ne l'avait appelé ainsi, mais Bjorn n'envisagea pas de se formaliser. Il esquissa un piètre sourire.

– Merci, euh... monsieur... balbutia-t-il.

Maniel avait arrêté de courir lorsque le Dragon s'était posé, et contemplait la scène avec stupéfaction. Il n'avait plus la moindre envie de voler au secours de son ami.

– *Ne me remercie pas, c'était un souhait de ma Dame.*

Comme s'il avait énoncé une vérité première, et que toute discussion devenait inutile, l'être titanesque se redressa. Les muscles colossaux de ses pattes se tendirent, ses ailes se déplièrent à moitié, manquant écraser Bjorn qui dut reculer de trois pas. Il se préparait d'évidence à prendre son envol, lorsqu'un cri le retint.

– Attendez !

Le Dragon tourna la tête. Camille courait dans sa direction. Elle s'approcha de l'immense créature jusqu'à poser la main sur le cuir parcheminé de sa peau.

– *Je te reconnais, petite mortelle. Tu m'as aidé lorsque les cieux m'étaient interdits. Je suis heureux de te revoir…*

– C'est moi qui, maintenant, me trouve dans la nécessité, le pressa-t-elle.

– *Parle.*

– Mon amie est blessée. Elle va mourir.

– *La vie des humains est brève…*

– NON !

Camille avait hurlé. Une lueur jaune traversa les yeux du Dragon.

– Non, reprit-elle avec force, elle ne doit pas mourir. La Dame m'a sauvée lorsqu'elle avait besoin de moi. Aujourd'hui, elle doit payer sa dette. Il faut qu'elle vienne en aide à Ellana !

Des crocs aussi longs que des sabres étincelèrent, un souffle brûlant balaya le visage de Camille.

– *Personne ne dit à la Dame ce qu'elle doit faire ! Elle vous a aidés hier et je vous ai aidés aujourd'hui. Il n'y a plus de dette !*

Les yeux de Camille s'embuèrent de larmes.

– S'il vous plaît, murmura-t-elle. S'il vous plaît…

Pendant une longue minute, le Dragon ne bougea pas. L'univers entier semblait figé dans une gangue de silence et d'attente. Puis sa longue queue fouetta le sable.

– *Que l'un d'entre vous place ton amie sur mon dos et la tienne fermement. Je l'emmène voir la Dame.*

Camille retint de justesse un cri de joie.

– Bjorn, lança-t-elle, va chercher Ellana. Vite !

Le chevalier réagit instantanément. Il partit en courant et revint aussi vite, accompagné d'Edwin qui tenait Ellana dans ses bras comme si elle avait été de verre. La marchombre avait les yeux fermés, un faible souffle soulevait sa poitrine. La flèche était toujours plantée entre ses côtes.

Camille expliqua brièvement à Edwin la proposition du Dragon.

– Il faut que tu accompagnes Ellana ! conclut-elle.

Edwin hésitait, déchiré entre deux obligations contradictoires.

– Mais j'ai promis de t'assister jusqu'au bout...

– Vas-y, le pressa-t-elle. C'est fini maintenant. Il n'y a plus de danger, nous sommes capables de nous débrouiller. Il vaut mieux que ce soit toi qui la tiennes là-haut.

Edwin la remercia d'un regard éloquent et se tourna vers le Dragon. Il ne broncha pas lorsque la voix de la créature retentit dans son esprit.

– *Ma Dame peut la sauver, mais il faut que nous nous rapprochions d'elle. Auras-tu le courage de monter sur mon dos ? Jamais aucun humain ne s'est vu proposer cela...*

– S'il le fallait, je te combattrais pour elle ! Mais elle est grièvement atteinte, j'ai peur qu'elle ne supporte pas le voyage que tu lui proposes.

– *Je peux veiller à ce que son état n'empire pas. Mon pouvoir est fort, même s'il n'égale pas celui de ma Dame. Sur mon dos, elle ne périra pas, fais-moi confiance.*

– Je te fais confiance. Sache cependant que dessiner ici est impossible et que je tiens à elle autant que toi à ta Dame.

Le Dragon leva sa gueule vers le ciel, et poussa une série de rugissements assourdissants qui s'achevèrent par un impressionnant jet de flammes.

Bjorn recula précipitamment, mais Edwin et Camille ne bronchèrent pas. Ils avaient compris ce qui se passait. Le Dragon riait.

– *Ne profère pas de pareilles bêtises, mortel ! Tu ne comprends rien à ce qui nous unit, la Dame et moi. Et les limites des dessinateurs humains ne me concernent pas. Je vis dans les Spires, je ne les utilise pas. Croire qu'elles pourraient m'être interdites n'a aucun sens. Monte, maintenant, ta compagne est en train de mourir.*

Il déplia son aile gauche qui vint s'étaler sur le sable.

Edwin prit pied sur le cuir épais de la créature. Portant Ellana inconsciente, il marcha sur l'aile jusqu'à atteindre l'épaule du Dragon. Il réussit à s'asseoir derrière une crête osseuse à la base du cou, et serra la jeune marchombre contre lui.

Lorsque le dragon fut certain que ses passagers étaient bien installés, il se propulsa dans les airs. Camille, qui pourtant l'avait déjà vu décoller, resta pantoise devant la puissance sauvage de son envol. Rien d'étonnant à ce qu'il ait pu traverser le toit de l'académie d'Al-Poll !

En une poignée de secondes, la créature ne fut plus qu'un point dans l'azur, puis elle disparut complètement.

Les compagnons se consultèrent en silence. Ils se dirigèrent ensuite vers le pic du Destin. Malgré la lueur d'espoir offerte par le Dragon, la blessure d'Ellana les écrasait d'une chape d'angoisse glacée.

– Leçon numéro quatre. Les Alines sont peut-être des lâches, moi je n'abandonne jamais !

Ils venaient d'atteindre l'aiguille rocheuse et se retournèrent en sursautant. Éléa Ril' Morienval était debout à l'endroit où elle s'était tenue un peu plus tôt. Elle fit de nouveau un geste de la main et une flèche apparut, filant droit sur Camille.

Cette fois-ci, Siam était prête.

Pour rapide que fut le trait, son sabre le fut plus encore et la flèche tomba à ses pieds, sectionnée en deux. Une deuxième subit le même sort, puis une troisième.

Les traits s'enchaînèrent alors, si fulgurants qu'ils en étaient presque invisibles, pourtant Siam les intercepta comme si un sixième sens guidait sa lame. La jeune Frontalière était magnifique, et Camille doutait que personne d'autre soit capable d'accomplir pareil exploit. Il était toutefois évident qu'elle ne pourrait continuer ainsi longtemps.

Éléa Ril' Morienval riait et envoyait flèche sur flèche, visant tour à tour chacun des compagnons. Aucun n'avait la capacité d'éviter ses tirs, seule Siam les maintenait en vie. Ils avaient beau tenter de s'abriter, toujours un trait apparaissait, selon un angle imprévu, dans une position impossible, porteur de mort.

À chaque fois, Siam intervenait et réussissait à le dévier. Elle virevoltait devant eux, véritable feu follet, son sabre formant un barrage que la Sentinelle n'avait pas encore réussi à percer. Ce n'était cependant qu'une question de minutes, peut-être moins…

Siam écarta une dernière flèche du plat de sa lame et, profitant d'une brève accalmie, planta ses yeux dans ceux de Mathieu. Un échange fulgurant se produisit, rendu possible par le lien qui s'était créé entre eux au fil des jours. Un lien beaucoup plus fort que ce qu'ils pouvaient imaginer...

Il comprit ce qu'elle attendait de lui, et sut qu'il en était capable. Il s'avança et posa la main sur son épaule. La suite se déroula comme au ralenti.

Alors qu'Éléa Ril' Morienval dressait le bras pour un nouveau tir, Siam leva son sabre. Au moment où elle l'abattait, Mathieu fit un pas sur le côté.

Il ignorait tout des Spires. Il savait juste qu'il pouvait aller où il voulait quand il le désirait. C'était son seul don, mais il n'avait aucune limite.

La Sentinelle les vit disparaître et, pendant une fraction de seconde, ne comprit pas ce qui se passait. Personne ne pouvait dessiner au pied de l'aiguille...

Le sabre de Siam trancha sa chair, de l'épaule jusqu'à la hanche.

Éléa Ril' Morienval s'effondra.

6

Le pouvoir qu'offre l'Art du Dessin est limité. L'amour, lui, est infini.

Merwyn Ril' Avalon

– Si tu peux faire un pas sur le côté, tu peux nous conduire là-haut...

Camille s'était adressée à son frère et attendait sa réponse, anxieuse.

Mathieu et Siam étaient revenus vers leurs compagnons, main dans la main, comme si ce qui venait de se passer avait entériné leur relation.

– Allons-y, répondit-il simplement.

Camille attrapa son bras et se laissa emporter.

Ils se matérialisèrent au sommet du pic du Destin, devant l'ouverture qu'ils avaient repérée. Camille perçut immédiatement qu'à cette hauteur l'Imagination lui était de nouveau accessible. Elle dessina sa flamme favorite, puis ils pénétrèrent dans la grotte.

C'était une cavité peu profonde, tapissée de sable

fin. L'air y était sec. Une odeur de menthe, totalement incongrue en ce lieu, y flottait.

Altan et Élicia se tenaient tout au fond, immobiles, debout l'un contre l'autre, un sourire mystérieux aux lèvres. Une fine couche de poussière les couvrait, seule preuve du temps qui s'était écoulé depuis qu'ils avaient cessé de bouger. Leurs traits étaient paisibles, empreints, malgré la rigidité qui les figeait, d'une sérénité sans faille.

Pas un frémissement ne parcourut le corps d'Altan quand son fils, doucement, posa la main sur sa poitrine, et Élicia ne broncha pas lorsque Camille écarta une mèche blonde qu'un vent ancien avait repoussée au milieu de son visage.

Ils auraient pu tout aussi bien être morts, ils ne l'étaient pas, ils attendaient.

Depuis des années.

Ils les attendaient, eux, leurs enfants...

Camille s'immergea lentement dans les Spires.

Les liens qui maintenaient ses parents prisonniers avaient été forgés par les êtres les plus redoutables qui soient. Ils étaient complexes, presque indestructibles, mais cela n'avait aucune importance. Elle prit conscience du chemin invisible qu'elle avait suivi pendant des années et qui l'avait conduite jusque dans cette grotte. Elle comprit que jamais elle n'avait été seule. Ils avaient toujours été là, près d'elle. Le dessin qu'elle créa fut à l'image de l'amour qu'ils lui avaient toujours porté.

Puissant.

Irrésistible.

Infini.

Altan et Élicia furent libres.

Sept années de séparation s'évanouirent tout à coup.

Sept années d'immobilité prirent fin, dans un éclat de bonheur limpide.

Ewilan et Akiro tombèrent dans les bras de leurs parents.

Ils restèrent longtemps immobiles, serrés les uns contre les autres. Sans parler.

Puis Élicia fit un pas en arrière, s'écartant de ses enfants pour mieux les contempler. Camille se tourna alors vers elle et un mot franchit ses lèvres. Un mot qu'elle avait désespéré de prononcer un jour.

– Maman…

Ses yeux s'embuèrent, une larme roula sur sa joue.

– Maman !

Elle avait crié. Une angoisse atroce lui broyait l'estomac. Elle haletait.

La force presque surnaturelle qui lui avait permis de franchir tant d'obstacles s'enfuyait d'elle par des milliers de déchirures, la laissant aussi faible qu'un nouveau-né. Élicia la vit pâlir, elle agit comme toutes les mères agissent lorsque leurs enfants ont peur.

Elle la saisit dans ses bras et la serra contre son cœur en lui murmurant de tendres paroles à l'oreille. Elle attendit que les larmes, qui maintenant coulaient à flots, se tarissent et, lorsque Camille, longtemps plus tard, se calma enfin, elle continua doucement à la bercer.

– Je suis là, ma toute petite, je suis là. Je ne te quitterai plus jamais.

7

La fin de la guerre contre les Raïs marque le début d'une nouvelle ère pour l'Empire. Nous sommes restés trop longtemps confinés à l'intérieur de nos frontières. L'heure est venue d'explorer le monde...

Sil' Afian, Allocution lors d'un conseil d'Empire

– Tout va bien, ils se sont retrouvés !

Les paroles de maître Duom furent suivies d'un cri de joie général.

– Vous en êtes sûr ? demanda tout de même Salim.

Le vieil analyste sourit.

– Je viens de recevoir le message d'un ami que je croyais ne plus jamais entendre : Altan, le père d'Ewilan et Akiro. Ils descendront tout à l'heure, pour l'instant ils ont envie de rester en famille. Bon sang, que je suis heureux !

Il attrapa Siam et lui colla deux gros baisers sur les joues. Il empoigna ensuite Maniel qui souriait aux anges et se lança avec lui dans une gigue endiablée.

Siam éclata d'un rire qui redoubla lorsque Bjorn saisit Salim et se mit à tournoyer en le tenant serré contre son cœur.

Camille, Mathieu et leurs parents les rejoignirent alors que le soleil avait franchi une bonne partie de son trajet quotidien. Pendant un long moment, ce ne furent que cris de joie et embrassades. Puis Camille fit les présentations.

– Duom est un vieux compagnon, précisa Altan en souriant, et nous connaissons Siam. Elle était cependant beaucoup plus jeune la dernière fois que nous l'avons vue. Et moins charmante… acheva-t-il en observant son fils.

Celui-ci ne put s'empêcher de rougir un peu, mais le regard qu'il échangea avec la jeune Frontalière en disait plus long que bien des paroles.

– Voici Bjorn et Maniel, commença Camille, les plus valeureux amis que l'on puisse souhaiter avoir. Sans eux, rien n'aurait été possible. Ils sont courageux, loyaux, serviables…

Les deux soldats se dandinaient sur place, gênés par cette pluie de compliments inhabituels. Altan perçut leur trouble et leur donna l'accolade.

– Merci pour tout ce que vous avez fait pour nos enfants et pour nous.

Bjorn balbutia une phrase guère intelligible, tandis que Maniel, rendu muet par l'émotion, se contentait de hocher la tête.

– Et toi tu es Salim…

Élicia s'était approchée du garçon qui se sentit aspiré par une vague d'émotions.

La femme qui lui parlait avait les mêmes yeux que Camille, violets, immenses, lumineux. Elle était belle au-delà de tout ce qu'il avait imaginé, et il y avait tant de douceur sur ses traits qu'il eut soudain envie de pleurer.

– J'ai beaucoup entendu parler de toi, continua-t-elle, pendant ces années où mes rêves furent mon seul contact avec la réalité. Tu es tel que je l'espérais, je suis heureuse que ma fille t'ait choisi.

Salim avala sa salive avec difficulté. Il n'arrivait pas à détacher son regard d'Élicia. Elle était tout ce qu'il n'avait jamais connu, tout ce à quoi il avait toujours aspiré... Il prit conscience qu'il était incapable de se rappeler le visage de sa propre mère et cette découverte l'accabla un peu plus. Comme si elle avait lu en lui, Élicia passa la main sur sa joue.

– Tu nous as, maintenant.

Si les autres ne saisirent pas ce qu'elle disait, Salim, lui, comprit et son avenir se para de couleurs chatoyantes.

Dans la grotte, Camille avait évoqué pour ses parents la blessure d'Ellana. Elle était persuadée que la Dame l'avait sauvée mais le besoin de s'en assurer était impérieux, aussi pressa-t-elle ses compagnons afin qu'ils se mettent en route.

– Il faut sortir de cette cuvette de crotte pour recommencer à dessiner, rappela maître Duom.

L'expression, particulièrement osée dans sa bouche, fit sourire tout le monde.

Ils arrivèrent rapidement au promontoire où s'était tenue Éléa Ril' Morienval lors du dernier assaut. Son corps ne s'y trouvait plus.

Inquiète, Siam tira son sabre, mais ce fut inutile.

Partant de l'endroit où la Sentinelle avait été abattue, une traînée sanglante conduisait à un gros rocher blanc, distant de quelques mètres. Éléa Ril' Morienval y était adossée, toujours vivante. En les voyant, une grimace haineuse déforma ses traits.

– Maudits, jeta-t-elle, vous voilà libres...

En restant sur leurs gardes, ils s'approchèrent.

La blessure que lui avait infligée Siam était affreuse, mais le pouvoir immense qui palpitait en elle l'avait maintenue en vie. Il se pouvait qu'il la sauve complètement.

– Éléa, pourquoi toute cette folie ? murmura Altan. Pourquoi ce gâchis ?

– Tais-toi, tu me donnes envie de vomir avec ton air mièvre et tes paroles compatissantes, cracha la Sentinelle. Je voulais l'Empire. Je voulais l'utiliser pour des conquêtes sans précédent. Savez-vous, pauvres fous qui vous contentez de la médiocrité, que Gwendalavir n'est qu'une infime partie du monde où nous vivons ? Des terres riches nous attendent de l'autre côté des montagnes, de l'autre côté de l'océan. Elles sont habitées, certaines même par des hommes. À la tête des armées impériales, je les aurais conquises. J'aurais été la plus grande.

Éléa Ril' Morienval se tut un instant, comme pour reprendre des forces. Ses yeux croisèrent ceux de Camille, son regard se chargea de haine.

– Tu as tout fait échouer, sale petite peste prétentieuse...

Altan, qui s'était agenouillé, se redressa.

– Venez, dit-il, nous n'avons plus rien à faire ici.

Ses compagnons lui emboîtèrent le pas, et ils s'éloignèrent sans se retourner. Un dernier cri retentit.

– Je me vengerai ! Tu paieras, Ewilan, pour ce que tu as fait !

Élicia s'arrêta. Ses traits s'étaient tendus, ses mâchoires crispées. Dans un chuintement feutré, elle tira une lame effilée d'un fourreau dissimulé contre son mollet. Une froide détermination figeait son visage. Elle faisait demi-tour lorsque Camille lui saisit le bras.

– Où vas-tu ?

Élicia ne répondit pas. Sous ses doigts, Camille sentait des muscles que la résolution rendait aussi durs que l'acier. Siam s'interposa. Elle avait compris ce que venait de décider Élicia ; son code d'honneur la poussait à intervenir.

– Vous ne pouvez pas faire ça ! s'exclama-t-elle. Elle est mourante !

– Elle survivra si je ne la tue pas.

Élicia avait parlé d'une voix sans émotion.

– Elle n'est plus dangereuse, ce serait un meurtre !

Lentement, Élicia se tourna vers la jeune Frontalière, plongeant son regard dans le sien.

– Tu es trop jeune, dit-elle. Trop jeune pour savoir qu'une mère préfère mille fois être une meurtrière plutôt que de voir son enfant menacé par une folle sanguinaire. Un jour, tu comprendras, pour l'heure, laisse-moi suivre mon chemin.

Il y avait tant de force dans la voix de la femme qui lui faisait face que Siam, malgré elle, s'écarta.

À cet instant tous ceux qui possédaient le don se tournèrent vers Éléa Ril' Morienval.

La Sentinelle dessinait, utilisant ses dernières forces pour un pas sur le côté.

– Que… balbutia Camille.

Mais Éléa Ril' Morienval avait disparu, abandonnant derrière elle, comme une malédiction, une large tache écarlate sur le rocher blanc. Plus personne ne parlait. Seul le léger souffle du vent se faisait entendre, ponctué par le crissement de rares insectes invisibles.

Élicia avait fermé les yeux. Elle ne les rouvrit qu'après une longue minute.

– Le sort en est jeté, murmura-t-elle. Nous nous reverrons, Éléa…

Puis elle tourna ostensiblement le dos au rocher, barricadant ses inquiétudes dans un coin secret de son cœur.

– Allons-y, continua-t-elle d'une voix enjouée. Nous avons rendez-vous avec la Dame !

ÉPILOGUE

– Merci !

– *Ce qui nous lie est au-delà des mots, jeune humaine. Nul besoin de phrases entre nous et encore moins de remerciements. Nos chemins se croiseront de nouveau, je le sais, et le jour où je te reverrai sera un beau jour pour moi.*

Camille était debout sur un promontoire rocheux qui s'avançait loin dans l'océan, à l'Extrême-Sud de Gwendalavir.

Ils avaient quitté l'archipel des Alines par un pas sur le côté, chaque dessinateur capable de l'effectuer emmenant un compagnon avec lui. Camille n'avait pas eu un instant de doute en choisissant sa destination. Elle savait où on l'attendait, comme elle savait qu'Ellana était sauve.

À ses pieds, l'eau s'étendait, calme, sombre, insondable. Le dos fuselé de la Dame affleurait à peine à la surface, mais sa tête se dressait loin au-dessus. Ses yeux immenses étaient plantés dans ceux de

Camille et un courant de totale compréhension passait entre elles. Le Dragon, perché sur une falaise, observait la scène, parfaitement immobile. Les compagnons se tenaient à une dizaine de mètres derrière Camille, tandis qu'Edwin et Ellana étaient debout sur la plage en contrebas. Lentement, la Dame s'enfonça sans provoquer le moindre remous et disparut dans les profondeurs.

Le Dragon se laissa alors tomber du haut de la falaise. Juste avant de percuter la surface de l'océan, il déploya ses ailes et remonta en spirale, droit vers le ciel, piquant en direction du soleil couchant. Éblouis, ils ne purent continuer à suivre son vol.

Edwin et Ellana les rejoignirent par un étroit sentier. Lorsqu'ils arrivèrent au sommet du promontoire, Altan et Edwin se donnèrent une longue et chaleureuse accolade.

– Quel bonheur de vous retrouver ! s'exclama Edwin.

Puis il se dégagea, pour se tourner vers Élicia. Elle lui tendit les bras en souriant, il se contenta de lui prendre les mains. Une émotion intense transparaissait sur ses traits d'ordinaire impénétrables.

– Mon ami, déclara-t-elle, comment te remercier de ce que tu as fait pour mes enfants ?

– Je n'ai rien fait d'autre que ce que tu aurais fait pour les miens...

Un sourire énigmatique étirait ses lèvres, mais Élicia ne s'y trompa pas. Elle fit un pas vers Ellana.

– Merci à toi aussi. Je sais quel rôle tu as joué. Sans toi nous ne serions pas libres.

Peut-être était-ce le sang qui coulait dans ses veines, ou alors son pouvoir qui continuait à croître, toujours est-il que Camille entendit les autres paroles prononcées par Élicia. Celles qui n'étaient destinées qu'à Ellana et que la jeune marchombre perçut directement dans son esprit.

– *Tu as beaucoup de chance. C'est un homme aux qualités immenses. J'espère que tu sauras le rendre heureux. Si tu savais combien il le mérite...*

– *Je le sais.*

Camille écarquilla les yeux. Ellana avait répondu à sa mère sans aucune hésitation, comme si elle avait de tout temps manié la délicate technique du discours silencieux. Quels autres secrets la marchombre pouvait-elle donc dissimuler ?

Mais déjà Ellana poursuivait :

– *Tu as longtemps été au cœur de ses rêves...*

– *Tu m'y as remplacée !*

– *Il est rare que je n'obtienne pas ce que je désire...*

Élicia éclata de rire à la surprise des autres, inconscients de l'échange qui venait d'avoir lieu.

– Je te crois, répondit-elle à haute voix. Tous mes vœux t'accompagnent.

Bjorn crut qu'elle parlait de la miraculeuse guérison d'Ellana et frappa des mains.

– Des parents qui réapparaissent après des années d'exil ! s'exclama-t-il. Une amie qui revient des portes de la mort ! Je ne vois qu'un banquet pour fêter ça !

La nuit était venue.

D'un commun accord, ils avaient décidé de ne pas rentrer immédiatement à Al-Jeit. Ils avaient prévenu Sil' Afian qu'ils avaient envie de célébrer entre eux l'aboutissement de la quête, avant de retrouver la capitale. Bjorn et Maniel avaient coupé assez de bois pour faire rôtir un bœuf et préparaient avec les moyens du bord un repas qui promettait d'être succulent. Camille et Salim étaient assis dans l'herbe au sommet d'une éminence qui surplombait l'immense feu de joie.

– C'est drôle de se dire que tout est fini, remarqua doucement Salim.

– Oui, acquiesça Camille, sauf que rien n'est jamais fini.

– Et avec d'autres mots, ma vieille, ça donne quoi ?

– Eh bien, notamment que nous allons devoir nous habituer à vivre dans la même maison, avec les mêmes parents et que rien que cela représente une aventure...

– Agréable à entendre...

– Ne fais pas ta mauvaise tête, Salim, tu as très bien saisi ce que je voulais dire !

– Bon d'accord, mais ça va nous changer des Raïs, des Ts'liches, des mercenaires, des traîtres, des pirates, des...

– J'ai compris, Salim !

– Des goules, des ogres, des tigres, des gommeurs, des...

– Des loups ?

– Ça, ce n'est pas rigolo, ma vieille, grommela Salim.

Camille lui sourit.

– Si nous avons vraiment envie d'aventures, reprit-elle, nous pourrons toujours nous préoccuper de ce qu'a révélé Éléa Ril' Morienval.

– Explorer des terres inconnues ?

– Pourquoi pas ? Elle a laissé entendre que des hommes vivaient ailleurs que dans l'Empire. Ce serait palpitant de partir à leur recherche. Mais avant, nous aurons un tas d'occasions de faire la fête.

– À quoi penses-tu ?

– À tous ces couples qui se sont formés ou retrouvés en quelques mois. Mes parents, Edwin et Ellana, Mathieu et Siam aussi.

– Et qui d'autre ? la pressa Salim.

– C'est tout.

– C'est tout ?

– Ben oui, c'est tout. C'est déjà pas mal, non ?

Il y eut un lourd silence. Salim avait du mal à cacher sa déception. Il soupira et Camille éclata de rire. Elle lui donna une tape sur l'épaule.

– Salim, espèce de mollusque, il faut savoir lire dans les yeux des filles, pas seulement écouter leurs paroles !

Salim sursauta.

– Tu veux dire que…

La voix de Bjorn monta jusqu'à eux :

– Le repas est prêt, les amoureux !

– Tu vois, même Bjorn s'en est aperçu, se moqua-t-elle. Alors, qu'en dis-tu ? Je ne te suffis pas comme aventure ?

Salim se leva d'un bond.

– Ma vieille, tu es la seule aventure que j'ai vraiment envie de vivre ! Tu le sais, tu l'as toujours su et cela ne changera jamais !

Main dans la main, ils dévalèrent la colline vers le feu de camp et vers leur avenir.

GLOSSAIRE

Akiro Gil' Sayan

Nom alavirien de Mathieu Boulanger. Akiro a quitté Gwendalavir lorsqu'il avait onze ans et n'a plus de souvenirs de ses origines. Fils adoptif de la famille Boulanger, âgé maintenant de dix-huit ans, il est passionné de peinture et inscrit aux Beaux-Arts de Paris.

Alaviriens

Habitants de Gwendalavir.

Alines

Pirates humains vivant dans l'archipel du même nom dans le Grand Océan du Sud, les Alines pillent Gwendalavir depuis des siècles et interdisent à l'Empire de s'aventurer sur les mers.

Altan Gil' Sayan

Une des Sentinelles les plus puissantes de Gwendalavir. Il est le père d'Ewilan et d'Akiro. Il a disparu en tentant de déjouer un complot contre l'Empire.

Artis Valpierre

Rêveur de la confrérie d'Ondiane, Artis est un homme d'une grande timidité, peu habitué à côtoyer des non-rêveurs.

Comme tous ceux de sa guilde, il possède le don de guérison.

Bjorn Wil' Wayard

Bjorn, qui a trente-deux ans lorsqu'il rencontre Ewilan pour la première fois, a passé l'essentiel de sa vie à rechercher les quêtes épiques et à éviter les questions embarrassantes.

Cela ne l'empêche pas d'être un chevalier, certes fanfaron, mais également noble et généreux.

Bjorn est un expert de la hache de combat et des festins bien arrosés.

Camille Duciel

Voir Ewilan Gil' Sayan.

Chiam Vite

Chiam est un Faël, un redoutable tireur à l'arc et un compagnon plein de verve et de piquant.

Il adore se moquer des humains et de leur lourdeur, mais il fait preuve d'une solidarité sans faille envers ses amis alaviriens.

Chuchoteurs

À peine plus gros qu'une souris, les chuchoteurs sont de petits rongeurs qui possèdent la capacité de faire le pas sur le côté.

Ils sont utilisés par les dessinateurs accomplis pour transmettre des messages.

Coureurs

Oiseaux incapables de voler et hauts d'une cinquantaine de centimètres, les coureurs vivent dans les plaines alaviriennes où ils creusent de profonds terriers. Leur chair est un mets de choix en Gwendalavir.

Dames

Les dames sont des cétacés géants qui règnent sur les eaux de Gwendalavir. La Dame est une immense baleine grise qui possède un pouvoir supérieur à celui des dessinateurs alaviriens.

Duom Nil' Erg

Analyste célèbre pour son talent et son caractère épineux, Duom Nil' Erg a testé des générations de dessinateurs, définissant la puissance de leur don et leur permettant de l'utiliser au mieux. Ses capacités de réflexion et sa finesse d'esprit ont souvent influencé la politique de l'Empire.

Edwin Til' Illan

Un des rares Alaviriens à être entré, de son vivant, dans le grand livre des légendes. Edwin Til' Illan est considéré comme le guerrier absolu. Maître d'armes de l'Empereur, général des armées alaviriennes, commandant de la Légion noire, il cumule les titres et les prouesses tout en restant un personnage très secret.

Éléa Ril' Morienval

Cette Sentinelle, aussi puissante qu'Élicia et Altan Gil' Sayan, est une figure ténébreuse. Son ambition et sa soif de pouvoir sont démesurées. Son absence de règles morales en fait une redoutable adversaire.

Élicia Gil' Sayan

Élicia est la mère d'Ewilan.

Sa beauté et son intelligence ont failli faire d'elle l'Impératrice de Gwendalavir, mais elle a choisi d'épouser Altan.

Élicia et Altan ont disparu en tentant de déjouer un complot contre l'Empire.

Elis Mil' Truif

Maître dessinateur et professeur connu pour avoir rédigé un imposant traité destiné aux élèves dessinateurs de l'Académie d'Al-Jeit.

Ellana Caldin

Jeune marchombre rebelle et indépendante.

Au sein de sa guilde, Ellana est considérée comme un prodige marchant sur les traces d'Ellundril Chariakin, la mythique marchombre.

Elle a toutefois conservé une fraîcheur d'âme qui la démarque des siens.

Enjôleuse d'Hulm

Plante insectivore qui attire ses proies en chantant.

Ewilan Gil' Sayan

Nom alavirien de Camille Duciel.

Surdouée, Camille a de grands yeux violets et une forte personnalité.

Adoptée pour son plus grand malheur par les Duciel, elle est en fait la fille d'Altan et Élicia, et possède le Don du Dessin dans sa plénitude.

Quand elle retrouve l'Empire de Gwendalavir, il lui appartient de le sauver de la menace ts'liche.

Faëls

Les Faëls, alliés de l'Empire, vivent à l'ouest de la forêt de Baraïl. Ils forment une race éprise de liberté et d'individualisme. De petite taille, réputés pour leur souplesse et leur rapidité, ils sont de farouches combattants, ennemis héréditaires des Raïs.

Françoise Duciel

Mère adoptive de Camille. Françoise Duciel est une personne égocentrique, maniérée et suffisante.

Gobeurs d'Ombreuse

Lézards insectivores à la langue préhensile.

Gommeurs

Arthrobatraciens ressemblant au croisement d'un crapaud et d'une limace.

Ils sont utilisés par les mercenaires du Chaos pour leur capacité à bloquer l'accès aux Spires de l'Imagination.

Goules

Créatures humanoïdes malveillantes et quasi invulnérables, vivant sur les plateaux d'Astariul.

Les goules sont rares, mais elles alimentent bon nombre des légendes sombres de Gwendalavir.

Gwendalavir

Principal territoire humain sur le deuxième monde. Sa capitale est Al-Jeit.

Hal Nil' Bround

Patron du navire l'*Algus Oyo*.

Hander Til' Illan

Seigneur des Frontaliers, père d'Edwin et de Siam, Hander Til' Illan est le deuxième personnage de l'Empire.

Doté d'un charisme impressionnant, il dirige les Marches du Nord d'une main de fer.

Hans

Soldat de l'Empire, sous les ordres de Saï Hil' Muran, seigneur de la cité d'Al-Vor.

Hervé Duciel

Ami défunt de la famille Boulanger. Hervé Duciel était un célèbre photographe, frère de Maxime Duciel, le père adoptif de Camille.

Holts Kil' Muirt

Sentinelle alavirienne et compagnon d'Eléa Ril' Morienval.

Iaknills

Appelés aussi Êtres de feu.

Les Iaknills vivent dans les entrailles souterraines de Gwendalavir. Ils sont à l'origine du massacre qui a conduit à l'évacuation d'Al-Poll.

Ilian Polim

Maître navigateur.

Patron de la *Perle de Chen*.

Inspecteur Franchina

Inspecteur de police, chargé de l'enquête sur la disparition de Camille et Salim.

Ivan Wouhom

Marchand de graines alavirien, vivant dans la région d'Al-Vor.

Légion noire

Troupe d'élite de l'Empire.

Madame Boulanger

Mère adoptive de Mathieu.

Mademoiselle Nicolas

Professeur de français de Camille et Salim.

Maître Carboist

Maître rêveur.

Supérieur de la confrérie d'Ondiane.

Comme tous les rêveurs de haut rang, maître Carboist joue un rôle politique important en tant que conseiller du seigneur d'Al-Vor.

Maniel

Soldat de l'Empire sous les ordres de Saï Hil' Muran, seigneur de la cité d'Al-Vor.

Maniel est un colosse au caractère doux et sociable.

Marcheurs

Créatures arachniformes hautes de plus d'un mètre, venimeuses et agressives, capables de faire le pas sur le côté.

Elles vivent dans la chaîne du Poll, mais sont parfois utilisées par les Ts'liches pour accomplir des missions.

Marchombres

Les marchombres ont développé d'étonnantes capacités physiques basées essentiellement sur la souplesse et la rapidité.

Ils partagent une même passion de la liberté et rejettent toute autorité, même si leur code de conduite est très rigoureux.

Mathieu Boulanger

Voir Akiro Gil' Sayan.

Maxime Duciel

Père adoptif de Camille, Maxime Duciel est un homme d'affaires infatué et égoïste.

Mentaï

Guerrier au statut élevé dans la hiérarchie des mercenaires du Chaos et possédant le Don du Dessin.

Mercenaires du Chaos

Les mercenaires du Chaos vivent dans la clandestinité. Ils haïssent toute forme de loi autre que la leur et ont pour objectif final l'anéantissement de l'Ordre et de la Vie.

Ils sont l'un des grands dangers qui menacent l'Empire.

Merwyn Ril' Avalon

Le plus célèbre des dessinateurs.

Merwyn mit fin à l'Âge de Mort en détruisant le premier verrou ts'lich dans l'Imagination et contribua à la naissance de l'Empire. Il est au cœur de nombreuses légendes alaviriennes.

Navigateurs

Les navigateurs utilisent leur Art pour faire avancer leurs bateaux à aubes, ces grands navires qui parcourent les fleuves alaviriens, principalement le Pollimage.

Ogres

Mammifères bipèdes carnivores, semi-intelligents et agressifs, pouvant mesurer trois mètres de haut.

Les ogres vivent en clans et sont redoutables.

Paul Verran

Clochard parisien passionné de lecture.

Raïs

Aussi appelés les guerriers cochons.

Race non humaine, manipulée par les Ts'liches et ennemie jurée de l'Empire, les Raïs peuplent un immense royaume au nord de Gwendalavir.

Ils sont connus pour leur bêtise, leur malveillance et leur sauvagerie.

Rêveurs

Les rêveurs vivent en confréries masculines et possèdent un Art de la guérison dérivé du Dessin qui peut accomplir des miracles.

Saï Hil' Muran

Seigneur de la cité d'Al-Vor.

Saï Hil' Muran commande les armées impériales dans les plaines du Nord face aux Raïs.

Salim Condo

Ami de Camille. Salim, d'origine camerounaise, est un garçon joyeux, doté d'une vitalité exubérante, et un gymnaste accompli. Il est prêt à suivre Camille jusqu'au bout du monde. Ou d'un autre…

Siam Til' Illan

Jeune Frontalière, sœur d'Edwin, Siam est une guerrière accomplie dont le sourire avenant cache une redoutable efficacité au sabre et une absence totale de peur lors des combats.

Siffleurs

Ongulés de la taille d'un daim vivant à l'état sauvage, mais également élevés pour leur viande et leur peau par les Alaviriens.

Sil' Afian

Empereur de Gwendalavir, Sil' Afian est un ami d'Edwin et des parents d'Ewilan. Son palais se trouve à Al-Jeit, la capitale de l'Empire.

Thuy

Vieux Frontalier, guérisseur à la Citadelle.

Tigres des prairies

Redoutables félins dont le poids peut dépasser deux cents kilos.

Ts'liches

« L'ennemi ! » Race non humaine ne comportant plus que quelques membres.

Des créatures effroyablement maléfiques.

LE « MAKING OF »

par Pierre Bottero

Derrière l'écriture et la publication d'une trilogie comme *La Quête d'Ewilan* il y a une impressionnante somme de travail mais aussi de plaisir. Et beaucoup de complicité entre l'auteur et l'éditeur.

À chaque étape, nous avons discuté, réfléchi, privilégié des pistes, traqué fautes et incohérences. Nous avons également échangé, plaisanté, déliré, et c'est ainsi qu'en marge des aventures d'Ewilan s'est dessiné un autre monde. Le monde des coulisses de l'écriture, dont voici quelques morceaux choisis...

ENTRETIEN AVEC DUOM NIL' ERG

Un de nos journalistes, Jack Maldosh, a eu la chance, la joie et l'honneur de rencontrer Duom Nil' Erg, un des principaux personnages de *La Quête d'Ewilan*. Le célèbre analyste s'est prêté au jeu des questions et des réponses qui est intégralement retranscrit ci-dessous.

Jack Maldosh : Bonjour, maître Nil' Erg, et merci d'avoir accepté le principe de cette entrevue.
Duom Nil' Erg : Bonjour. Pour ce qui est de ma collaboration, je n'ai pas eu le choix !
Jack Maldosh : Que voulez-vous dire ?
Duom Nil' Erg : Malgré les assertions de l'auteur, fort contestables d'ailleurs, nous, les personnages, avons très peu de liberté. Le libre arbitre est un concept qui n'existe pas d'où je viens. Vous êtes, je n'en doute pas, un homme charmant mais, voyez-vous, après plus de neuf cents pages de *La Quête*

d'Ewilan, j'aurais volontiers échangé cet entretien contre un bain chaud suivi d'un massage.
Jack Maldosh : Je comprends...
Duom Nil' Erg : Ellana ou Siam.
Jack Maldosh : Pardon ?
Duom Nil' Erg : Pour le massage. Ellana ou Siam... Plutôt Siam en fait... Elle me plaît bien, cette petite...
Jack Maldosh : Euh... maître Nil' Erg, *La Quête d'Ewilan* fut-elle une aventure aussi extraordinaire qu'on le raconte ?
Duom Nil' Erg : Vous n'avez pas lu la trilogie ?
Jack Maldosh : Si, bien sûr, mais j'aurais souhaité avoir votre avis personnel.
Duom Nil' Erg : Eh bien, je dois avouer que ce ne fut pas de tout repos. Certains moments ont été très difficiles.
Jack Maldosh : Les Ts'liches ? Les mercenaires du Chaos ?
Duom Nil' Erg : Non, l'odeur !
Jack Maldosh : L'odeur ?
Duom Nil' Erg : Oui, l'odeur ! Bjorn sent atrocement mauvais des pieds.
Jack Maldosh : Ah... Pouvez-vous nous parler de la fuite dans la forêt, ce moment dramatique où, si je ne m'abuse, vous avez failli être victime d'une crise cardiaque ?
Duom Nil' Erg : Du cinoche !
Jack Maldosh : Qu'entendez-vous par là ?
Duom Nil' Erg : L'auteur avait besoin d'un vieil analyste, sage et cacochyme. J'étais le seul analyste disponible, je suis sage mais, manque de bol, je pète la forme. À titre anecdotique, je vous signale que je

participerai en juin prochain au marathon d'Al-Jeit. Pour la scène à laquelle vous faites allusion, j'ai joué la comédie, ce qui est, somme toute, assez logique vu que je suis payé pour ça. Si j'avais mis la pêche, les Raïs ne nous rattrapaient pas et tout le chapitre partait en... euh... s'effondrait. L'auteur ne me l'aurait pas pardonné.

Jack Maldosh : Je vois... Que pouvez-vous nous révéler de vos relations avec l'auteur justement ?

Duom Nil' Erg : C'est un brave gars un peu monomaniaque.

Jack Maldosh : Mais encore ?

Duom Nil' Erg : Plus de deux ans à écrire *La Quête d'Ewilan*, le jour, la nuit, à passer des heures pendu au téléphone avec son éditrice, à quasiment dormir avec son ordinateur... Je n'aurais pas aimé être à la place de sa femme !

Jack Maldosh : Mais en ce qui concerne vos relations avec lui ?

Duom Nil' Erg : Joker ! Je suis encore sous contrat !

Jack Maldosh : Et avec les autres personnages ?

Duom Nil' Erg : Ça dépend... J'aime beaucoup Salim qui est un garçon plein d'humour. J'ai un faible pour Ellana et Siam, je vous l'ai déjà dit. Maniel est un brave homme et Bjorn, l'odeur de ses pieds mise à part, a peu de vrais défauts. En fait, Edwin est le seul que je ne supporte pas.

Jack Maldosh : Ah bon ? Edwin est pourtant un héros.

Duom Nil' Erg : Vous voulez dire un dictateur intransigeant, prétentieux et pas très futé ! Tous ses titres lui sont montés à la tête, il est imbuvable. Tenez, rien qu'à l'évoquer j'ai des plaques rouges

qui me viennent sur les bras. Parlons de quelqu'un d'autre, voulez-vous.
Jack Maldosh : Ewilan ?
Duom Nil' Erg : Une sacrée petite ! Avec des yeux à faire voler les poissons ! Dans quelques années, il y aura du remue-ménage sur son passage… Jean-Louis Thouard, vous savez, l'illustrateur, l'avait dessinée avec deux trois ans de plus que ce qui était écrit dans l'histoire ; cet abruti d'auteur l'a trouvée pas assez… enfin trop… Jean-Louis a dû rectifier. Dommage…
Jack Maldosh : Et ses qualités de dessinatrice ? Son Don est tout de même plus important que son physique ?
Duom Nil' Erg : Sans commentaire.
Jack Maldosh : Comment ça ? Ewilan est la meilleure dessinatrice de Gwendalavir !
Duom Nil' Erg : C'est ce que prétend l'auteur…
Jack Maldosh : Vous insinuez que…
Duom Nil' Erg : Je n'insinue rien du tout !
Jack Maldosh : Mais…
Duom Nil' Erg : Écoutez ! Si j'avais eu des yeux violets et un peu plus de cheveux, vous seriez sans doute en train de m'interroger sur *La Quête de Duom* ! J'espère que ça vous suffit comme explications parce que je n'ai pas l'intention de vous en révéler davantage. Je n'ai pas envie d'avoir des ennuis avec l'auteur.
Jack Maldosh : D'accord. Maître Nil' Erg, vous êtes analyste. Pouvez-vous parler de votre métier ?
Duom Nil' Erg : Volontiers. Un analyste a deux fonctions principales. Il teste le pouvoir des dessinateurs potentiels et assure la transmission des messages diffusés grâce au Don. Je vous signale tout de même

que ces explications figurent dans la trilogie. Vous pourriez être plus attentif...

Jack Maldosh : Je vous prie de m'excuser... Une dernière question. Votre rôle ne semble pas se limiter à celui du vieux sage. Vous êtes souvent mêlé à des scènes dont la dimension comique est flagrante. Je pense notamment au moment où Salim vous appelle papi.

Duom Nil' Erg : Je vois de quelle scène vous voulez parler.

Jack Maldosh : Votre caractère paraît alors s'adoucir, vous devenez presque tendre. Doit-on comprendre qu'en vous appelant papi on libère en vous une vague de bienveillance ?

Duom Nil' Erg : Essayez... Je cours le marathon, mais je suis aussi champion vétéran toutes catégories de boxe thaï...

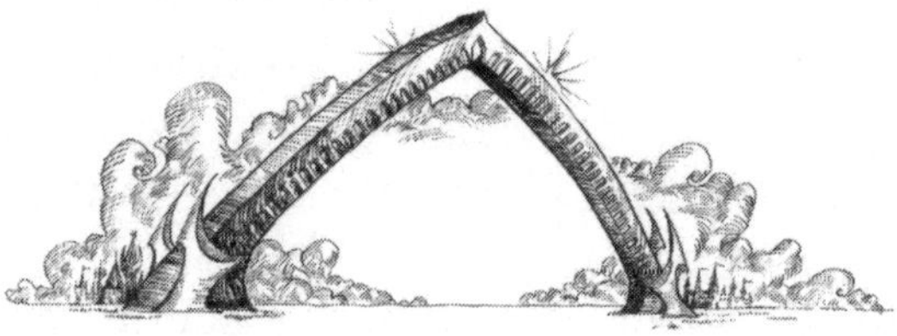

ENTRETIEN AVEC ELLANA CALDIN

Encouragé par l'accueil de maître Duom Nil' Erg, Jack Maldosh est allé frapper à la porte d'Ellana Caldin. La célèbre marchombre s'est prêtée de bonne grâce au jeu des questions-réponses. Reportage !

Jack Maldosh : Mademoiselle Caldin, bonsoir.
Ellana Caldin : Bonsoir Jack.
Jack Maldosh : Je dois vous avouer que je suis particulièrement ému. Malgré toutes les sollicitations dont vous êtes l'objet, vous avez accepté cette interview sans hésiter, me faisant même l'insigne honneur de me recevoir chez vous. Je n'ai pas tous les jours l'occasion d'interroger une star telle que vous...
Ellana Caldin : Vous exagérez, Jack. Je ne suis pas une star et il n'y a rien d'exceptionnel à ce que je vous reçoive ici.
Jack Maldosh : Mademoiselle Caldin...
Ellana Caldin : Appelez-moi Ellana, je vous en prie.

Jack Maldosh : Volontiers. Ellana, le but de cet entretien est évidemment de satisfaire la curiosité de vos nombreux admirateurs. Ils meurent d'envie d'en savoir davantage sur vous et la question la plus fréquente concerne, bien sûr, votre plastique très, euh... troublante... et vos étonnantes capacités physiques. Quel est votre secret ?
Ellana Caldin : Il tient en une formule : un mental de fer dans un corps d'enfer !
Jack Maldosh : Joli ! Pouvez-vous développer ?
Ellana Caldin : Je cours deux heures tous les matins, je mange bio, je pratique le taï chi, l'aïkido et le tir à l'arc mais aussi l'escalade, la natation et le parapente. J'ai un doctorat en philosophie et un autre en ethnologie. Je parle couramment cinq langues et j'en comprends une dizaine d'autres. Je ne fume pas, bien entendu, et réserve l'alcool aux grandes occasions. Voilà tout.
Jack Maldosh : Quelle modestie ! Vous êtes étonnante !
Ellana Caldin : Merci.
Jack Maldosh : Ellana, la question suivante risque de vous paraître indiscrète et je ne voudrais pas que...
Ellana Caldin : Posez votre question, Jack, nous verrons ensuite ce que j'en pense.
Jack Maldosh : Bien. Dès le premier tome, il me semble que s'esquissent, entre vous et Edwin, les bases d'une relation euh... comment pourrais-je dire ?
Ellana Caldin : Amoureuse ?
Jack Maldosh : C'est cela ! Ai-je bien lu à travers les lignes ?

Ellana Caldin : Vous êtes merveilleusement perspicace, Jack.
Jack Maldosh : Moi ? Euh... Merci, Ellana. Edwin est donc votre type d'homme ? Le modèle que devront suivre tous les soupirants qui rêvent de vous conquérir ?
Ellana Caldin : Surtout pas !
Jack Maldosh : Mais... Je ne comprends pas !
Ellana Caldin : *La Quête d'Ewilan* est un roman, Jack, un simple roman. L'auteur se targue de mettre en place des situations insolites mais je vous assure que l'histoire d'amour en filigrane entre le chef charismatique et la rebelle hyper-féminine est totalement éculée. Entre nous, j'ai cru comprendre que des gens bien placés lui avaient fait remarquer l'aspect stéréotypé à l'extrême de ses personnages. Autant pour lui et ses velléités d'originalité !
Jack Maldosh : Et Edwin ?
Ellana Caldin : L'auteur a beau me pousser dans ses bras, je le trouve totalement inintéressant. Vide.
Jack Maldosh : Vous êtes dure. Un auteur qui verse dans l'ordinaire, un héros vide...
Ellana Caldin : Je suis exigeante envers moi-même, j'estime avoir le droit de l'être envers les autres.
Jack Maldosh : Edwin n'est donc pas votre genre ?
Ellana Caldin : Vous insistez ! Comme dirait Ewilan, vous voulez que je vous fasse un dessin ?
Jack Maldosh : Un dessin non, mais quelques précisions...
Ellana Caldin : Bien. Edwin possède un physique avenant et sa voix est plutôt agréable mais à l'intérieur de la boîte ça se gâte. Il est persuadé incarner le guerrier absolu, cette certitude lui ronge le cer-

veau. Il perd un point de Q.I. à chaque fois qu'il tue un monstre et je vous laisse deviner combien de monstres il a massacrés dans sa vie… Croyez-moi, il finira couvert de lauriers mais réduit à l'état de légume. Comment voulez-vous que je tombe amoureuse d'un poireau ? J'attache de l'importance à l'intelligence, à l'humour, à la finesse, qualités dont Edwin est totalement dépourvu. Bjorn, par contre…

Jack Maldosh : Bjorn ?

Ellana Caldin : Oui. C'est un homme extrêmement brillant, d'une incroyable générosité, aux connaissances vastes et éclectiques. Un formidable amant, euh… ami.

Jack Maldosh : Voilà ce qu'on appelle un scoop ! Je peux donc évoquer une possible union entre vous et Bjorn Wil' Wayard ?

Ellana Caldin : Jack ! Vous vous égarez ! Bjorn m'est très sympathique, je vous l'accorde, mais je suis une marchombre et il est hors de question que j'entrave ma liberté par une quelconque relation officiellement reconnue !

Jack Maldosh : Vous vous définissez comme une femme libre ?

Ellana Caldin : Entièrement et définitivement libre !

Jack Maldosh : Je peux donc vous inviter ce soir au restaurant ?

Ellana Caldin : Je suis déjà prise, Jack. Désolée.

Jack Maldosh : Mais…

Ellana Caldin : Au revoir, Jack.

LES SCÈNES COUPÉES

Edwin et le Ts'lich : première

Le Ts'lich s'inclina imperceptiblement et les mots jaillirent de sa gueule aux mandibules acérées.

– Rien ne saurait me forcer à te combattre, Edwin Til' Illan. Les légendes parlent de toi, l'unique humain qui, par quatre fois, a réussi l'exploit de défaire un guerrier ts'lich. Pourtant, même le champion des Alaviriens ne pourrait survivre à un affrontement contre deux d'entre nous.

L'air se troubla une fraction de seconde et un second Ts'lich apparut à côté du premier.

– Alors, Edwin Til' Illan, m'accordes-tu ce que je suis venu chercher ou tentes-tu de bouleverser les légendes ?

Un rictus sardonique vint déformer le visage du maître d'armes.

– Je vais ouvrir vos ventres de sales reptiles puants, répandre vos entrailles dans cette clairière et bouffer vos cœurs encore fumants. Ensuite je...

– COUPEZ !

– Quoi, coupez ?

– Edwin, mon chéri, il s'agit d'un livre jeunesse, pas d'un film gore ! Adapte ton langage s'il te plaît. Allez, on reprend !

Edwin et le Ts'lich : deuxième

Le Ts'lich s'inclina imperceptiblement et les mots jaillirent de sa gueule aux mandibules acérées.

– Rien ne saurait me forcer à te combattre, Edwin Til' Illan. Les légendes parlent de toi, l'unique humain qui, par quatre fois, a réussi l'exploit de défaire un guerrier ts'lich. Pourtant, même le champion des Alaviriens ne pourrait survivre à un affrontement contre deux d'entre nous.

L'air se troubla une fraction de seconde et un second Ts'lich apparut à côté du premier.

– Alors, Edwin Til' Illan, m'accordes-tu ce que je suis venu chercher ou tentes-tu de bouleverser les légendes ?

Le maître d'armes repoussa d'un geste vif la mèche de cheveux blond platine qui lui barrait le visage.

– T'es ouf ou quoi ? Je vais t'exploser la chetron si tu te casses pas fissa ! Alors tu nous lâches les baskets et tu...

– COUPEZ !

– Qu'est-ce qu'il y a encore ?

– Ça ne va pas du tout, Edwin ! Ton langage !

– Il faut savoir ce que tu veux. C'est un bouquin jeunesse ou pas ?

– Edwin, mon chou, tu me désoles. Notre rôle est d'offrir aux adolescents un ouvrage dans lequel ils se retrouvent, mais sans sacrifier la place que...

– C'est bon, j'ai compris. On recommence.

Edwin et le Ts'lich : troisième

Le Ts'lich s'inclina imperceptiblement et les mots jaillirent de sa gueule aux mandibules acérées.

– Rien ne saurait me forcer à te combattre, Edwin Til' Illan. Les légendes parlent de toi, l'unique humain qui, par quatre fois, a réussi l'exploit de défaire un guerrier ts'lich. Pourtant, même le champion des Alaviriens ne pourrait survivre à un affrontement contre deux d'entre nous.

L'air se troubla une fraction de seconde et un second Ts'lich apparut à côté du premier.

– Alors, Edwin Til' Illan, m'accordes-tu ce que je suis venu chercher ou tentes-tu de bouleverser les légendes ?

Une flamme farouche illumina le regard opalescent du maître d'armes.

– Le doute ne vous étreint-il pas, vils laquais de l'ombre, à l'idée d'affronter mon courroux dévastateur ? Votre abjection me...

– COUPEZ !

– Mais...

– Non, Edwin, c'est nul ! Sois toi-même. Simple.

– Merci.

– Je t'en prie. Allez, on recommence.

Edwin et le Ts'lich : quatrième

Le Ts'lich s'inclina imperceptiblement et les mots jaillirent de sa gueule aux mandibules acérées.

– Rien ne saurait me forcer à te combattre, Edwin Til' Illan. Les légendes parlent de toi, l'unique humain qui, par quatre fois, a réussi l'exploit de défaire un guerrier ts'lich. Pourtant, même le champion des Alaviriens ne pourrait survivre à un affrontement contre deux d'entre nous.

L'air se troubla une fraction de seconde et un second Ts'lich apparut à côté du premier.

– Alors, Edwin Til' Illan, m'accordes-tu ce que je suis venu chercher ou tentes-tu de bouleverser les légendes ?

La bouche du maître d'armes esquissa un sourire dur.

– Le sang de Merwyn coule dans mes veines, Ts'lich, et la mémoire des Avali… Aliva… Ala… Merde !

– COUPEZ !

Edwin et le Ts'lich : cinquième (et dernière !)

Le Ts'lich s'inclina imperceptiblement et les mots jaillirent de sa gueule aux mandibules acérées.

– Rien ne saurait me forcer à te combattre, Edwin Til' Illan. Les légendes parlent de toi, l'unique humain qui, par quatre fois, a réussi l'exploit de défaire un guerrier ts'lich. Pourtant, même le champion des Alaviriens ne pourrait survivre à un affrontement contre deux d'entre nous.

L'air se troubla une fraction de seconde et un second Ts'lich apparut à côté du premier.

– Alors, Edwin Til' Illan, m'accordes-tu ce que je suis venu chercher ou tentes-tu de bouleverser les légendes ?

Edwin resta silencieux, sa lame dirigée vers le premier Ts'lich, ses yeux fixés sur lui.

TITRES, NOMS ET AUTRES MENUS TRACAS

Le titre d'un livre est la source inépuisable de discussions, recherches, propositions, querelles, concessions, et j'en passe, entre l'auteur et l'éditeur.

Pendant les quelque trente mois qu'a duré la genèse de *La Quête d'Ewilan*, France Télécom a doublé son chiffre d'affaires grâce aux conversations téléphoniques que j'ai eues avec Caroline Westberg, mon éditrice, sur les titres de la trilogie, sans tenir compte des échanges de courriers ou d'e-mails.

Il faut dire que le titre d'une histoire se situe à la frontière exacte entre l'œuvre de création et son impact commercial. « Commercial » est-il un gros mot ? Je ne crois pas, surtout si on définit bien son sens. L'auteur écrit parce qu'il aime écrire mais aussi pour être lu. L'éditeur publie parce qu'il aime l'histoire, mais aussi pour que celle-ci soit achetée. Cette réalité implique la présence d'un troisième partenaire : le lecteur. Si l'auteur et l'éditeur souhaitent que le lecteur se joigne à eux, il faut lui en donner l'envie, d'où l'importance du titre. Cette importance échappe souvent à l'auteur pris dans son processus créateur un peu autiste. Heureusement l'éditeur veille, les palabres peuvent commencer.

Dans le cas qui nous concerne, les palabres ont porté sur quatre titres : un titre générique et un autre pour chacun des trois tomes. Pendant longtemps *La Quête d'Ewilan* s'est appelée *Les Spires de l'Imagination*. Lorsque, après des mois de travail sur le texte, Caroline Westberg et moi avons abordé le sujet du titre, nous avons été d'accord pour le changer. Trop obscur pour qui ne connaît pas l'histoire, peu d'impact visuel, sonorités médiocres... Très bien, mais que mettre à sa place ? Question ardue, d'autant que lorsque nous parlions de la trilogie nous utilisions, faute de mieux, son ancien titre, ce qui compliquait encore notre réflexion. Nous avons dû échanger une bonne centaine de propositions, elle mobilisant tous les membres de l'équipe Rageot, moi l'ensemble de ma famille. Le titre définitif est né de cette « gestalt », sans que personne puisse s'en attribuer la paternité complète. Il a fait l'unanimité autour de lui.

La Quête d'Ewilan étant le titre générique de la trilogie, restaient à définir les titres de chaque tome. J'avais proposé *Un pas sur le côté*, *L'Éveil des Figés* et *Le Pic des Ocres*. Un petit coup de balai et nous avons remis en service la MCTT (machine collective à trouver des titres). *D'un monde à l'autre* est venu assez vite, ainsi que *L'Île du destin*. Pour le deuxième tome, nous sommes tombés sur un os. De nouveau discussions, recherches, propositions... Nous avons finalement retenu cinquante-deux titres possibles et la certitude que le bon se trouvait parmi eux. Oui, mais où ? La MCTT avait trop chauffé, nous manquions de recul.

Les élèves de mon CM2 m'ont alors gentiment accordé leur aide et se sont prêtés au jeu du vote sélectif. Pour chacune des cinquante-deux propositions, ils ont dit oui ou non. Seul *Les Frontières de glace* a obtenu l'unanimité. Le titre était trouvé, merci à mes vingt-neuf élèves !

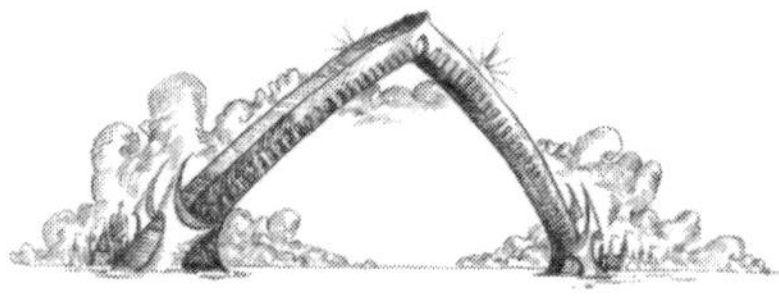

Trouver un titre à son ouvrage n'est pas le seul obstacle que doit franchir un auteur. Le choix des noms est également assez épineux.

En effet, sachez-le, un personnage n'arrive jamais dans un livre avec un écriteau autour du cou sur lequel sont soigneusement calligraphiés ses nom, prénom et autres surnoms. Jamais ! C'est à l'auteur de se débrouiller.

Premier cas de figure, l'auteur, qui est malin, connaît le nom du personnage et l'appelle. Le personnage arrive, salue l'auteur avec lequel il a de grandes chances de s'entendre et l'histoire commence. Le lecteur y trouvera son compte. C'est chouette, mais assez rare.

Un exemple au hasard ? Le Ts'lich. J'ai trouvé le nom avant même de savoir que la bestiole existait. La consonance sifflante, l'apostrophe, l'aspect imprononçable m'ont tout de suite séduit. Je l'ai appelé. J'avoue avoir été surpris en le voyant pour la première fois, mais je me suis vite aperçu que, sous son aspect un peu rude, le Ts'lich était un être tendre épris de justice et de fraternité, à moins que je ne confonde avec mon père, ce qui est fort possible...

Salim. J'aime ce prénom. J'aime les prénoms arabes ou africains. Quand je l'ai appelé, Salim est tout de suite venu. Ça ne m'étonne pas, c'est un garçon génial sur qui on peut compter.

Deuxième cas de figure, beaucoup plus courant, l'auteur requiert un personnage sans savoir avec exactitude de qui il a besoin. Cela donne couramment quelque chose du genre : « Je voudrais un monstre, euh... un gros, avec des piquants et de grandes dents... Plus longues les dents ! » ou alors « Une jeune femme, svelte, au regard de biche... Plus longues les jambes ! ». Bon, le personnage arrive, il correspond plus ou moins à la demande et immédiatement l'auteur le reconnaît et le nomme. Ce sera Garkhablax le Noir ou Luwinelle la Belle. L'histoire peut commencer.

C'est le cas d'Ellana. Je savais tout sur elle, mis à part son nom. Quand je l'ai vue, cette incertitude s'est dissipée. Nous nous comprenons tous les deux...

Maniel et Hans. Je les voulais solides et simples, leurs noms sont venus après. L'unique difficulté a résidé dans le choix que l'histoire m'a imposé. Lequel devait mourir ?

Le troisième cas de figure commence comme le deuxième, mais lorsque l'auteur découvre le personnage, il se trompe et lui donne un nom qui n'est absolument pas le sien. Le monstre devient Bouboule ou la belle Pépette. Neuf fois sur dix le personnage se vexe, se plie à contrecœur aux exigences de l'auteur qui perd le fil de son histoire, laquelle histoire échoue de manière lamentable. Le lecteur a toutes les raisons de bouder.

Heureusement, l'éditeur est là pour surveiller ce genre de dérapage. Avec tact et délicatesse, l'éditeur fait remarquer à l'auteur qu'il s'est sans doute fourvoyé en choisissant le nom de son personnage et lui suggère de revoir sa copie. Grâce à cette intervention amicale, la bourde de l'auteur est corrigée, le lecteur ne s'aperçoit de rien et se délecte de l'histoire. Pour peu qu'elle soit bonne évidemment puisque, disons-le tout net, les noms des personnages sont importants mais ne font pas tout.

Ewilan est l'héroïne de la Quête, mais elle ne s'est pas toujours appelée ainsi. Son deuxième nom, Camille, correspond au premier cas de figure. C'est celui de ma fille. Ce clin d'œil familial a failli causer une catastrophe. Toute petite, j'appelais ma fille Camillette, surnom qui est vite devenu Miette (c'était bien avant *Loft Story* !), lequel sobriquet s'est logiquement imposé comme nom alavirien de mon héroïne, et ce pendant la rédaction des deux premiers tomes. Lors de notre deuxième entretien téléphonique, Caroline Westberg m'a fait remarquer avec tact et délicatesse que ce surnom, dans une trilogie fantastique, était désespérément ridicule... J'en ai convenu avec humilité, mais le mal était fait. J'ai rayé le mot Miette de mon projet tout en étant strictement incapable de le remplacer par un autre prénom. J'avoue avoir passé quelques jours de doute affreux. Privée de nom, mon héroïne s'étiolait. Puis gentiment Camille (celle de l'histoire) m'a soufflé la solution : « Je m'appelle Ewilan, ce n'est pas compliqué quand même... »

Les noms des personnages ne sont pas les seuls à poser problème. L'auteur peut se retrouver dans une situation embarrassante à cause du nom d'une ville, d'un fleuve ou d'une montagne, mais ces éléments géographiques étant dotés de bien moins de conscience que les personnages, il est rare que le problème ne soit pas rapidement résolu. L'auteur, serein, peut donc se consacrer à sa tâche, c'est-à-dire inventer des lieux originaux et générateurs de rêves tout en évitant le principal écueil : le plagiat inconscient de noms existants.

L'auteur doit en effet se méfier de son inconscient comme de la peste et surtout de cette prétention qui veut qu'il soit capable de créer quelque chose d'entièrement original (dans le sens d'inédit). Ce qu'il écrit résulte de ce qu'il a lu, entendu, vu, la somme de ces connaissances étant passée à la moulinette de son esprit. Parfois, et le plus innocemment du monde, l'auteur régurgite un élément moins transformé que les autres : c'est le plagiat. Involontaire, certes, mais plagiat tout de même.

Il faut donc que l'auteur s'interroge avec la plus grande sévérité. « J'ai nommé ce château Poudlard, ou ce guerrier Aragorn, ai-je vraiment inventé ces noms ? »

Bien sûr, les plagiats involontaires sont plus insidieux. Florence Rech, qui travaille chez Rageot et que je soupçonne tour à tour d'être une fée ou une sorcière selon l'avis qu'elle porte sur mes textes, en a repéré un qui m'avait échappé. Al-Vor, la première ville traversée par Ewilan, était Al-Tor dans une première version. Or al'Thor est le nom de famille du personnage principal de Robert Jordan dans son cycle *La Roue du temps*. On pourrait se demander quel est le rapport entre une ville de province et un jeune guerrier, et par là même s'il y a vraiment plagiat. Guère de rapport, mais un demi-plagiat.

La clef réside dans la sonorité. L'auteur, lorsqu'il invente un nom, cherche à ce qu'il « coule » le mieux possible, d'où le risque d'utiliser un mot qu'il a lu, apprécié et « oublié ». La plupart du temps, cela ne prête pas à conséquence mais, conscience professionnelle oblige, l'auteur doit faire attention à ce qu'il écrit et surtout admettre qu'il doit beaucoup aux autres…

L'AUTEUR ET LES PERSONNAGES : SCÈNES DE MÉNAGE

Que diriez-vous d'une confidence ? Une vraie confidence s'appuyant sur une découverte que je peux qualifier d'importante puisque, lorsque je l'ai faite il y a peu de temps, elle a illuminé ma journée...

Les auteurs n'inventent pas les personnages !

Non, ils ne les inventent pas, pas plus qu'ils ne les créent ou qu'ils ne les conçoivent !

La vérité, méconnue, est bien plus étrange... Les auteurs, le plus souvent à leur insu, sont connectés à un univers que l'on pourrait considérer comme magique et qui contient une infinité de caractères capables de s'adapter à la totalité des histoires imaginables, et croyez-moi, cela fait un bon nombre de personnages !

L'auteur en quête d'inspiration croit faire appel à son imagination. Erreur ! L'appel est détourné vers l'univers susnommé, la requête analysée et les personnages intéressés se portent volontaires... ou s'abstiennent.

Baignant dans un sentiment béat qui est, il faut l'avouer, parfois proche de l'autosatisfaction, l'auteur ne s'est pas rendu compte de la supercherie. Un candidat a poussé la porte et, heureux d'avoir mis la main, ou la plume, dessus, l'auteur croit avoir affaire à un être impalpable directement jailli de son esprit et sur lequel il a tout pouvoir. Deuxième erreur ! Les personnages secondaires sont assez discrets (bien que...), ils se plient volontiers aux désirs de l'auteur et, ne faisant qu'un bref passage dans l'histoire, jouent rarement les rebelles, mais avec les personnages importants, c'est une tout autre histoire ; ils n'en font qu'à leur tête.

L'auteur, qui se voyait lancé sur une trajectoire facile avec aux commandes son imagination et elle seule, se retrouve englué dans une négociation sans fin avec son personnage, négociation qui devient parfois un véritable bourbier, tant les deux protagonistes ont des vues divergentes sur l'histoire de l'un et l'avenir de l'autre.

L'auteur devient donc diplomate, ce qui ne signifie pas qu'il cède. Comme tout bon diplomate, il ruse, louvoie, trompe. Comme tout bon diplomate, il peut même tricher, mentir, pour parvenir à ses fins. La plupart du temps, la situation finale résulte d'un compromis ; l'auteur, s'il n'est pas satisfait, ayant toujours la possibilité de déchirer sa page et de recommencer son histoire avec un autre personnage. Avec lequel il aura autant de problèmes.

Une explication ne prenant son sens qu'accompagnée d'un exemple parlant, je vous livre le détail des événements qui m'ont opposé à certains de mes personnages.

Bjorn

Bjorn est le cas typique du bonhomme qui, convié à l'apéritif, s'invite pour le repas, passe la nuit à la maison, reste pour les vacances et finit par s'incruster jusqu'à faire partie de la famille.

Lorsque Ewilan bascule pour la première fois en Gwendalavir, un chevalier est là, aux prises avec un Ts'lich. Je souhaitais pour cette scène un personnage anonyme qui ne servirait qu'à mettre en évidence l'étrangeté du monde dans lequel mon héroïne venait de plonger. Il était d'ailleurs sacrifié d'avance puisque incapable de survivre à un affrontement contre un guerrier lézard. La page à peine tournée, j'oublie le chevalier et me consacre à mon histoire dont il ne fait pas partie.

Ewilan arrive à Al-Vor, à la recherche de Duom Nil' Erg l'analyste. Il est hors de question qu'elle le trouve trop facilement, ce serait ridicule, et elle doit donc se renseigner sur l'endroit où il réside. Je décrète qu'elle va s'adresser à un groupe d'Alaviriens. Il ne s'agit que d'un épisode mineur destiné à donner de la cohérence et de l'épaisseur à mon récit, un passage transitoire. Or, et je vous certifie que je suis sincère, je découvre avec stupeur que l'un des hommes est le chevalier des premières pages, qu'il a survécu à son combat contre le Ts'lich et qu'il se trouve désormais paré d'un nom.

Le retour de Bjorn n'était pas prémédité, du moins par moi, mais puisqu'il est là je décide qu'avant de disparaître, pour de bon cette fois, il va me servir à mettre en relief le personnage d'Edwin. Advient donc la rencontre « musclée » entre les deux guerriers qui scelle le statut d'invincibilité d'Edwin. Bjorn, écrasé par son adversaire, peut retourner dans les limbes de son univers d'origine.

Eh bien non. Il en décide autrement et poursuit l'aventure aux côtés d'Ewilan, prenant peu à peu de la densité et de la place.

J'avoue qu'alors, débordé et un peu vexé, je choisis de le faire mourir au début du tome II. La mort est une sentence difficile à prononcer pour un auteur et lourde de conséquences, mais dans le cas de Bjorn elle me semblait nécessaire. J'écris la scène de combat durant laquelle il va perdre la vie, mais il se débrouille pour survivre, se liant de manière forte à Ewilan et Salim. Il s'est fait sa place ! J'admets donc que le chevalier au grand cœur est devenu un personnage essentiel de la Quête et je le laisse s'exprimer, me contentant de le guider pour qu'il offre le meilleur de lui-même.

Et c'est ce qu'il fait. Il occupe un créneau qui était libre, guerrier redoutable mais capable de la plus grande naïveté, bien plus humain qu'Edwin, débordant de bons sentiments et plaçant l'amitié et la loyauté au-dessus de toutes les autres qualités.

Ne déduisez pas de ce que vous venez de lire qu'un auteur est un pantin aux mains des personnages qu'il a inventés, mais tordez le cou à l'idée qui veut qu'il soit omniscient et omnipotent. Il crée un monde et plus ce monde se complexifie, plus il lui échappe pour obéir à des règles qui lui sont propres. Et qu'y a-t-il de plus complexe que le caractère d'un personnage ?

Edwin

Le cas d'Edwin est différent de celui de Bjorn. Je le conçois dès le début comme un des piliers de la Quête et je définis soigneusement son caractère et ses capacités. Edwin est un invincible guerrier au corps et à l'âme trempés dans l'acier. Il est la lame qui ouvrira le passage à Ewilan, le chef dont a besoin la compagnie.

Il joue parfaitement son rôle, mais dès le deuxième tome des problèmes imprévus surviennent. Des problèmes relationnels.

Je crois avoir suffisamment insisté sur le fait qu'au cours d'une histoire les personnages s'étoffent, se densifient, se complexifient, parfois de manière autonome. C'est le cas d'Ewilan... et d'Edwin aussi.

J'avais créé Edwin rigide et tout-puissant, je n'avais pas prévu que son caractère deviendrait vite insupportable à l'héroïne de la Quête, et par là à moi-même.

Edwin est si sûr de lui qu'il en devient arrogant, presque despotique. La tension monte avec Ewilan, éprise d'indépendance, jusqu'à ce qu'éclate une scène que je n'avais absolument pas prévue : deux des personnages les plus importants de l'histoire règlent leurs comptes !

La suffisance d'Edwin est douchée, il gagne en humanité, ce qui ouvre les portes à une relation privilégiée avec Ellana.

Il ne s'agit pas là de l'évolution inattendue d'un personnage, mais d'une interaction rendue inévitable par le développement de chaque caractère.

Ewilan et Salim

Tous les personnages ne se comportent pas comme Bjorn et Edwin. Ewilan et Salim restent « fiables » tout au long de la Quête et je n'ai pas de mauvaises surprises avec eux. Toutefois, les multiples aventures qu'ils vivent, les décisions que je leur fais prendre, les paroles qu'ils prononcent, forgent leur tempérament. Au fil des pages, j'ai de moins en moins de prise sur eux. Ils réagissent en fonction de ce qu'ils sont et je ne peux exiger d'eux qu'ils renient une personnalité que j'ai contribué à construire.

Quand il s'agit de personnages cruciaux, il importe de leur donner, dès le début de l'histoire, un élan le plus précis possible sans toutefois se leurrer : ils iront où ils voudront ! Ne l'oublions pas, les auteurs n'inventent pas les personnages, ils les invitent simplement dans leurs livres...

Glossaire et Making Of réalisés en collaboration avec Claudine Bottero.

LA QUÊTE D'EWILAN

La première trilogie :

1. D'UN MONDE À L'AUTRE
2. LES FRONTIÈRES DE GLACE
3. L'ÎLE DU DESTIN

LES MONDES D'EWILAN

La deuxième trilogie :

1. LA FORÊT DES CAPTIFS
2. L'ŒIL D'OTOLEP
(à paraître en mars 2005)
3. TOME III
(à paraître en octobre 2005)

L'AUTEUR

Pierre Bottero est né en 1964. Il vit depuis toujours à Pélissanne, un petit village près de Salon-de-Provence, où il est instituteur. Il exerce dans l'école même où il fut élève et fait désormais cours aux enfants de ses anciens copains de classe !
Passionné de VTT, de course à pied et de promenades dans les collines provençales, ce grand amateur de fantastique a déjà publié plusieurs romans pour la jeunesse.

L'ILLUSTRATEUR

Après les Arts décoratifs et une licence à la Faculté d'art de Strasbourg, Jean-Louis Thouard collabore avec de nombreux éditeurs. Il utilise à son gré la plume et le pinceau pour raconter et illustrer des histoires, sous forme d'albums, de romans, de bandes dessinées ou de dessins de presse.
Jean-Louis Thouard vit actuellement près de Dijon.
Pour en savoir plus, découvrez son site :
www.lebaron-rouge.com

Aubin Imprimeur
LIGUGÉ, POITIERS

Achevé d'imprimer en novembre 2004
N° d'édition 4118 / N° d'impression L 67687
Dépôt légal novembre 2004 / Imprimé en France